In einem Streichquartett kommt es auf jeden Einzelnen an, aber auch auf die Beziehungen untereinander. Und die vier Freunde, die abends auf einem Hausboot in Amsterdam zusammenkommen, um zu musizieren, kennen sich schon lange. Eine Ärztin und eine Krankenschwester sind darunter, ein Instrumentenbauer und ein Kulturbeauftragter der Stadt, und im Leben eines jeden gibt es dunkle Flecken. Die Musik von Mozart oder Schubert hilft ihnen, ihr Leid kurz zu vergessen, den zuweilen tristen Alltag zu erhöhen oder Probleme zumindest vorübergehend auszublenden. Doch dann holt die Wirklichkeit sie eines Tages grausam ein … Anna Enquist erweist sich in diesem vielschichtigen Werk erneut als Meisterin des psychologischen Romans wie auch der musikalischen Komposition, als europäische Erzählerin höchsten Ranges.

Anna Enquist wurde 1945 in Amsterdam geboren, ist ausgebildete Konzertpianistin und arbeitete lange Jahre als Psychoanalytikerin. Seit 1991 veröffentlicht sie Gedichte, Romane und Erzählungen. Ihre Werke wurden mit zahlreichen Literaturpreisen ausgezeichnet und in bis zu fünfzehn Sprachen übersetzt. Anna Enquist lebt in Amsterdam.

Anna Enquist bei btb

Das Meisterstück. Roman (73695)
Die Erbschaft des Herrn de Leon. Roman (73747)
Die Verletzung. Erzählungen (73138)
Die Eisträger. Roman (73235)
Letzte Reise. Roman (73776)
Kontrapunkt. Roman (73969)
Die Betäubung. Roman (74762)

Anna Enquist

Streichquartett

Roman

Aus dem Niederländischen
von Hanni Ehlers

btb

Die Originalausgabe erschien 2014 unter dem Titel »Kwartet« bei De Arbeiderspers, Utrecht, Amsterdam, Antwerpen.

MIX
Papier aus verantwortungsvollen Quellen
FSC® C014496

Verlagsgruppe Random House FSC® N001967

1. Auflage
Genehmigte Taschenbuchausgabe September 2017
btb Verlag in der Verlagsgruppe Random House GmbH,
Neumarkter Straße 28, 81673 München

Umschlaggestaltung: semper smile, München nach einem Entwurf von buxdesign, München
Covermotiv: © plainpicture/Claire Morgan
Druck und Einband: GGP Media GmbH, Pößneck
CP · Herstellung: sc
Printed in Germany
ISBN 978-3-442-71530-5

www.btb-verlag.de
www.facebook.com/btbverlag
Besuchen Sie auch unseren LiteraturBlog www.transatlantik.de

1

Seit er im fortgeschrittenen Alter ist, wird er früh wach. Zu früh. Durch das Gartenfenster schaut er auf das blasse Licht. Er kann nicht ausmachen, welches Wetter zu erwarten ist, es kann so oder so werden. In dem kleinen Garten steht das Unkraut hoch. Wildwuchs. Um sich greifende Stängel. Er hat dem nie Bedeutung beigemessen. Jetzt befällt ihn beim Anblick des Pflanzenmeeres eine vage Unruhe. Die Nachbarn. Beschwerden sind ihm zwar noch nicht zu Ohren gekommen, doch das ist nur eine Frage der Zeit. Verbreitung schädlicher Samen in den Herbststürmen. Störung der Aussicht, die die Bewohner von ihren Balkonen und Terrassen aus genießen möchten. Zeugnis von Alter und Ohnmacht. Ein Gärtner, jemanden für einen Nachmittag anheuern, der alles herausrupft und wegschafft. Platten legen.

Mühsam schlurft er ins Zimmer zurück. Sein Knie beginnt den vertrauten stechenden Schmerz auszustrahlen. Die Schiebetür zum Vorderzimmer. Schwer. Immer dunkel dort. Stehlampe an, er muss mit dem Fuß auf einen Knopf am Boden drücken. Sich im Sessel niederlassen. Er weiß, dass er nur mit Mühe wieder hochkommen wird. Die Zeitung dürfte im Flur liegen; als er wach wurde, hörte er die Klappe vom Briefschlitz. Was soll's. Dann eben keine Nachrichten. Jetzt muss er erst einmal seine Atmung in den Griff bekommen. Er streckt das schmerzende Bein aus, bettet den Kopf an die Rückenlehne.

Die Vorhänge sind geschlossen. Keinen Einblick gewähren, nie. Der Flügel steht seitlich vom Fenster an der Wand zum Flur. Das Elfenbein der Tasten ist vergilbt, aber makellos. Der geschlossene Schalldeckel gleicht einer glänzenden schwarzen Wasserfläche. An der gegenüberliegenden Wand ist das Regal angebracht, in dem er seine Partituren aufbewahrt. Ersatzsaiten, Harz, eine Sordine. Der Cellokasten steht in der dunklen Ecke zwischen Regal und Fenster. Ein schwerer Kasten. Altmodisch. Heute gibt es Kästen aus Kunststoff, die so gut wie nichts wiegen, man weiß gar nicht genau, ob das Instrument auch darin ist, so leicht ist die Last. Das sagen seine Schüler. Sagt seine Schülerin, korrigiert er seine eigenen Gedanken, er hat nur noch diese eine.

Auspacken. Er fühlt schon ein Stechen im Knie, wenn er nur an das Öffnen der Schnappverschlüsse denkt, vor allem des unteren, für den er in die Knie gehen muss; das Herausheben des Instruments, das Manövrieren mit dem kostbaren Holz, ohne dass der Steg gegen den Deckel des Kastens stößt – dann noch zum Bogen greifen und in einem letzten Kraftakt versuchen, mit Cello und Bogen sicher auf dem Stuhl zu landen. Und wenn er mehr will als nur Technikübungen und Tonleitern: Noten holen, Notenständer heranziehen, Brille suchen. Er schließt die Augen und streicht in Gedanken alle vier Saiten an, eine nach der anderen, mit ruhigen Bewegungen. Das ausgelassene A, das bescheidene D, das immer etwas mehr Strich braucht, das Halt gebende G, die Saite, welche die Seele des Cellos zum Ausdruck bringt, und das geheimnisvolle tiefe C. Heute tu ich's, denkt er. Und dann nicht wieder einpacken, sondern einfach auf den Flügel legen. In Reichweite. Wenn Carolien heute Abend zu ihrer Stunde kommt, kann sie mir ja helfen, das Instrument herunterzuheben.

Die Stille mummelt ihn ein wie eine Decke. Er wird Mut brauchen, um sie zu durchbrechen. Das Zimmer ist gut isoliert. Die Vorhänge schlucken jedes Geräusch. Mein Strich ist weniger kräftig als früher. Immer mit der Ruhe. Nichts überstürzen.

Ist er kurz eingenickt? Als er zu sich kommt, ist er verstört. Erhebt sich zu abrupt und schreit unwillkürlich auf. Während er sich an der Stuhllehne festklammert, schaut er sich suchend um. Neben dem Flügel lehnt sein Spazierstock an der Wand. Fünf Schritte. Ächzend in die Küche. Es stinkt. Der Abfalleimer muss geleert werden. Er nimmt das Aspirin von einem Regalbrett, drückt drei Tabletten aus dem Kunststoffstreifen. Etwas Wasser in ein schon benutztes Glas. Warten. Umrühren. Säuerliche Körner auf dem Boden. Es muss sein.

Wie ist es möglich, dass der Körper derart versagt? Früher rannte er mit dem Cello auf dem Rücken durch die Stadt, nahm eine Treppe nach der anderen, ohne überhaupt darüber nachzudenken – glücklich? Zufrieden? Ach wo. Das war selbstverständlich. Erst wenn die Maschine ins Stottern gerät, regen sich beim Eigentümer Gefühle. Wut, Ohnmacht. Gram.

Mit den Fingerspitzen fährt er über den Granit der Arbeitsplatte. Weiche Kuppen an der rechten Hand, Hornhaut an den Fingern der linken. Mit einem Seufzen nimmt er den Deckel vom Abfalleimer und beginnt, den grauen Plastiksack herauszuziehen. Nicht an die Schmerzen denken. Tu's einfach. Er lässt den Sack unsanft auf den Boden klatschen. Glasklirren. Nicht erlaubt. Flaschen und sonstiges Glas separat. Alte Zeitungen dazwischenstopfen? Ja, ist zwar auch nicht erlaubt, aber es dämpft. Er zieht den Müll zur Haustür;

bückt sich und stopft einen Stapel bereitliegenden Altpapiers in den sperrigen Sack. Sein Blick wandert gleichgültig über die Zeitungsschlagzeilen: »Jahrhundertprozess«, »Millionen für Sicherheitsmaßnahmen«, »Robin Hood oder Blaubart?«. Er zieht einen vorsorglich eingesteckten Verschlussclip aus der Hosentasche und macht den Sack zu.

Haustür auf. Es ist bewölkt, feuchte Luft schlägt ihm ins Gesicht. Die Tür führt auf eine Art Freitreppe. Fünf tiefe Stufen, bevor man auf dem Gehweg steht. Früher, denkt er, war ich ein gefragter Cellist. Reiste umher und spielte. Außerdem Privatdozent am Konservatorium, für einige wenige Schüler, die talentiertesten. Und hier stehe ich nun, ungewaschen, einen stinkenden Müllsack zu den Füßen, und weiß nicht, wie ich den zum Müllcontainer kriegen soll, da, ganz hinten an der Straßenecke. Wenn ich mir sicher sein könnte, dass mich niemand dorthin tapern sieht, mit Stock, nach jedem fünften Schritt kurz verschnaufend. Doch hinter allen Fenstern verbergen sich Augen, aufmerksame Blicke, lauert die Gefahr, beobachtet und verraten zu werden.

Er streckt den Rücken durch und versucht, sich die Haltung eines vitalen Seniors zu geben, einer mit Lust auf den Tag, der schon eine Stunde Hausarbeit hinter sich hat. Mit gespieltem Interesse betrachtet er die Bäume. Kaum Menschen auf der Straße. Jemand steigt in sein Auto und fährt davon. Einige heben ein Kind hinten aufs Fahrrad und radeln die Straße hinunter. Hort, denkt er, Kinderaufbewahrung. Heute Abend werden todmüde Eltern erschöpfte Kinder abholen, um schnell nach Hause und ins Bett zu gehen.

Eine Gruppe dunkelhaariger Jungen kommt um die Ecke. Sie gehen langsam und unterhalten sich in einer Sprache, die er nicht versteht. Der Kleinste hat einen Fußball unter dem Arm und schaut ihn, als sie vorüberkommen, aufmerksam an. Den habe ich öfter gesehen, denkt er – beim Spielen auf der Straße? Neben einer verschleierten Mutter, deren Einkäufe er trug? Der Junge hat ein sympathisches, offenes Gesicht, findet er. Er hat wahrscheinlich gelächelt, denn der Junge lächelt unversehens zurück.

Um die Treppe hinunterzukommen, wird er beide Hände brauchen, für das Geländer und für den Stock. Den Müllsack auf die Straße zu schmeißen empfiehlt sich nicht, Plastik reißt, seine armseligen und teilweise unerlaubten Abfälle werden den Blicken preisgegeben sein. Ich fand es vornehm, denkt er, so ein Haus mit erhöhtem Eingang. Das große Souterrain erschien mir praktisch. Jetzt steht dort alles voller Krempel, und die Stufen werden zu meinem Untergang. Er blinzelt. Der Nebel hat sich nahezu aufgelöst, er spürt die zögernde Sonne hinter den Wolken.

Die Jungen sind weitergegangen, doch der Kleine mit dem Fußball hat sich umgedreht und bleibt unten an der Treppe stehen.

»Soll ich den Sack schnell für Sie wegbringen?«

Er erschrickt und weiß nicht, wie er antworten soll. Blitzartig sieht er vor sich, wie der Junge die Treppe heraufrennt, ihm ein Messer in die Kehle rammt und das Haus betritt. Ich diskriminiere, denkt er, das darf man nicht. Das ist ein Kind, ein freundliches Kind, das von seiner Mutter gelernt hat, dass man alten Menschen helfen muss. Einfach, weil es sich so gehört. Der Junge wird das Gewicht der Flaschen fühlen, das Altpapier erahnen und es vielleicht zu Hause erzählen. Er schaut zum Müllcontainer am Ende der Straße. Dann nickt er dem Jungen dankbar zu.

Mit den Augen folgt er ihm. Fußball in der einen Hand, Müllsack in der anderen. Mühelos, fast tänzelnd. Mit einem leicht klirrenden Plumps verschwindet der Sack im Container. Der Junge dreht sich zu ihm um und reckt grinsend den Daumen in die Höhe. Er nickt, antwortet mit einem Lächeln. Muss ich ihm jetzt Geld dafür geben? Süßigkeiten? Mich kurz mit ihm unterhalten?

Er macht einen Moment die Augen zu. Als er sie wieder öffnet, ist die Straße verlassen. Er geht hinein und schließt die Haustür.

2

Angenehm, schon so früh da zu sein, denkt Heleen. Sie schließt die Praxis auf und öffnet da und dort ein Fenster, schaltet ihren Computer ein, füllt die Kaffeemaschine. Sie gleitet durch die Räume, als laufe sie Schlittschuh. Für die beiden Hausärzte druckt sie den Terminplan für den Vormittag aus und legt ihnen die Blätter auf die abgestaubten Schreibtische. Service. Ist nicht ihre Aufgabe, aber sie macht es sehr gern. Auf Daniels Schreibtisch türmen sich die Stapel: Briefe, Zeitschriften, Formulare. Bei Carolien sieht es kahl aus.

Heleen wirft einen Blick ins Wartezimmer: aufgeräumt, das ist gut. Spielzeug in der Kiste, Broschüren im Halter an der Wand, Lesefutter auf den Tischchen. Die große Zimmerpflanze in einer Ecke sieht etwas verwahrlost aus. Sie hebt ein Blatt an und inspiziert die Unterseite. Kleine, nahezu unsichtbare Tierchen fressen sich in das Blatt, sieht sie. Es wird sich kräuseln und verdorren. Nicht gut für das Wartezimmer eines Hausarztes. Sie würde lieber jede Woche frische Blumen hinstellen, aber als sie einmal mit einem üppigen Strauß ankam, runzelte Daniel die Stirn. Ob sie schon mal was von allergischen Reaktionen gehört habe. Heuschnupfen. Niesende Patienten, fatale Atemnot. Sie sei doch Krankenschwester, oder? Er hatte natürlich recht. Dumm. Nicht dran gedacht. Sie stellte den Blumenstrauß in die Küche. Das Personal war Gott sei Dank gegen nichts allergisch. Carolien fand den Strauß wunderschön.

Man muss die Blätter mit Seifenlauge abwischen, wie sie weiß. Oder mit Wasser, in dem eine Zigarette gelegen hat. Sie packt den Blumentopf mit beiden Händen und trägt ihn durch die kleine Küche hindurch nach hinten auf den Dachbalkon.

Mollie, die Praxishelferin, betritt mit viel Getöse den Eingangsbereich. Prompt klingelt das Telefon, das sie, über den Empfangstresen gelehnt, abnimmt. Den einen Arm noch im Ärmel ihrer Jacke, mit dem rechten Fuß über die linke Wade scheuernd, spricht sie professionell mit der offenbar beunruhigten Patientin am anderen Ende der Leitung.

Kinder machen alles gleichzeitig, denkt Heleen, sie springen ohne Unterbrechung von einer Situation in die andere. Herrlich.

»Frau Pasma, ob sie heute um halb elf einen Termin hat«, sagt Mollie. »Ich habe auf gut Glück ja gesagt, denn ich hatte den Plan nicht zur Hand. Okay?«

»Sehr gut. Immer her mit ihnen. Sie kommt zu mir, zur Zuckerkontrolle. Braucht diesmal nicht zum Arzt.«

Zwei Leute betreten das Wartezimmer. Heleen gibt Mollie ein Zeichen und deutet zur Kaffeemaschine. Dann geht sie auf die Straße hinaus, um zu sehen, ob Carolien schon im Anmarsch ist. Daniel schließt gerade sein Fahrrad ab. Er macht eine spöttische Verbeugung, als sie auf ihre Armbanduhr tippt. Dann eilt er zu seinem ersten Termin hinein.

Carolien stellt ihren Wagen in einer fließenden Bewegung auf ihrem Parkplatz ab und steigt aus. Hübsche Jeans, taillierter Blazer, etwas herausgewachsene Frisur. Die grauen Augen leicht geschminkt. Heleen findet, dass sie immer gepflegt aussieht. Wenn *sie* das doch nur könnte. Hat nicht viel Sinn, sie ist zu dick. Da muss man vor allem Sachen tragen, die weit genug sind. Was ihr übrigens nicht viel ausmacht.

»Ist schon wer da?«, fragt Carolien.

»Für dich noch nicht. Pasma rief gerade an, die kommt später. Ich möchte noch einmal versuchen, ob ich ihr nicht doch beibringen kann, sich selbst zu spritzen. Dass wir noch einen Monat abwarten, meine ich. Bist du einverstanden?«

Carolien nickt.

Alte Leute. Wenn sie nicht mit ihren Gebrechen umzugehen lernen, verwahrlosen sie und können nicht mehr eigenständig leben. Für Heleen ist das schwer erträglich, und deshalb tut sie alles, um die in die Jahre Gekommenen an Bord zu behalten.

»Sie ist so eine liebe Seele, es wäre doch ein Jammer, sie der Altenpflege zu übergeben, nicht?«

Sie bleiben kurz in der Sonne stehen, nebeneinander an die Hauswand gelehnt.

»Du kannst das System nicht ändern«, sagt Carolien. »Wir müssen uns fügen, sonst können wir gar nicht mehr arbeiten. Das weißt du.«

Sie kramt in ihrer Tasche und zündet sich eine Zigarette an.

»Nur ganz kurz«, sagt sie, »es sieht natürlich verboten aus, aber nur ganz kurz. So zusammen.«

Sträflich, denkt Heleen. Vor den Augen von Patienten in aller Öffentlichkeit rauchen, wie kann sie es wagen. Von der Seite blickt sie auf Caroliens ruhiges Profil. Kein Ausdruck, keine Emotion zu erkennen.

»Und wie ist's?«

Carolien brummt.

»Man kann das System abmildern«, sagt Heleen, »umschiffen. Das habe ich mit den Asylanten probiert, bis es auf einmal nicht mehr genehmigt wurde. Dabei haben wir eigentlich nichts Weltbewegendes gemacht, nur einmal im

Monat einen Brief geschrieben. Zeitschriften geschickt, zur Förderung der Sprachkenntnisse. Das ganze Zeug aus dem Wartezimmer ist dorthin gewandert. *Donald Duck* für die Kinder. Lebensgefährlich!«

»Dass du das alles schaffst. Neben der Familie, der Arbeit. Deiner Geige.«

»Ich bin mit unbändiger Energie gesegnet. Weil ich so viel esse. Nein, im Ernst, es ist schön, etwas tun zu können. Gemeinsam. In unserer Briefgruppe machen wir auch weiter, wir nehmen uns jetzt die Langzeitinhaftierten vor. Leute, die zwanzig Jahre im Gefängnis sitzen müssen, weißt du. So jemand bekommt nun einen Brief von uns.«

»Schreiben sie zurück?«

»Ja, klar. Aber es ist kompliziert, alles muss über die Gefängnisleitung laufen. Die schauen sich an, was in den Briefen steht. Man darf keine Namen nennen, keine richtigen Namen. Wenn sie den Brief absegnen, leiten sie ihn weiter, denn man darf auch keine Adresse angeben. Ich habe zwei Männer und eine Frau. Die kenne ich so langsam ganz gut, aber wie sie heißen, weiß ich nicht.«

»Und du?«

»Ich heiße Rosemarie. Glauben sie. Möchtest du nicht auch mitmachen?«

Carolien lacht.

»Ich wüsste nicht, was ich schreiben sollte. Nein, das kann ich überhaupt nicht. Ich grüble schon wie blöd über die Zustände hier, da kann ich keine zusätzlichen Unannehmlichkeiten brauchen. Sind auch gruselige Leute, scheint mir.«

Sie schnippt ihre Kippe in einen Gully. Es ist so still auf der Straße, dass sie hören können, wie die Glut erlischt.

3

Am Ende des Nachmittags schaut Carolien bei Daniel rein und setzt sich ihm gegenüber an den chaotischen Schreibtisch. Ihr Kollege hämmert wütend auf seiner Tastatur, mit gesenktem Kopf und Schweißperlen auf der Glatze.

»Kann ich dir helfen?«

»Bind mich fest. Wenn ich jetzt aufstehe, wird nie mehr was draus.«

Warum nimmt er sich nicht nach jedem Patienten mal zwei Minuten Zeit, um einzutragen, was er gemacht hat, was er weiter vorhat und welche Diagnose an die Versicherung gehen soll, dann könnte er dieses ganze Drama vermeiden, denkt sie. Aber so tickt er nicht. Irgendetwas zu notieren und zu kategorisieren bringt ihn völlig aus seiner Arbeitshaltung, aus der Einstellung, die er braucht, um sich seine Patienten aufmerksam anzusehen und anzuhören. Es gibt Kollegen, die im Beisein des Patienten alles Mögliche in den Computer eingeben; da sitzt man dann halb vom Gesprächspartner abgewandt und ist sichtlich mit etwas anderem beschäftigt. Dass er dafür nichts übrig hat, versteht sie gut, aber diese tagtägliche Quälerei grenzt an Masochismus.

Es hat Zeiten gegeben, da er sich einfach nicht dazu durchringen konnte. Überweisungen blieben liegen. Es gab kein Geld von den Versicherungen. Da hat sie Heleen gebeten, die Terminpläne herauszukramen, mehrere Wochen am Stück, und hat sich neben Daniel an den Computer gesetzt. Gemeinsam phantasierten sie sich dann den Inhalt der Sprechstunden zusammen, um auf dieser Grundlage einen ganzen Stapel formvollendeter Briefe zu schreiben.

Sie stellt sich neben ihn und schiebt ihn mit der Hüfte zur Seite.

»Lass mich mal tippen. Du erzählst.«

Im Zimmer auf und ab tigernd, resümiert er die Befunde seiner Sprechstunden, die er mit persönlichen Kommentaren und emotionsgeladenen Ausrufen spickt. Carolien übersetzt seine Eruptionen in gepflegten Hausarztjargon. Nach einer knappen Viertelstunde sind sie fertig.

»Ich bin ein intuitiver Arzt«, sagt er, »ich brauche eine Gouvernante, die meine Einfälle ordnet, sonst werde ich verrückt. Eigentlich bin ich zu alt für diesen ganzen bürokratischen Quark. Früher hab ich was auf eine Karteikarte geschrieben. Konnte keiner lesen, ich selbst auch nicht, aber das war egal, weil sowieso keiner draufgeguckt hat. Diese Kartei! Man konnte anhand der durchgestrichenen Adressen verfolgen, welchen Weg eine Familie durch die Stadt gemacht hat. Kinder, die hinzukamen, ein Kreuzchen hinter dem Namen eines verstorbenen Patienten.«

Er seufzt.

»Weißt du, dass ich nächsten Monat fünfzig werde? Zum Glück bist du jünger, da schaffe ich es vielleicht noch bis zur Ziellinie, solange du hier weiterarbeitest. Falls nicht, werde ich schon vorher aus dem Register gestrichen.«

Carolien reckt sich. Der Nachmittag ist immer besser als der Vormittag. Die Last eines ganzen Tages ist zu groß, zumal wenn auch noch die Sonne scheint. Ihre Stimmung hellt sich auf, wenn der Abend, wenn die Nacht in Sicht kommt. Dabei schlafe ich schlecht, denkt sie, so berauschend ist die Nacht gar nicht. Trotzdem ist der frühe Vormittag am schlimmsten.

»Spielst du noch mit Heleen?«, fragt Daniel.

»Streichquartett. Nächste Woche wieder.«

»Herrlich muss das sein. Ich beneide euch.«

»Ja, ich glaube, es gibt gar nichts Besseres, als mit Freunden Musik zu machen. Heleen spielt übrigens gut, sie war früher in diversen Amateurorchestern mit beachtlichem Niveau. Sie hat ein gutes Gehör und ist behände.«

»Die zweite Geige muss eine gute Krankenschwester sein«, sagt Daniel. »Wer ist bei euch eigentlich die erste Geige?«

»Hugo. Ein Cousin von Heleen. Er hat richtig Geige studiert, am Konservatorium. Von dort kenne ich ihn auch. Weil es für Musiker heute keine Stellen mehr gibt, ist er Direktor der früheren Musikhalle geworden. Zentrum heißt es jetzt. Zentrum von was, fragt man sich. Er organisiert vor allem Vorträge und Konferenzen, aber Musik, richtige Musik, findet praktisch nicht mehr statt.«

»Neulich schon, da habe ich dort ein Quartett aus Frankreich gehört. Lauter wunderschöne Stücke, Haydn, Schubert, Mozart. Es kostete ein Vermögen, aber das war es auch wert. Das Dissonanzenquartett, kennst du das?«

Natürlich kennt Carolien Mozarts schönstes Quartett. Dessen langsamer Satz hat es ihr besonders angetan. Sie lässt die Musik im Kopf ablaufen, während sie stumm an Daniels Schreibtisch sitzt. Wie kann es nur sein, dass Musik in der Welt, in der sie leben, derart in den Hintergrund gerückt ist? Für sie ist die Musik, die »klassische« Musik, etwas, das sie nicht entbehren kann. Wenn sie das aktive Musizieren nicht hätte, wäre sie verloren, davon ist sie überzeugt. Sie hat immer irgendein Thema oder eine Akkordfolge im Ohr, selbst wenn sie arbeitet. Worte machen sie müde, Musik schenkt ihr Ruhe. Wird der Musik keine Aufmerksamkeit mehr gewidmet, weil sie gefährlich ist? Sie erinnert sich an eine Szene aus einem Film über einen zum Tode verurteilten Mann. Die Frau, die ihn zu dem Raum begleiten soll, in dem die Hinrichtung stattfinden wird, fragt den Gefängnisdirektor, ob sie auf diesem Weg ein Lied singen dürfe. »Nein«, sagt er, »Musik weckt bei den Leuten Gefühle. Das können wir hier nicht gebrauchen.«

Es geht eher um Gleichgültigkeit als um vermeintliche Gefahr, denkt sie. Die Musik hat ihre Bedeutung verloren, an den Schulen wird sie nicht mehr unterrichtet, und es gehört schon lange nicht mehr zur Erziehung, dass man lernt, ein Instrument zu spielen. Musikschulen haben zugemacht, Orchester wurden aufgelöst, die berufliche Ausbildung ist so gut wie gestorben. Niemand kümmert's.

Mollie steckt den Kopf zur Tür herein.

»Mir reicht's für heute! Ich gehe! Schließt ihr selbst ab? Ciao!«

»Hast du das Telefon …«, beginnt Daniel, und sie kappt seine Rede mit einem ungeduldigen »Ja«.

Wir haben Feierabend, denkt Carolien. Anrufe werden automatisch auf die Nummer des Ärztlichen Bereitschaftsdienstes umgeleitet, wir brauchen nichts mehr zu tun.

Daniel hat sich auf den Patientenstuhl gesetzt. Schweigend sehen sie sich an. Gleich wird er seine Sachen zusammenraffen und Anstalten machen, nach Hause zu gehen. Zu seiner Familie. Zu seinen Kindern. Ich gehe mit und steige in mein Auto. Es muss sein.

»Was machst du heute Abend«, fragt Daniel, »du hast doch hoffentlich was vor?«

»Cellostunde.«

»Ah. Gut.«

»Er ist über achtzig, mein Lehrer. Seine Frau ist schon seit Ewigkeiten weg, er lebt allein. Wie er das hinkriegt, weiß ich nicht, aber es geht. Wenn ich komme, zieht er die Vorhänge zu. Wir spielen in einer gepolsterten Schachtel.«

»Noch gesund? Hat er noch die eigenen Zähne?«

»Das weiß ich eigentlich gar nicht. Ich frage auch nicht. Für mich bleibt er ein vitaler Mann. Lachhaft, er ist ein gebrechlicher Greis. Das will ich nur nicht sehen. Komm, wir schließen den Laden hier ab.«

Brüsk erhebt sie sich, um ihre Tasche aus dem Sprechzimmer zu holen.

»Ich denke an dich, das weißt du doch, hm?«, sagt Daniel.

Obwohl seine Worte sie wirklich sehr berühren, kann sie nicht antworten. Sie hört, wie ihre Füße einen Tick zu fest auf den Boden stampfen. Sie fühlt, wie ihre Wangen starr werden, wie sie die Lippen zusammenpresst, so dass ihr Mund zu einem strengen Strich wird. Nach Hause, zu Jochem, zum Esstisch, zur Cellostunde. Wenn sie den Pfeilen folgt, wird der Tag vorbeigehen.

4

Jochem schließt sein Atelier. Zugluft führt Staub mit, und er hat gerade eine Geige lackiert. Er hängt seine Lederschürze an einen Nagel, wirft einen letzten Blick auf das geordnete Sortiment der Beitel und Hobel und macht die Tür hinter sich zu. Heute Abend, wenn Carolien weg ist, macht er weiter. Reparieren, neu besaiten, justieren. Die Nachfrage nach neuen Instrumenten ist nicht groß, die Geige, die er gerade baut, ist ein Glücksfall. Aber instandsetzen ist auch gut. Er ist zufrieden, wenn er ein Instrument, dem nur noch grausige Töne zu entlocken sind, so regulieren kann, dass der Klang aufblüht und einen Kern bekommt. Es ist Arbeit. Und Arbeit ist das, was er will und braucht. Arbeit hält ihn aufrecht. Er wüsste sich keinen Rat ohne den stetigen Strom kranker Cellos, Geigen und Bratschen, die in seine Werkstatt getragen werden, um unter seinen Händen zu genesen. Er spricht mit dem Holz, das überall in seinem Atelier verteilt liegt, in allen möglichen Formen: als dreieckig gesägte Keile, in denen noch kein Instrument zu erkennen ist, als blassgraue, samtweiche, gewölbte Deckblätter, als glänzende, rotbraun lackierte Geigen. Murmelnd redet er dem Holz zu, schnippt dagegen, um zu hören, in welcher Tonart es antwortet.

Er nimmt die Zeitung von der Fußmatte und breitet sie auf dem Küchentisch aus. Die gesamte Titelseite ist dem großen Erpressungsprozess gewidmet, der in dieser Woche beginnen wird. Warum lese ich das alles, denkt er, es ist mir eigentlich völlig schnurz. Das Verbrechen stellt einen Staat im Staat dar, das wird jedem klar, der mal ein bisschen darüber nachdenkt. Dass dieser kriminelle Schattenstaat größer und weiter verzweigt ist, als man dachte, überrascht kaum. Minister und hohe Beamte werden erpresst und geschmiert, und wer sich querstellt, verschwindet auf Nimmerwiedersehen oder stirbt urplötzlich. Man ist naiv, wenn man glaubt, dass die kompetentesten Unternehmen die größten Aufträge bekommen. So läuft das nicht. Tunnel, fortschrittliche Bahntrassen, Sportstadien, Krankenhäuser – den Zuschlag für den Bau erhält derjenige, dem es nach den Kriterien der Schattenregierung gebührt. Mit Qualität hat das nichts zu tun. Das Verfahren ist völlig undurchsichtig, niemand kommt dahinter.

Er setzt sich, steht wieder auf, um sich ein Glas Wein einzuschenken, und stützt dann beide Ellenbogen auf den Tisch. Was er liest, vergisst er sofort wieder. Aber es ist Arbeit. Um halb sieben nimmt er zwei Mikrowellengerichte aus dem Kühlschrank. Carolien wird gleich da sein. Er stellt Teller auf den Tisch, räumt die Zeitung weg, nimmt Besteck aus der Schublade. Er hört das Auto in der Einfahrt und stellt die erste Plastikschale in die Mikrowelle.

Caroliens Gesicht ist starr. Sie versucht, durch die Maske hindurch zu lächeln. Ohne Erfolg. Sie blickt auf die Verpackung des Fertiggerichts. »Lecker«, sagt sie ohne Überzeugung. Gesprochene Sprache muss sein, am Tisch sitzen muss sein, Essen muss sein. Na los, denkt er, tu deine Pflicht.

»Ging's gut heute?«

»Ja, ja. Ruhiger Tag. Und bei dir?«

Er erzählt von einem nörgeligen Kunden, einem Mann, der mit einem Stück Brennholz zu ihm kam, aber Wunder was für eine Stradivari in seinem Kasten zu haben meinte, von seiner Geige, die er mit der letzten Lackschicht bestrichen hat.

»Oh. Fein«, sagt sie.

Was zum Teufel ist daran fein? Noch dazu in so gleichgültigem Ton dahergesagt; man hört einfach, dass sie das überhaupt nicht tangiert. Wie er sie über den Tisch zieht, ihr in die starre Visage schlägt, ihren mageren Leib schüttelt – er sieht es detailliert vor sich: eine Haarsträhne, die schmerzhaft straffgezogen wird, als seine große Hand ihre Schulter packt, ihre schlaffen Arme, die seitlich wegpendeln, blitzende Zähne, über die Blut zu rinnen beginnt.

Sorgsam und mit Bedacht schöpft er Essen aus der Plastikschale auf ihren Teller: ein Hügelchen Pasta, ein Stück Fisch, eine kleine grüne Wiese aus Zuckerschoten. Die zweite Schale dreht sich in der Mikrowelle. Wein aus dem Kühlschrank, einschenken, hinstellen.

»Danke«, sagt sie.

Er dreht ihr den Rücken zu und hantiert an der Arbeitsplatte. Die Wut überträgt sich nicht auf seine Bewegungen, er ist darin geübt, seine Motorik zu beherrschen. Ein Geigenbauer muss eine feste Hand haben. Selbst wenn er schier platzt vor Verärgerung über einen nervigen Kunden, kann er den Stimmstock von dessen Geige mit kleinen, sicheren Bewegungen richtig platzieren. So pfeffert er die Schalen auch jetzt nicht in die Spüle und lässt kein Messer auf den Boden scheppern. Langsam dreht er sich mit seinem eigenen Teller in der Hand wieder um. Setzt sich. Isst.

Carolien fährt mit ihrem Besteck über den Teller, verteilt die Essenshäufchen, ohne dass viel davon verschwindet. Wenn sie so weitermacht, denkt er, verschwindet sie noch selbst. Warum isst sie nicht? In bedrohlichen Situationen muss man stark sein, muss sich behaupten. Das geht nur mit der entsprechenden Ernährung. So macht er es ja auch. Er sieht, wie sie mit Mühe einen Bissen zu sich nimmt. Kaut. Jetzt, da er so genau darauf achtet, kann er ihren Widerwillen fast fühlen. Sie *kann* einfach nicht. Er greift zur Weinflasche.

»Ich gehe nachher zur Cellostunde«, sagt sie. »Wenn ich zurückkomme, können wir noch ein Glas trinken, wenn du magst.«

Annäherung. Seine Wut verraucht. Wir müssen das Beste daraus machen, denkt er, was immer dieses »Beste« auch sein mag. Es hat keinen Sinn, sich die Köpfe einzuschlagen. Besser, man ist freundlich zueinander und akzeptiert, dass jeder tut, was er kann, aber dass es dabei Differenzen gibt. Unüberbrückbare Differenzen. Es fühlt sich wie eine Niederlage an. Würde es mir besser gehen, wenn ich sie erschlage oder aus dem Haus jage? Wohl kaum. Ich muss für sie sorgen, mich aufregen, mich ärgern. Das ist Arbeit. Das ist gut.

»Was steht bei van Aalst auf dem Programm?«

Carolien scheint bei der Frage ein wenig aufzuleben.

»Technik«, sagt sie, »ich habe den ganzen Tag nicht gespielt, da muss ich zuerst einfach mal ein bisschen streichen. Und dann dieses Solo aus dem Dvořák-Quartett. Hast du dir den Mozart übrigens schon mal angeschaut?«

»Das Dissonanzenquartett war es doch, nicht?«

»Ja. Ich dachte heute plötzlich, dass es vielleicht eine nette Idee wäre, das für Daniel zu spielen. Er wird fünfzig, und er liebt Musik so sehr. *Richtige* Musik, wie er selbst sagt.«

»Auf einer Party, meinst du?«

Das ist nichts für ihn, so verletzlich den Blicken ausgesetzt zu sein, mit lauter angetrunkenen Gästen um sich herum. Und wer kann überhaupt noch einem Stück zuhören, das fast eine Stunde dauert? Da reden die Leute dann dazwischen, rücken mit den Stühlen, klirren mit Gläsern. Schreien. Nein, das möchte er nicht.

»Ich dachte eher tagsüber, bei ihm zu Hause«, sagt Carolien. »Nur für ihn und seine Familie. Ein kleines Hauskonzert.«

Sie lacht sarkastisch. Aber sie lacht. Jochem nickt.

»Ich sehe es mir heute Abend mal an. Übe ein bisschen. Gute Idee.«

5

Sehr gut, denkt Hugo. Dann habe ich den letzten Termin des Tages, und das Gespräch steht nicht unter Zeitdruck. Es sei denn, die Dezernentin muss noch zu einem Abendessen mit Firmenchefs oder Hafenbaronen. Sie hat es offenbar eilig. »Sekretariat R und E!«, blaffte die Frau, die über den Terminkalender der Dezernentin wacht, ins Telefon. Hugo hatte sie schnell so weit, dass sie einen anderen Ton anschlug. Weil er als Direktor des Zentrums, ehemals Musikzentrum, persönlich den Hörer abnahm oder weil er so entspannt und freundlich rüberkam? R und E, die ticken doch nicht mehr richtig! Die Buchstaben stehen für »Recreation« und »Events«, dabei umfasst das Ressort einen Großteil dessen, was früher unter Wirtschaft und Kultur firmierte. Er zuckt die Achseln und betrachtet sein Spiegelbild im riesigen Fenster. Schlank. Eng geschnittener Anzug. Absolut passabel. Kann so bleiben.

Seine Zimmertür ist halb geöffnet. Transparenz und Zugänglichkeit: Die Angestellten sollen zu ihm reingehen können, wenn sie etwas auf dem Herzen haben. Sie sollen ruhig hören, wie er telefoniert, sehen, wie er seine Berichte schreibt, mitbekommen, dass er sich mächtig dafür ins Zeug legt, das sinkende Schiff auf Kurs zu halten. Es ist still auf dem Flur. Die Putzkolonne kommt nur noch zweimal die Woche, und seine Sekretärin wurde auf eine Halbtagsstelle heruntergestuft.

Ist er enttäuscht? Er denkt mit Wehmut an die Zeit kurz

nach der Eröffnung des Gebäudes zurück, als Abend für Abend interessante Ensembles und renommierte Solisten auftraten. Als die Presse seine Programmgestaltung wohlwollend kommentierte. Als noch Publikum im Saal saß. Die Subventionen versiegten, die Preise stiegen, und die Belegung des Saals nahm ab. Ensembles gingen zugrunde, Orchester wurden aufgelöst. Er hat es hautnah miterlebt. Die Lücken im Programm füllte er mit Kommerz auf: Verkaufsbörsen, Modeschauen, Betriebsfeste. Er findet das schlimm, aber unterschwellig verspürt er auch eine vage Neugier, ja beinahe Freude, die etwas mit dem stetigen Niedergang zu tun hat. Er hat keine Ahnung, woher diese Empfindung kommt, aber er weiß, dass sie ihm hilft weiterzumachen.

Unter seinem Schreibtisch steht der Geigenkasten. Noch ein Stündchen üben? Er könnte sich auf die leere Bühne stellen. Die Akustik des großen Saals wurde allseits gerühmt. Ein bisschen den Solisten mimen, Klang erzeugen, den Raum ausfüllen. Er nimmt den Kasten und steuert durch die verlassenen Flure.

Nach Dienstschluss setzt er sich aufs Rad und fährt zum Rathaus. Auch die Dezernentin hat ihre Tür offen stehen. Die Frau mit blondiertem Igelhaar und feuerrot geschminktem Mund tippt auf ihrer Tastatur. Sie hebt kurz die linke Hand, winkt ihn auf einen Stuhl und tippt dann weiter, bis sie mit einer theatralischen Gebärde beide Hände hebt – ein Pianist vor dem Schlussakkord. In einem großen Bogen lässt sie den Zeigefinger hinabtauchen und klickt auf Senden. Jetzt aufstehen und den Applaus entgegennehmen, denkt er. Schade, dass ich keine Blumen dabeihabe.

»Schön, dass du so schnell kommen konntest«, sagt sie. »Nicht viel los, hm?«

Die Häme ist nicht zu überhören, aber mich direkt zu fragen, wie es läuft, das traut sie sich nicht, weil sie Angst hat, ich könnte sofort in Vorwürfe und Klagegesänge ausbrechen.

»Wasser gern«, sagt er, als sie ihn fragt, ob er etwas zu trinken möchte.

Während die Dezernentin mit Flaschen und Gläsern beschäftigt ist – welche Intimität übrigens, dass sie das selber macht, er soll sich offenbar wie ein besonderer Gast fühlen –, betrachtet er die Aussicht. Wasser, genau wie bei seinem Gebäude. Touristen, ein Eiswagen, Boote. Wie es wohl wäre, wenn man auf so ein Boot springen und wegfahren würde?

»Ein unmöglicher Anblick«, hört er die Dezernentin sagen. Sie spricht schon seit einer Weile, er hat nicht aufgepasst. Mit einer Delegation Chinesen sei sie am Zentrum entlanggefahren, und das habe wie ein dunkles Ungetüm ausgesehen. Keinerlei Aktivität. Am Abend darauf sei ebenfalls alles leer gewesen, sie sei selbst daran vorbeigeradelt. Keine gute Werbung für die Stadt, die sie als »pulsierend« positioniert. Mit diesem Leerstand streue er ihr Sand ins Getriebe. Oder wie sehe er das?

Hugo wirft ihr einen ironischen Blick zu.

»Ich glaube nicht, dass wir die Diskussion über die Nutzung erneut aufrollen sollten. Du *weißt*, dass ich nicht das Geld habe, um das Gebäude zu füllen. In den Büroräumen sollten die Ensembles sitzen, der Nationale Kammerchor, das Hauptstadtorchester, die Konzertagentur. Die Einrichtungen konnten die Miete nicht bezahlen oder wurden aufgelöst – wie auch immer: Leerstand. Jetzt vermiete ich an ein Wassertaxiunternehmen, eine dubiose Anwaltskanzlei und jemanden, der rumänische Hilfsarbeiter für den Blumengroßmarkt anwirbt. Keine Musik, aber voll. Die Säle sind schwerer zu füllen, deshalb stehen wir drei, vier Abende die Woche leer. Dann mache ich das Licht aus.«

»Ich würde dir gern helfen«, sagt die Dezernentin.

Nanu? Macht sie jetzt etwa doch noch Subventionen locker?

»Ich hörte übrigens, dass du unlängst mit großem Erfolg Geiger in deinem Saal hattest. Ausverkauft.«

»Ein Streichquartett. In der ganzen Welt berühmt, nur hier bei uns nicht. Wir haben dreihundertfünfzig Euro pro Platz genommen. Das geht nicht oft.«

Die Dezernentin nickt.

»Ja, ja. In der Tat eine fruchtlose Diskussion, wenn wir auf die Programmsubventionierung zu sprechen kommen. Und *so* überholt. Wer will denn noch am Gängelband des Staates oder der Stadt geführt werden? Du bist eingestellt worden, weil du kreativ bist, weil du unkonventionelle Ideen hast. Ich trage das Meinige dazu bei, dass du die Autonomie hast, die du dafür benötigst. Aber zur Sache. Ich brauche einen Raum, in dem ich große Gesellschaften stilvoll empfangen kann. Einen repräsentativen Raum, ein Aushängeschild für die Stadt. Sie sollen was zu essen und zu trinken bekommen und sich Reden anhören. Leichte Unterhaltung, etwas Nettes in einem schönen Saal. Damit könnte ich deinen Leerstand beheben. Es kommen immer mehr Handelsdelegationen zu uns, die Stadt wird zum Gesprächszentrum für Unternehmer aus der ganzen Welt. Darauf konzentrieren wir uns bei der Stadt. Das ist ein Schwerpunkt unserer Politik.«

»Ich kann ein Angebot für dich erstellen lassen«, sagt Hugo trocken. »Verschiedene Optionen, mit oder ohne Abendessen, in den Foyers oder im Saal, Licht- und Tontechnik im üblichen oder im erweiterten Umfang. Mail mir doch deine speziellen Wünsche, dann hast du die Antwort binnen einem Tag auf dem Tisch.«

Die Dezernentin lacht und schüttelt den Kopf.

»Das wäre ja noch schöner«, sagt sie. »Ich habe das Gebäude errichten lassen. Alles finanziert, das Grundstück, die Architekten, den Bau. Alles. Da ist es doch wohl mehr als logisch, dass ich dort hin und wieder ein Fest zugunsten der Stadt geben kann. Ohne Aufpreis. Also gratis.«

»Energiekosten? Garderobenpersonal? Catering? Pförtner?«

»Was Speisen und Getränke betrifft, können wir, denke ich, auf einen gemeinsamen Nenner kommen. Alles andere sind Peanuts, darüber will ich gar nicht reden. Du solltest froh sein, dass dein Gebäude eine wichtige Funktion erhält. Diese Kleinkrämermentalität bringt dich nirgendwohin.«

Bloß weg, denkt er. Nicht auf Diskussionen einlassen. Keinen Streit vom Zaun brechen, ist total sinnlos. Wie komme ich hier so schnell wie möglich raus, das ist die Frage.

Er schaut auf seine Uhr und erhebt sich gespielt erschrocken.

»Hör mal«, sagt er, »ich werde das morgen mit meinem Stab besprechen und rufe dich dann an.«

Mein Stab, denkt er, als er wieder auf dem Fahrrad sitzt. Wenn die wüsste! Der Stab bin ich allein. Grinsend kurvt er am Wasser entlang. Große Schiffe fahren Richtung Meer, an den schönsten modernen Gebäuden vorbei, die die Stadt zu bieten hat. Dem Museum für zeitgenössische bildende Künste, dem neuen Gericht, seinem eigenen Zentrum in der Ferne. Alle diese Einrichtungen haben eine katastrophale Baugeschichte. Inkompetente Bauunternehmer, jahrelange Verzögerungen, himmelhohe Überschreitungen der veranschlagten Kosten. Keiner griff ein, denn die Beamten im Rathaus, die einen gewissen planerischen Durchblick hatten, waren sorgfältig geschmiert worden.

Jetzt sieht es beeindruckend aus. An die unterirdische Zerstörung denkt man besser nicht. In zwanzig Metern Tiefe wütet der hoffnungslose Kampf darum, der Stadt ein funktionierendes U-Bahn-Netz zu verschaffen. Lecks, untaugliches Material, Diebstähle im großen Maßstab. Unter der Erde Tunnelstücke, die am Ende nicht zusammenpassen, über der Erde einstürzende Häuser. Aber wenn man auf dem Rad hier am geduldigen Wasser entlangfährt, sieht es phantastisch aus. Im Museum findet irgendeine Feier statt, Leute stehen mit Gläsern in der Hand auf der Terrasse und sehen sich die Schiffe an. Auch beim Gerichtsgebäude herrscht so spät am Tag noch Betrieb, da stehen Sicherheitsfahrzeuge, und Gittertore werden automatisch auf- und zugeschoben.

Er radelt an seinem eigenen Prachtbau vorüber, einem Koloss aus dunkelgrauem Glas. Die schönste Lage von allen, und es sieht aus wie eine gespenstische Riesenruine. Er lacht laut auf, ein Passant sieht ihn befremdet an. Dann ist er zu Hause und schließt sein Rad am Gatter seines Stegs an. Zufrieden blickt er auf das mit Gräsern und Fettpflanzen bewachsene Dach seines gigantischen Hausbootes. Noch eine Runde joggen? Ja, warum nicht.

6

Es ist in der Solanderlaan abends schwer, einen Parkplatz zu finden, doch sie hat Glück. Nicht weit vom Haus ihres Cellolehrers fährt gerade ein dickes Auto weg. Carolien kann mühelos einparken. Sie begleicht die Gebühren per Handy und zerrt das Cello von der Rückbank. Der Kasten sieht aus wie mit feuchten Schuppen besetzt, glatt und schimmernd, eine Fischhaut. Er hat Riemen, so dass sie ihn wie einen Rucksack tragen kann.

Bei van Aalst sind die Vorhänge geschlossen, aber als sie auf das Haus zugeht, hat sie den Eindruck, dass sich am Fenster etwas bewegt – hält er Ausschau? Ja, bestimmt, er erwartet sie gespannt, seine liebste, seine einzige Schülerin. Oder er ist misstrauisch wie alle alten Leute und will wissen, wer klingelt, bevor er die Tür öffnet.

Vor einem Vierteljahrhundert hat sie drei Jahre lang bei ihm am Konservatorium studiert, bis sie sich entschloss, dem Medizinstudium den Vorrang zu geben. Die Arbeitsbedingungen für Musiker wurden von Jahr zu Jahr schlechter, und eine Kehrtwende war nicht in Sicht. Sie wollte Sicherheit. Sie wollte Geld, eine Familie. Sie wollte etwas tun, was einen Nutzen hat, was den Menschen dient, wofür sie dankbar sind. Jochem bestärkte sie darin. Er ist vorausschauend, weiß meist, was kommen wird. Es werde immer Menschen geben, die an irgendwas erkrankten, an irgendwas litten, sagte er, aber ob es immer jemanden geben werde, der sich Cellosuiten anhören wolle, sei ungewiss. Er hat recht bekommen.

Trotzdem hat er selbst unbeirrbar an seinem Instrumentenbau festgehalten, taub für seinen eigenen Ratschlag.

Sie klingelt, und sofort geht die Tür auf, und sie blickt in das schmerzverzerrte Gesicht ihres Lehrers. Er scheint an ihr vorbei auf die dunkle Straße hinauszuschauen, wo sich die Äste der hohen Bäume sanft im Abendwind wiegen.

»Hallo«, sagt Carolien. »Du hast doch mit mir gerechnet?«

Ein Schauder durchläuft den alten Mann; dann ist er wieder bei sich und sieht sie an.

»Natürlich, ich habe mich auf dein Kommen gefreut. Tritt ein. Ich gehe hinter dir her. Mein Knie macht mir heute zu schaffen.«

Sie geht ins Musikzimmer und stellt den Cellokasten auf seiner Seite halb unter den Flügel. Im Flur hört sie das Stampfen des Stocks. Langsam. Das Geräusch entfernt sich an der Zimmertür vorbei Richtung Küche. Muss ich etwas machen, denkt sie, sagen, dass er sich setzen soll, helfen, das Teeritual übernehmen? Keine Lust. Ich lass es geschehen. Wie ist es möglich, dass ich jetzt hier bin, dass sich alles verändert hat, aber er und ich hier zusammen sind? Mit Cellos. Die Aufregung vor fünfundzwanzig Jahren – ich achtzehn und er in der Blüte seines Erwachsenenlebens! Die Verliebtheit, um ehrlich zu sein. Die Musik als so wichtig zu empfinden, dass alles andere auf der Welt wegfiel. Ich war kein besonderes Talent, eher mittelmäßig. Aber ich arbeitete hart, und ich war nicht dumm. Das gefiel ihm. Er hatte so ein schönes Quartett, wir saßen mit der Celloklasse im Saal und schwelgten, wenn sie irgendwo auftraten. Sie gingen oft auf Tournee, dann übernahm sein Assistent den Technikunterricht. Die gesamte Konservatoriumszeit war ein Rausch, ein Traum. Kammermusik, Orchester, Vorspielen. Dass außerhalb davon eine andere Welt existierte, eine Welt mit Problemen, Pflichten und Verantwortungen, wusste ich zwar, aber es gelang mir, sie auszublenden und so zu tun, als würde ich in einem gesonderten Himmelreich zur Musikerin ausgebildet, wie ein Kind, das eine Zeitlang völlig in seiner Phantasie leben kann. Ich kam erst zur Besinnung, als ich Jochem kennenlernte. Ärztin werden. Das beschloss ich gleichsam mit einem anderen Hirn, war fast ein anderer Mensch. Das Cello stand verlassen in seinem Kasten. Die Saiten sprangen, das Haar des Bogens trocknete ein. Zerstörung im Verborgenen. Ich wollte nicht mal, dass Jochem es sich ansah. Ich bewegte mich nur noch zwischen Praktikums- und Operationssälen. Die Abende waren kurz, denn um sechs Uhr früh klingelte wieder der Wecker.

Sie hört Gepolter und das Klirren von Geschirr aus der Küche. Er kann mit diesem Stock in der Hand kein Tablett tragen, sie muss zu ihm. Ich lasse ihn im Stich, denkt sie, genau wie damals. Von einem Tag auf den anderen verwandelte ich mich von der leidenschaftlichen, besessenen Musikerin, die bereit war, ihren Geliebten mit dessen Karriere und dessen Ehefrau zu teilen, in eine Frau, die gesellschaftliche Verantwortung übernahm, mit ihrem Freund zusammenzog, um Kinder zu bekommen, und einen richtigen Beruf erlernte. Auf einen Schlag war alles vorbei: die Verliebtheit, die Illusion vom Musikerdasein, die Seifenblase, in der sie drei Jahre lang gelebt hatte.

Sie geht in die Küche. Er hat dort durchaus das eine und andere hinbekommen, Tassen auf einem Tablett, eine Teekanne, aus der Dampf aufsteigt. Ohne ein Wort hebt sie das Tablett von der Arbeitsplatte und bringt es ins Zimmer.

Nach ihrem brüsken Abschied sahen sie sich nicht mehr, lebten in verschiedenen Welten. Sie konnte es nicht ertragen, an ihre Konservatoriumszeit erinnert zu werden, der

Verlust war so schmerzlich, dass sie van Aalst lieber aus dem Weg ging. Das war leicht, denn natürlich wurde sie von ihrer Ehe, Schwangerschaften, der Ausbildung in Anspruch genommen. Hin und wieder las sie etwas über ihn in der Zeitung, zum Beispiel dass sich sein Quartett getrennt hatte, dass er seine Privatdozentur an den Nagel gehängt hatte, dass er mit den Cellosuiten um die Welt reiste. Zu Konzerten ging sie nicht mehr.

Als sie endlich sitzen, blicken sie sich schweigend an. Im gelblichen Lampenlicht sieht sie den Mann von früher hinter den Furchen und Falten des Greisengesichts. Sie würde gern lächeln, doch ihre Wangen fühlen sich steif an. Er beugt sich vor, um zu seinem Tee zu greifen. Der Stock, den er an seinen Stuhl gelehnt hat, fällt klappernd auf den Boden.

Was will ich, denkt sie in einem unvermittelten Anflug von Panik – reden, wirklich reden? Will ich wissen, was in ihm vorgeht, würde es mich erleichtern, wenn ich erzählen könnte, wie ich mich fühle? Ich könnte gar nicht die Worte dafür finden, wüsste keine Haltung einzunehmen. Ich würde mich von außen betrachten, missbilligend. Würde mich peinlich berührt fühlen, wenn er anfinge, über sein Leben zu jammern, und auch ohnmächtig. Aber trotzdem. Wie anfangen?

»Du siehst überanstrengt aus. Willst du denn noch dünner werden?«

Sie lacht, endlich.

»Leicht möglich«, sagt sie. »Ich lebe in einem permanenten Wettlauf. Ist schon gut so, ich würde es gar nicht anders wollen. *Können.*«

Er schüttelt den Kopf.

»Leere ist schwierig. Da beginnt man zu grübeln. Ich weiß, wovon ich spreche, ich grüble mir hier so einiges zurecht. Ich bewundere dich, euch beide. Aber du begehst Raubbau an dir selbst. Den Anschein hat es jedenfalls. Weißt du, Mädchen, es mag dir so vorkommen, als ob dein Leben ein Trümmerhaufen geworden ist, das denke ich auch mit unangenehmer Regelmäßigkeit über mein eigenes Leben, aber du kannst auch versuchen zu akzeptieren, dass es nun mal so gelaufen ist, und zufrieden damit sein, wie du die Situation meisterst. Du hast keine Schuld an den Widrigkeiten, und du kannst nichts wiederherstellen oder ungeschehen machen. Als ich noch gearbeitet habe, hätte ich es nie für möglich gehalten, dass unsere Art von Musik verschwindet, dass den Leuten eines Tages nichts mehr daran liegt und die Regierung kein Geld mehr dafür erübrigen will. Dass es mit einem Mal etwas Weltfremdes, Verdächtiges an sich haben könnte, wenn man den Tag damit verbringt, auf seinem Instrument zu üben. Und doch ist es so gekommen. Ich empfinde das als Schlag ins Gesicht, als Kränkung. Aber das sind die Wellenbewegungen der Zeit, ich kann nichts daran ändern, es steht außer meiner Macht. So versuche ich es zu sehen.«

Er ist einen Moment still.

»Aber ich darf mich nicht mit dir gleichsetzen. Musiker sind so egozentrisch. Ehe ich michs versehe, habe ich den ganzen Abend von mir selbst geredet. Ich wollte nur ein Beispiel anführen, mehr nicht.«

Carolien rutscht unbehaglich in ihrem Sessel herum. Er meint es gut, denkt sie, er möchte mir helfen. Soll er mir doch lieber Fingersätze für diese Dvořák-Partie geben, davon hab ich was. Er ist mein Cellolehrer und nicht mein Therapeut oder so was.

»Ist es mit deinem Knie so viel schlimmer geworden? Voriges Mal, als ich hier war, konntest du noch wesentlich besser laufen. Hast du Schmerzen?«

Van Aalst nickt und fasst sich ans Knie.

»Nachts?«

»Ja, meistens nachts. Tagsüber kann ich es ganz gut handhaben. Ich darf das Knie nicht belasten, das ist alles. Mit Stock geht es.«

»Welches Schmerzmittel nimmst du? Bekommst du etwas von deinem Hausarzt?«

»Ich betreibe Selbstmedikation. Aspirin. Vertrage ich gut.«

»Aber du brauchst was anderes. Was Stärkeres. Lass dir was verschreiben!«

»Ich gehe nicht zum Hausarzt. Da wirst du den Hilflosen zugeordnet, wenn du nicht mehr laufen kannst. Darauf kann ich verzichten.«

»Vielleicht lässt es sich beheben, operativ – ein neues Kniegelenk, eine Stabilisierung. Auf jeden Fall kannst du was Effektiveres gegen die Schmerzen bekommen.«

»Kannst du mir nicht etwas verschreiben?«

Sie sieht ihn forschend an. Er muss ziemlich viel Angst haben, wenn er sie als Ärztin in Anspruch nehmen möchte. Er sieht sie am liebsten als Musikerin, eine feige, gescheiterte Musikerin vielleicht, aber zumindest eine, die sich ihre Leidenschaft bewahrt hat. Von ihren medizinischen Abenteuern wollte er nie viel wissen. Wie alt mochte er jetzt sein? Wahrscheinlich um die achtzig. Aber ziemlich klapprig, man würde ihn für viel älter halten. Die Altenpflege ist mittlerweile komplett von der sonstigen medizinischen Versorgung abgekoppelt, aber wer wo hingehört, ist nicht nur eine Frage des Alters. Das Tüchtigkeitsprofil, denkt sie und sieht das auszufüllende Formular vor sich. Den Haushalt führen, Einkäufe machen, Mobilität, den nötigen Papierkram erledigen, Produktivität, Hygiene. Zahllose Fragen, die abgehakt werden müssen. Fehlen am Ende zu viele Häkchen, dann findet die »Übergabe« statt, und der Patient verschwindet aus ihrer Praxis. Nie mehr hört sie etwas von diesen Fällen, sie weiß nicht, was in den Altenzentren geschieht, und sie geht dem auch nicht nach. Er fürchtet sich davor, das merkt sie. Wahrscheinlich hangelt er sich mit Stock und ans Geländer geklammert Stufe für Stufe die Treppe hinauf, jede Nacht. Allemal besser, als einen Schlafplatz im Erdgeschoss einrichten, eine Dusche einbauen lassen, einen Treppenlift anschaffen. Das wird er für zu gefährlich halten. Verdächtig. Er will nicht, dass man auf seine Gebrechlichkeit aufmerksam wird. Zu Recht? Sie kann es nicht beurteilen. Alte Menschen haben Schrullen, sind durch eingerostete Ansichten geistig unbeweglich geworden und nicht mehr unbedingt fähig, die Realität zu erkennen. Sie verstehen einfach die Welt nicht mehr. Sie seufzt.

»Soll ich mir dein Knie mal ansehen?«

Er nickt und beginnt, sein Hosenbein hochzuzerren. Ein weißgraues, mageres Bein kommt zum Vorschein. Die dunkle Socke hängt schlaff über dem Schuh mit der unfallsicheren Kreppsohle.

Sie unterdrückt ein Schaudern. Dann kniet sie sich vor den Füßen ihres Cellolehrers auf den Boden. Sie schiebt den Hosenstoff, robuste dunkelblaue Baumwolle, noch etwas höher, so dass das Knie ganz frei liegt. O Gott, denkt sie, er kann mir in den Ausschnitt gucken, was wird er denken, sich erinnern? Ich muss die Hände auf dieses vertrocknete Bein legen, Hautschuppen werden umherfliegen, er wird fühlen, wie warm meine Haut an seiner blutleeren Greisenpelle ist. Warum tue ich das?

Betont locker pfeift er ein Stückchen aus einer Cellosuite, was ist es, eine Gavotte, eine Bourrée? Nicht hochschauen, sonst starre ich ihm direkt zwischen die Beine. Hört sich an, als atme er schwer, deutet das auf eine nachlassende Lungenfunktion hin, oder ist er erregt? Nicht denken, resolut das Knie umfassen. Ist es geschwollen, warm, beweglich, schmerzhaft? Sorgfältig tastet sie die Ligamente und Knochenstücke ab.

»Arthrose«, sagt sie. »Der Knorpel ist abgenutzt, und der Schmerz rührt daher, dass die Knochen aneinanderscheuern. Es ist kein Polster mehr dazwischen. Wie sieht es auf der anderen Seite aus?«

»Da habe ich keine Beschwerden«, sagt er leise.

»Wenn du eine Operation scheust, könntest du es mit einer Orthese versuchen. Die fixiert das Gelenk, und es gibt weniger Reibung.«

Sie legt kurz die Hand auf das andere Knie, über dem Hosenbein, denn auf eine weitere Entblößung ist sie nicht erpicht. Weniger warm, weniger geschwollen – scheint es wenigstens.

Ungelenk, ohne Eleganz richtet sie sich auf. Ich hätte sein Hosenbein runterziehen müssen, denkt sie, dumm, nicht fürsorglich. Stehend, die Hände, die sie plötzlich gern waschen würde, in den Seiten, schaut sie zu, wie er sich mit dem Stoff abmüht.

»Pack mal aus«, sagt er, »wir gehen an die Arbeit.«

7 Heleen hat ihrem Mann und ihren drei Söhnen nachgewinkt. Mit Fußballtaschen auf dem Lenker radelten sie davon, coole Jacken an und alberne Kappen auf dem Kopf. Abendtraining. Sie geht in die Küche zurück, um den Tisch abzuräumen. Egal, welche Mengen sie kocht, am Ende ist immer alles restlos aufgegessen. In mörderischem Tempo schieben sie das Essen in sich hinein, um den Teller gleich noch einmal vollzuladen.

Meine Arbeit wird gewürdigt, denkt sie, ich kann mich nicht beklagen. Nur sollte ich selbst nicht dabei mitmachen. Langsamer essen, weniger auf meinen Teller legen. Seufzend zuckt sie die Achseln. Wenn es mich wirklich stört, würde ich ja wohl was daran ändern, oder? Schön dick ist nicht hässlich, sagt Henk. Sie hat mal eine unheimlich korpulente Bluessängerin im Fernsehen gesehen, die Frau war so breit wie hoch und sah wirklich unmöglich aus – bis sie anfing zu singen. Ein fetziges Stück, temporeich, voller Leben. Sie bewegte sich zum schnellen Takt der Musik und schien mühelos hüpfen zu können. Mit jedem Hüpfer bewegte sie zweihundert Kilo in die Höhe, ohne dabei außer Atem zu kommen. Auf einmal war sie schön, kraftvoll und vertrauenerweckend, allein durch ihre Kompaktheit, die vollkommen natürlich wirkte. Genau so wäre sie selbst gern dick, dann wäre es nicht schlimm. Wenn man jedoch permanent ächzt und schwitzt, ist es schon unangenehm, und man beginnt sich zu schämen.

Sie erinnert sich an eine Szene aus ihrer Schwesternausbildung: eine fettleibige Frau in einem verstärkten Bett, Fleisch, das in schweren Lappen vom imposanten Bauch herabhing, Fettschürze nenne man das, lernten sie. Sie musste die Lappen anheben, um die Lenden und die vom Fett gebildeten Falten in den Schenkeln zu reinigen. In den tiefen Fissuren lebten Schimmelpilze und Bakterien, die die Haut zerstörten und der Frau unerträgliche Schmerzen bereiteten. Mit Desinfektionsmitteln, Sulfonamidpuder und Penizillinsalbe rückten sie der Zerstörung zu Leibe. Ekelhaft war das. Ausufernde, unförmige Dicke. Also das will sie nicht.

Noch eben ein Stündchen üben, jetzt, wo die Männer weg sind. Sie packt ihre Geige aus und stimmt sie. Seit Jochem sie justiert hat, hält die Stimmung besser, und sie hat einen schöneren Klang: nicht mehr so prononciert (schrill, fand sie selbst), sondern breiter, weicher, ohne den Kern einzubüßen. Langsam spielt sie eine Tonleiter.

Mit drei Kindern und einem Beruf lernt man, die kleinen Zeitspannen zwischen den diversen Alltagsaktivitäten zu nutzen. Wenn sie eine Viertelstunde hat, denkt sie nie, dass man in der kurzen Zeit nicht viel ausrichten kann, sondern nimmt ihr Instrument aus dem Kasten und übt einen Lauf aus einer Quartettpartie. Sie hat von Kindesbeinen an Geige gespielt, immer gut, sauber und sorgfältig – und nie mit besonderem Ehrgeiz. Zum Genuss wurde es für sie erst, als sie mit anderen zusammenspielen durfte, sich anhören konnte, was die erste Geige machte, um sich ihr dann anzupassen, so dass aus dem Ganzen mehr wurde als die Summe der Teile. Sie wüsste nicht, was sie tun müsste, wenn sie selbst auf dem ersten Stuhl säße, kann aber einwandfrei erspüren, worauf der Primarius hinauswill, und unterstützt ihn dabei. Das ist keine bloße Dienstbarkeit und Anpassung; sie ist auch in der

Lage, dem Tempo einen Schubs zu geben oder die Initiative zu ergreifen, wenn eine Veränderung der Klangfarbe gefragt ist. Sie ist die ideale Zweite, das sagen alle. Es ist eine Gabe, denkt sie; sie lacht über sich selbst, spöttisch, aber mit einer gewissen Zufriedenheit.

Ehe sie sichs versieht, ist es Zeit, zu ihrem »Schreibklub«, wie sie es nennt, aufzubrechen. Zu fünft oder sechst kommen sie einmal im Monat in einem kleinen Saal des Nachbarschaftszentrums zusammen, einem Relikt aus früheren Zeiten mit niedrigen Decken und orangefarbenen und braunen Akzenten in der Einrichtung. Die anderen Gruppenmitglieder, vier Frauen und ein Mann, sitzen bereits an den Resopaltischen, als sie keuchend hereinkommt und ihren Mantel aufknöpft. Sie blicken schweigend zu einem Mann im zerknitterten Anzug, der linkisch neben der altertümlichen Schultafel steht. Auch er sagt nichts.

»Kein Tee?«, fragt Heleen. Niemand antwortet. Sie angelt mit dem Fuß einen Stuhl unter dem Tisch hervor und setzt sich.

»Ist irgendetwas?«

Der zerknitterte Mann räuspert sich. »Wie ich schon sagte, ich komme von der Stadtverwaltung. Vom nächsten Monat an steht dieses Gebäude nicht mehr zur Verfügung. Wir sind genötigt, Immobilien abzustoßen. Das bedeutet, dass Sie von diesem Raum keinen Gebrauch mehr machen können. Leider.«

»Aber wir arbeiten hier ehrenamtlich«, sagt die Frau, die neben Heleen sitzt. »Das muss die Stadt doch unterstützen. Sie müssten wenigstens einen Ersatzraum anbieten.«

Der Mann schwitzt. Heleen sieht, dass er verstohlen die Handflächen an seiner Hose abwischt.

»So weit reichen meine Befugnisse nicht. Ich bin nur gekommen, um Ihnen zu sagen, dass hier Schluss ist. Strom und Wasser werden abgestellt. Punkt. Das habe ich Ihnen mitzuteilen.«

Der einzige Mann am Tisch plustert sich auf. Heleen sieht, wie er Anstalten macht zu protestieren. Warum bloß diese etwas zu langen Haare, das offene Oberhemd, der Strickpullover? Kann nicht auch mal ein normaler Mensch die Rolle übernehmen? Wer weiß, wie normal er ist, korrigiert sie sich selbst, ich sollte mich nicht von Äußerlichkeiten leiten lassen.

»Soziales Engagement«, hört sie den Mann sagen. »Durchs gesellschaftliche Raster gefallen. Eine Gruppe, um die sich niemand schert. Eine Gruppe von MENSCHEN. Ich meine nur.«

Heleen schaut sich um. Die Frauen in der Runde starren apathisch auf ihre Schreibblöcke. Der Beamte von der Stadtverwaltung sagt, zum Zweck ihrer Treffen seien ihm keine klaren Angaben gemacht worden.

»Sie haben einen Schreibkurs?«

»Wissen Sie, was«, sagt Heleen, »wir werden uns beraten. Vielen Dank für Ihr Kommen. Guten Abend.«

»Ich wurde plötzlich wütend«, sagt sie entschuldigend, als der Mann gegangen ist. »Ich dachte an den Hausmeister, der jetzt bestimmt arbeitslos wird. Wir werden uns schon irgendwie behelfen, eventuell geht es bei mir zu Hause.«

»Die Gefängnisleitung müsste uns einen Raum zur Verfügung stellen«, sagt der mit dem Pullover. »Wir arbeiten doch in ihrem Interesse, wenn mich nicht alles täuscht. Das soll erst mal einer abstreiten.«

Heleen zögert.

»Manchmal habe ich den Eindruck, dass wir ihnen nur lästig sind. Und ein bisschen suspekt. Wer will schon Verbrechern schreiben? Mördern. Kinderschändern. Gewissenlosen Erpressern. Ich stehe voll dahinter, wirklich, denn diese Menschen werden von allen gemieden. Das wünscht man niemandem. Aber dass wir der Gefängnisleitung lästig sind, kann ich mir durchaus vorstellen. Sie müssen die Briefe zensieren, das kostet Zeit.«

»Na, zensieren, was schreiben wir denn schon Gefährliches?«, sagt Heleens Sitznachbarin. »Man darf sein eigenes Leben nicht zu rosig schildern, dann macht man sie neidisch; man darf das Delikt nicht ansprechen, es darf nicht zu persönlich werden. Es ist oft ein ganz schöner Eiertanz, bis einem da noch irgendwas einfällt. Bei all den Verboten dürfte wirklich nicht viel Gefährliches in unseren Briefen stehen ... Ich mache uns jetzt erst mal Tee.«

Als wieder Ruhe eingekehrt ist, beugen sich alle über ihr Schreibpapier. Heleen füllt die Seiten mit ihrer gut leserlichen Handschrift. Drei Briefe. Sie hat nie Mühe, irgendein Thema zu finden, sie schwatzt im Grunde einfach drauflos. Über den Wiesenkerbel, der jetzt in Hülle und Fülle blüht, lässt sie sich nicht aus, das wäre zu schmerzlich für jemanden, der nie nach draußen darf. Sie malt sich das Leben so eines Zellenbewohners aus, was macht er? Essen, fernsehen, vielleicht Gymnastik, Krafttraining, oder wie man das nennt. Da kennt sie sich nicht aus. Unverfängliche Themen aus den Nachrichten – kann sie von der Eröffnung des neuen Gerichtsgebäudes erzählen, wie schön es am Wasser liegt, oder besteht die Möglichkeit, dass ihre Adressaten dort noch für ein weiteres Verbrechen verurteilt werden könnten? Sport ist immer gut, vor allem Fußball. Manchmal schaut sie sich, nur um in ihren Briefen darüber schreiben zu können, Fußballspiele im Fernsehen an; worum es dabei geht, versteht sie nicht, aber sie notiert sich sorgfältig, welchen Eindruck sie von den jungen Spielern gewinnt. Auftragskonform erzählt sie nur in Umrissen von ihrer eigenen Situation – sie arbeitet im Bereich der Gesundheitsfürsorge und könnte Physiotherapeutin oder Diätistin sein, sie macht Musik, verschweigt aber, welches Instrument sie spielt.

Der Mann mit dem Pullover erklärt in seinen Briefen den Sozialismus, wie er mal erzählt hat. Ihre Tischnachbarin bespricht die Bücher, die sie liest, um die Häftlinge zu animieren, sich in der Gefängnisbibliothek umzuschauen. Sie selbst schreibt lieber übers Kochen und neue Gerichte, die sie sich ausgedacht hat. Man könnte auch jeden Monat ein weißes Blatt schicken, eventuell mit einem gutgemeinten »Grüße!« darauf. Hauptsache, sie wissen, dass jemand an sie denkt, dass sie nicht vergessen werden. Sie findet das zynisch, so will sie nicht sein. Eifrig beschreibt sie, welche wunderbaren Programme im Klassiksender zu hören sind, man müsse sich zwar ein bisschen einhören, wenn man sich da noch nicht auskenne, aber es lohne sich. Musik helfe bei allem. Dass die Gefangenen sie für verrückt erklären dürften, nimmt sie in Kauf, das kümmert sie nicht. Sie schreibt, ohne ins Stocken zu geraten, bis alle Briefe fertig sind. Morgen Quartett, sie freut sich darauf.

8

Der große Tisch muss zur Seite, an die Wand, damit genug Platz ist, um zu viert im Kreis vor dem breiten Fenster mit Blick aufs Wasser sitzen und ungehindert streichen zu können. Hugo verschiebt das schwere Möbelstück und stellt schon mal Tassen und eine Tüte Stroopwafels hin. Seine Geige steht aufrecht im Sofapolster, wie ein kleines Kind, das neugierig ins Zimmer schaut. Sein Töchterchen ist heute bei der Mutter, sie können also gleich mit dem Musizieren beginnen, ohne dass erst ein Kind ins Bett gebracht werden muss, das dann womöglich nicht einschläft, so dass zum allgemeinen Erschrecken plötzlich ein Winzling im weißen Nachthemd im Zimmer stehen könnte.

Als das Kind geboren wurde, vor fast drei Jahren, hatte Hugo sich schon von der Mutter getrennt. Die Beziehung hatte sich als Irrtum erwiesen, und die Schwangerschaft war dessen bittere Krönung. Zu seinem Erstaunen machte das Kind ihm aber Freude, und er forderte ganz selbstverständlich seinen Teil des Sorgerechts ein. Seine Ex legte sich nicht quer, im Gegenteil, es hat nie die geringsten Querelen wegen der Verteilung der Tage und des endlosen Hin- und Herfahrens zwischen ihrer Wohnung und seinem Boot gegeben. Er ist ein unkonventioneller Vater, hat das Baby im Tragetuch mit zur Arbeit genommen und abends bei weit geöffneter Kinderzimmertür auf seiner Geige geübt. Der einzige Tag in der Woche, an dem er einen Babysitter benötigt, ist der Donnerstag. Dann hat er mittags eine Mitarbeitersitzung, und sie empfangen Leute aus der Kunstwelt. Anschließend gehen sie einen trinken. Als sich das Problem zum ersten Mal stellte, wandte er sich in seiner Verzweiflung an Carolien, die zu Hause hockte, weil sie noch nicht imstande war, ihre Arbeit wiederaufzunehmen. Er wusste, dass sie Zeit hatte, und ignorierte alle Gründe, die dafür sprachen, gerade sie nicht zu behelligen. Not bricht Gebot, sagte er sich; wir kennen uns schon hundert Jahre, noch vom Konservatorium her; sie muss ja nicht hellauf begeistert sein, es genügt, wenn sie dem Kind die Flasche gibt und ihm einmal die Windel wechselt. Wenn's sein muss, auch weinend. Ich werde sie nie wieder darum bitten, ich werde mich bis zum Gehtnichtmehr dafür entschuldigen, ich werde Lauralein postwendend abholen, wenn sich die hohen Herren vom Acker gemacht haben.

Als sie die Tür öffnete, drückte er ihr das Baby in die Arme und warf die Windeltasche an ihr vorbei in den Flur.

»Es tut mir ganz furchtbar leid«, rief er viel zu laut, »ich muss gleich weiter, ich bin schon zu spät dran, wie furchtbar, dass ich dich behelligen muss, ich schäme mich zu Tode, bis später, in einer Stunde muss sie ein Fläschchen bekommen …«

Carolien nahm das Kind entgegen und legte es mit routinierter Bewegung an ihre Schulter. Sie sagte kein Wort und schloss langsam die Tür, als er sich umgedreht hatte.

Ob sie das schafft, hatte er sich gefragt, als er unterwegs war, ist es nicht riskant, könnte sie dem Baby etwas antun, versinkt sie womöglich noch tiefer in Depressionen, als es jetzt schon der Fall ist, wie konnte ich das Kind nur ausgerechnet zu *ihr* bringen? Von der Sitzung bekam er so gut wie nichts mit, und seine Besorgnis wuchs von Minute zu Minute, bis er gegen sechs Uhr in heller Panik war. Er registrierte nicht mehr, was die Ministerialbeamten zu erzählen hatten, er stieß seine eigenen Mitarbeiter vor den Kopf und lieferte als Sitzungsleiter eine katastrophale Vorstellung ab. Eine heilsame Lehre, hatte er noch kurz gedacht, so was darfst du nie wieder machen. Prioritäten setzen. Das Kind kommt an erster Stelle. Sitzungen höchstens an zweiter, eher noch an dritter. Er war zu Carolien gerast.

Jochem öffnete ihm, abgemagert und alt geworden. Auch schmuddlige Klamotten.

»Es läuft gut, mach dir keine Sorgen«, sagte er gleich. »Wider Erwarten. Komm schnell rein.«

Hugo wusste nicht, was er davon halten sollte. Verunsichert tapste er durch den Flur und öffnete die Tür zum Wohnzimmer. Weit hinten, im Wintergarten, der voller saftiggrüner Pflanzen stand, sah er Carolien auf einem Sofa sitzen, die Knie hochgezogen, das Baby in den Armen. Die leere Flasche stand neben ihr auf dem Boden. Hugo schlich näher heran. Carolien sang. Sie summte ein Lied. Das Kind lag ruhig, mit weit geöffneten Augen in der Umarmung, hielt mit einem Händchen Caroliens Finger und schaute aufmerksam in das neue Gesicht.

Jochem stieß ihn an und bedeutete ihm mit einer Kopfbewegung, ihm in die Küche zu folgen.

»Sie hört uns sehr wohl, aber sie kapselt sich ab, gegen alles. Sie möchte nur den Kontakt zum Kind haben. Whisky?«

Sie tranken.

»Ich war wütend, dass du es gewagt hast, sie darum zu bitten, auf das Kind aufzupassen«, sagte Jochem, »ich dachte, das würde alles nur noch schlimmer machen. Aber gleich heute Nachmittag wusste ich, dass es genau andersherum ist. Sie kann das, weißt du, sich in so ein Kind hineinversetzen. Es tut ihr gut zu merken, dass sie dazu noch fähig ist.«

Hugo hatte sich erneut entschuldigt, aber Jochem winkte ab.

»Wir hocken hier tagaus, tagein in dieser absurden Leere. Da ist es ganz gut, wenn dich jemand einspannt, dir das Gefühl vermittelt, dass du gebraucht wirst. Mir geht das komischerweise mit meinen Kunden so. Die Geige klappert und knarrt, morgen Konzert, Hysterie. Dann werde ich ganz ruhig und mache mich an die Arbeit. Für eine Weile denke ich dann ausschließlich an das Klappern und Knarren. Eine Erleichterung ist das, eine kurze Verschnaufpause.«

Von dem Tag an wurde Carolien für das kleine Mädchen zu einer besonderen Tante, und als sie wieder anfing zu arbeiten, hielt sie sich den Donnerstag frei, um ihn mit dem Kind verbringen zu können.

Hugo steht mitten im Raum und wiegt sich über Zehen und Fersen vor und zurück. An den Wänden des Bootes liegt allerlei Krempel: Stapel von Berichten, Schreinerwerkzeug, Kleidung, Notenhefte und Spielsachen, als hätte er alles mit einem Besen auf die Seite gekehrt. Er klappt vier Notenständer auseinander und stellt sie auf den nackten Fußboden, ein Strauß Metall. Wenn er mal wieder Zeit hat, räumt er auf. Zu oft sollte man das nicht tun, es ist viel befriedigender, wenn die Unordnung kaum noch zu überschauen ist. Man muss das Chaos bis auf ein unerträgliches Maß anwachsen lassen und erst dann eingreifen. Dann sieht man hinterher auch, was man gemacht hat. Prinzipien, denkt er, Lebensrichtlinien. Er nimmt seine Geige vom Sofa, drückt sie mit beiden Armen an sich und geht langsam im Raum umher.

9

Jochem steht mit der Bratsche in den Händen in seinem Atelier. Auf der Werkbank liegt die Altpartie des Dvořák-Quartetts. Sehr schön geschrieben für das Instrument. Alle großen Komponisten spielten Bratsche: Bach, Mozart, Beethoven, Schubert und Dvořák garantiert auch. Es ist ein heimliches Vergnügen, eine sogenannte Mittelstimme zu spielen. Eine solche Partie als bloße Begleitung zu bezeichnen ist beleidigend und zeugt von Unverständnis. Die Mittelstimmen färben die im Vordergrund stehende Solostimme, sie leiten die Modulationen ein, sie übersetzen die Spielanweisungen in Klang. Und die Mittelstimme ist die Brücke, die Verbindung zwischen der Geige und dem Cello. Ohne Bratsche stürzte das Bauwerk ein. Ohne Bratsche wäre es loser Sand, wäre nichts dran. Ich sollte meine Partie auf alle Fälle einmal kurz durchspielen, findet er. Schwierige Striche üben. Die unvermittelten, immer nur kurzen Solos genau anschauen. Fingersätze einprägen. Er streicht die Bratsche an und horcht konzentriert auf den Klang. Etwas zu näselnd? Könnte voller sein. In der Tiefe klingt das Instrument nicht ganz frei.

Unversehens liegt die Bratsche auf dem Tisch, und er ist mit Stimmstock und Steg zugange. So geht es immer, die optimale Justierung des Instruments kommt vor dem Üben, so dass aus Letzterem selten etwas wird. Zum Glück fällt es ihm nicht schwer, direkt vom Blatt zu spielen. Es ist gut, selbst zu musizieren, wenn man Geigenbauer ist. Man muss nachempfinden können, worauf die Wünsche der Kunden abzielen. Man muss ihnen das Gefühl geben können, dass man versteht, was sie meinen. Trotzdem ist es ihm oft ein Rätsel, warum die Leute nicht hören, was er hört, als nähmen sie nur die erzeugten Notenfolgen wahr und nicht die wirkliche Stimme ihres Instruments. In aller Seelenruhe spielen sie mit einem Steg weiter, der kurz davor ist umzuklappen, oder mit einer Decke, deren Leimung aufgegangen ist, von falsch angebrachten oder abgesackten Stimmstöcken ganz zu schweigen. Er versucht, sie in der Klangliebe zu erziehen, immer und immer wieder. Mit einem Haken zieht er den Stimmstock durch das F-Loch an die richtige Position – dann reicht er das Instrument dem Kunden. Der streicht, streicht nochmals und lächelt verblüfft.

»Sehen Sie«, sagt Jochem dann, »das macht den Unterschied aus. Das ist die Grundlage. Die muss gut sein. Achten Sie darauf.«

Manchmal macht es ihn wahnsinnig, das Unwissen, die tauben Ohren, und er würde die malträtierten Geigen am liebsten auf diesen stumpfsinnigen Schädeln zertrümmern. Er ist gelegentlich versucht, jemandem für sehr viel Geld eine schrille französische Geige anzudrehen, die ein prestigeträchtiges Etikett trägt. Wer ist er, dass er sich gegen Betrug verwahrt, wenn der Kunde ihn unbedingt will? Aber er beherrscht sich, er bleibt seinem Gehör treu.

Die Klingel. Soweit er sich erinnert, hat er keinen Kundentermin. Er drückt auf den Knopf der Schließanlage und hört jemanden ächzend den Flur betreten. Dumpfe Stöße eines Instrumentenkastens gegen die Wand. Eine tolpatschige, achtlose Person, denkt er. Die Ateliertür öffnet sich, und eine kleine Frau schiebt sich hinter einem eigenartig geformten Kasten herein. Jochem gräbt in seinem Gedächtnis:

Ja, natürlich, die Gambenspezialistin. Ihre Haare haben eine andere Farbe als früher. Sowie sie den Mund aufmacht, erkennt er sie wirklich wieder. Das Gehör ist der verlässlichste Sinn.

Die Welt der sogenannten authentischen Aufführungspraxis ist ein Gebiet, in dem er sich nicht gern bewegt. Er respektiert die Evolution der Streichinstrumente, und es widerstrebt ihm, eine Geige in den alten Zustand zurückzuversetzen. Weniger Klang, wer kann denn das wollen? Ganze Volksstämme, wie er inzwischen weiß. Sie verzichten auf das Vibrato und halten den Bogen so fest, dass sie kein Attacco spielen können. Sie wischen über die Saiten. Darmsaiten. Das klingt nach nichts, findet er. Aber er hat ein Geschäft, und folglich gibt er sein Bestes, wenn ihn so ein Fan alter Musik konsultiert. Die Grenze zieht er bei der Drehleier, aber eine Gambe schaut er sich schon noch an.

Die Frau packt das vielsaitige Instrument aus und trägt vor, was sie zu bemängeln hat.

»Tee, ja?«, fragt er. Kaffee wollen sie selten. Sie nickt und zieht aus dem Deckel des Kastens ein Putztuch hervor. Bis er die Tasse Tee vor sie hinstellt, hat sie das Instrument tipptopp aufpoliert.

»Setz dich doch«, sagt er und zeigt auf einen Schemel. Er nimmt ihr die Gambe ab und untersucht das Holz von allen Seiten.

»Die alte Reparaturstelle ist wieder aufgegangen. Die leime ich dir noch einmal. Daher kommt dieses Klappern, denke ich.«

Er streicht. Ein dünner, atemloser Ton. In der Höhe klingt es noch einigermaßen, doch die tieferen Saiten geben armselige Töne von sich. Der Winter, mit Temperaturschwankungen und Heizungsluft, hat das Instrument austrocknen lassen, so dass sich einige Teile verschoben haben und alte Wunden aufgerissen sind.

»Ich schaue mal, ob ich etwas am Stimmstock machen kann. Der Steg müsste auch mal ersetzt werden. Soll ich dir einen neuen schneiden, mit etwas weniger Holz? Lässt sich aber auch irgendwann später noch machen. Du willst sie sicher gleich wieder mitnehmen, oder?«

Die Frau nickt. Jochem macht sich an die Arbeit. Er pfeift das Thema von Dvořáks erstem Satz, dem Bratschensolo, zwischen den Zähnen. Als er fertig ist, reicht er der Gambenspielerin das Instrument. Sie streicht bedächtig alle Saiten an. Es klingt ausgewogen, sonor. Für eine Gambe.

Während sie ihren Schatz wieder einpackt, räumt er sein Werkzeug auf.

»Ich lege dir einen Prospekt hin. Habe ich für dich mitgebracht«, hört er sie sagen.

»Ja, ist gut«, sagt er mit dem Kopf im Beitelschrank. Wahrscheinlich irgend so ein elendes Alte-Musik-Festival, denkt er. Gott bewahre, dass ich zu so was hingehe und den ganzen Tag von Blockflötenensemble zu Gambenkonsort schlendre. Und alles, alles falsch. Was denkt sie sich eigentlich? Dieser Prospekt wandert gleich in den Papierkorb.

»Schickst du mir dann die Rechnung?«

»Das gehört zum Service«, sagt Jochem. »Ich schreibe dir eine Rechnung, wenn ich den Steg für dich mache. Komm wieder, wenn du Zeit dafür hast.«

Die Frau errötet und gibt ihm die Hand. Unter Gepolter entfernt sie sich durch den Flur.

10

Am Ende des Nachmittags liegt die Straße im Schatten. Reinier öffnet seine Haustür. Zuvor hat er schon die Tür am Ende des Flurs aufgemacht, zum Balkon hin, der über seinem Garten hängt. Bei alten Leuten riecht es ja schnell muffig, oder besser gesagt, es stinkt. Also durchlüften.

Schwüle wabert zum Flur herein. Er stellt sich in die Tür. Die Straße ist zum Leben erwacht. Auf die breiten Gehwege haben die Bewohner Bänke und Tische gestellt. Praktisch vor jeder Fassade stehen Blumenkübel mit wer weiß was drin, von Orangenbäumchen bis hin zu Pampasgras. Zwischen den ganzen lauschigen Attributen sieht er überall angekettete Fahrräder und Lastenräder stehen.

Man muss schon sehr von sich überzeugt sein, wenn man derart unverschämt öffentlichen Raum okkupiert, denkt er. Die Leute, die hier wohnen, wissen sich im Recht. Sie belasten die Umwelt nicht mehr als unbedingt nötig, sie trennen ihren Müll und sorgen dafür, dass ihre Kinder ungefährdet auf der Straße spielen können. Sie essen nur das Fleisch von Tieren, die auf einer echten Weide gegrast haben, und bestellen wöchentlich eine Tasche voll giftfrei angebautem Gemüse. Eine Tasche aus Jute natürlich, nicht aus Plastik. Samstags sieht man sie mit Schwarzwurzeln und Rübstielen nach Hause gehen. Dass alle das Gleiche kochen, scheint sie nicht zu stören. Eine Garküche wäre bequemer, die Vollwertmahlzeiten fix und fertig anliefern lassen, was ist dagegen einzuwenden? Und ich wohne mittendrin, mit meinen vorgefertigten Hackbällchen in Vakuumverpackung und den vielen Dosen Erbsensuppe.

Die Kreuzung jenseits der Müllcontainer ist eigentlich ein kleiner Platz mit Cafés, die ihre Tische draußen aufgestellt haben. Mitten auf dem Platz ist ein Springbrunnen, der mal eine Fontäne hoch in die Luft spritzt, mal quirlige Wassermassen über den glatten Stein gurgeln lässt. Hunde trinken von dem Wasser. Sie sind gut dressiert und beißen keine Kinder. Hundekot wird hier übrigens immer in Tüten wieder mitgenommen. Im Springbrunnen spielen die kleinen Kinder, barfuß, in durchnässten Hemdchen.

»Hallo!«

Er erschrickt und hat Mühe, seine Augen auf den Nahbereich einzustellen, nachdem er so lange zum Brunnen gespäht hat. Der Junge, der ihm mit dem Abfall geholfen hat, steht unten an seiner Eingangstreppe. Er trägt Jeans und ein langärmeliges Shirt. Die dunklen Augen flackern fröhlich in seinem Gesicht.

»He, hallo«, sagt Reinier linkisch. »Vielen Dank noch mal!«

»Ich kann Ihnen öfter helfen, beim Einkaufen oder so?«

Er merkt, dass er glückselig »ja« sagen möchte, nur zu gern an das glauben möchte, was früher Nachbarschaftshilfe und später ehrenamtliche Betreuung von Pflegebedürftigen hieß, von Herzen gern auskosten möchte, dass da ein Gesicht ist, das nicht kritisch oder taxierend, sondern einfach freundlich aussieht. Aber was ist mit der Angst? Dem gesunden Menschenverstand? Wenn man eingesteht, dass man etwas nicht mehr kann, ist man verloren.

»Das ist nett von dir«, sagt er tonlos, »aber ich gehe selbst gern einkaufen. Vielen Dank für dein Angebot. Sehr freundlich von dir. Aber es ist nicht nötig.«

Hör auf, denkt er, hab dich nicht so. Kein Grund zur Panik. Es ist nur ein kleiner Junge, der etwas zu dir sagt. Alles in bester Ordnung.

Der Junge nickt und geht weiter. Reinier schließt die Tür und schleppt sich, seltsam erschöpft, in sein Musikzimmer. Das Cello liegt auf seiner Seite neben dem Stuhl auf dem Boden. Mühsam setzt er sich und hebt das Instrument hoch. Er spannt den Bogen und beginnt zu stimmen.

Eine gute Stunde lang denkt er an nichts anderes als an das Gewicht des Bogens auf der Saite und die Platzierung der Finger auf dem Griffbrett. Trotz der Anstrengung fühlt er sich danach ausgeruht, ja beinahe glücklich. Ich würde gern wieder mit anderen zusammenspielen, denkt er, es gibt so unübertroffene Kammermusik. Verdammt, wenn Carolien das mit ihrem Quartett schafft, müsste ich doch auch Leute finden können, so dass ich wieder spüren kann, wie das ist, wenn man völlig in dem Klang aufgeht, den man gemeinsam macht, sich im Innern eines Meisterwerks befindet, das man so gut von außen kennt. Ich bin missgünstig. Muss denn das sein? Vielleicht hätten sie Lust, Schubert zu spielen, das Quintett mit den zwei Cellos. Und wenn ich dann diese wundervolle zweite Cellopartie spielen dürfte, mit den Flüstergirlanden im langsamen Satz. Er wiegt den Kopf im Rhythmus des Adagios und sieht in Gedanken die Streicher unter hellem Licht im Kreis sitzen, er mittendrin, seine Schülerin rechts und der Primarius zu seiner Linken. Die Sehnsucht schmerzt.

Er reißt sich zusammen. So weit ist es mit mir gekommen, denkt er, dass ich darauf erpicht bin, mit halben Amateuren zu musizieren. Das kann doch nur auf eine Enttäuschung hinauslaufen, sei ehrlich, das ist Humbug. Was werden sie über so einen Vorschlag denken? Ach je. Sie werden mich bemitleiden und sich deshalb nicht trauen, nein zu sagen, obwohl sie viel lieber zu viert bleiben. Noch schlimmer wäre es, wenn sie sich geschmeichelt fühlten – ein sogenannter »großer« Cellist, der sie gut genug findet, um mit ihnen zusammenzuarbeiten! Das wäre erst recht schrecklich.

Er schlurft ins Wohnzimmer und schaltet den Fernseher ein. Als er zurückgelehnt in seinem Sessel sitzt, merkt er, wie aufgewühlt er ist. Der Schweiß steht ihm auf der Stirn. Hinter sich, zwischen die Polster gestopft, findet er ein Taschentuch und wischt sich das Gesicht ab. Aus dem Gerät kommt die aufgeregte Stimme eines Berichterstatters, der, ein Mikrofon in der Hand, auf den Stufen des neuen Gerichtsgebäudes steht. Hinter dem Mann gehen Menschen ein und aus, eine Fahne flattert im kräftigen Wind, und ein Kameraschwenk zeigt das unruhige Wasser.

Reinier lauscht der Musik der Journalistenstimme, ohne zu erfassen, um was es geht. Starre Musik ist das, findet er, mit einem unbequemen, stockenden Rhythmus. Darin schwingt Empörung mit, ob aufrichtig oder gespielt. Es klingt ungehalten, aber er hat den Eindruck, dass da auch etwas von klammheimlicher Freude ist. Nun gibt er doch acht. Der Prozess natürlich. Der erste große Prozess in dem neuen Gebäude, dieser Bastion der Sicherheit. Er hat es mehr oder weniger in der Zeitung verfolgt, oberflächlich, denn echtes Interesse kann er nicht dafür aufbringen. Vor Gericht steht, oder wird stehen, ein Krimineller, der bereits wegen einer Reihe widerlicher Verbrechen in Haft ist – Erpressung, Mord, obskure Machenschaften, bei denen es um unvorstellbar viel Geld ging. Jetzt wird der Mann verdächtigt, dass er eine Ministerin und einen Geschäftsmann hat umbringen lassen, ein schamloser Mord, der auf den ersten Blick wie ein Unfall aussah. Die gesamte Bevölkerung war Augenzeuge, es war ein langweiliger Beitrag in den Abendnachrichten: Die

Ministerin für Bauwesen und Infrastruktur wurde in einer Gondel an einem Kran hochgezogen, damit sie sich aus der Hubschrauberperspektive einen Eindruck von der neu angelegten Bahntrasse verschaffen konnte. Der Leiter des Unternehmens, das den Komplex gebaut hatte, stand neben ihr. Als die Gondel abstürzte – das Geräusch war am schlimmsten –, war es nicht mehr langweilig, sondern ließ das gesamte Land von Sesseln und Sofas hochfahren. Die Ministerin hatte sich das Genick gebrochen, der Direktor war zerschmettert, und das Fernsehbild wurde kurz schwarz. Danach begannen die Spekulationen. Anschlag oder Unglück? War an der Aufhängung der Gondel geschraubt worden? Die technische Untersuchung dauerte Wochen. Die Ministerin wurde beigesetzt. Hatte der Anschlag ihr gegolten oder dem Unternehmensleiter, der mit ihr zusammen abgestürzt war? Sie waren vor den Füßen des Bürgermeisters gelandet, der im letzten Augenblick einen Rückzieher gemacht hatte und käsebleich wieder aus der Gondel ausgestiegen war. Höhenangst. Womöglich hatte der Anschlag sogar ihm gegolten, und die anderen starben ganz umsonst.

Könnte alles sein, denkt Reinier. Niemandem ist zu trauen, der Ministerin nicht, dem Bürgermeister nicht und auch nicht dem Büro, das die anschließende Untersuchung durchgeführt hat. Dem Richter genauso wenig. Man muss selbst gut aufpassen und die Gefahren wachsam umgehen. Am besten weist man allen die Tür und lässt niemanden herein. Er macht den Fernseher aus. Das Zimmer soll reine Leere sein. Jenseits der Wände erheben sich die Gefahren, doch hier drinnen ist Luft und Stille. Auf dem Tischchen neben seinem Sessel liegt die Partitur von Mozarts Dissonanzenquartett. Er nimmt das gelbe Heft und schlägt es auf. Während er liest, macht er Musik, die niemand hören kann.

11

Das Mittagessen in der Praxis soll ein Ruhepunkt sein. Die Vormittagssprechstunde ist vorüber, der Nachmittag wird mit Hausbesuchen, Papierkram und speziellen Terminen angefüllt sein. Sie setzen sich an den schmalen Tisch: Heleen, Carolien und Mollie. Daniel ist aufs Rad gesprungen und wird gleich wieder zurück sein. Das Telefon kann nicht abgestellt werden; der Anrufbeantworter ist eingeschaltet und auf Lautsprecher gestellt. Von Zeit zu Zeit schallt die Stimme eines Patienten durch den Raum. Dann verstummen sie und treffen eine Entscheidung, ob gleich zurückgerufen werden muss oder nicht. Die Tür zum Dachbalkon steht offen.

»Was hast du denn mit dieser Pflanze vor?«, fragt Carolien. »Die ist doch aus dem Wartezimmer, oder?«

»Läuse«, sagt Heleen. »Ich werde sie mit einer Zigarette von dir behandeln. Man sollte Patienten nie verwahrloste Pflanzen hinstellen. Da könnten sie denken, dass man sich um sie auch nicht richtig kümmern wird.«

Daniel kommt mit zwei Plastiktragetaschen herein.

»Krabbenkroketten! Fangfrisch aus dem Meer! Und hier sind die belegten Brötchen, packt ihr mal bitte alles aus.«

Heleen steht bereits. Daniel lässt sich auf den Stuhl gegenüber von Carolien fallen. Sie sieht, wie hungrig er auf die Kroketten schaut. Als Mollie ihr eine Tasse Kaffee hinstellt, nimmt sie sie und verschwindet nach draußen. Neben der kranken Pflanze lehnt sie sich an die Wand. Entfernt hört sie das Geplauder aus der kleinen Küche. Ich kann das nicht, denkt sie, ich verderbe die Stimmung, wenn ich dahocke und schweige. Besser ein Weilchen hier stehen. An Essen mag ich sowieso nicht denken. Unbegreiflich, wie sie so darin aufgehen können, sie können glatt die ganze Stunde über Kroketten reden. Grässlich.

Sie zwingt sich, über das Nachmittagsprogramm nachzudenken. Zwei Hausbesuche und danach Zeit für den Papierkram. Es wird gehen, es wird die Zeit füllen, bis es Abend ist und sie mit Jochem zur Quartettprobe fahren kann.

Telefon. Der Anrufbeantworter ist so laut gestellt, dass sie hier draußen Wort für Wort versteht.

»Sie können eine Nachricht auf Band sprechen«, hört sie Mollies aufgezeichnete Stimme sagen. Dann eine Stille. Jemand räuspert sich.

»Dieses Ergebnis«, sagt eine schwache, flüsternde Stimme, »dieses Ergebnis der Untersuchung unseres Mädchens – wir möchten gern darüber reden, wie Sie das sehen. Bitte rufen Sie uns zurück. Bitte.«

Sie erschrickt. Es ist der Vater einer kleinen Patientin, eines Kindes mit bedrohlichen Symptomen. Sie hatte es an die Krebsklinik überwiesen, wann genau? Vor zehn Tagen etwa; zur Untersuchung, zur Behandlung, falls das noch Sinn hatte. Warum hat sie keine Befunde gesehen, warum hat niemand angerufen? Warum hat sie selbst nicht mehr daran gedacht?

Sie duckt sich an die Wand. Was nun? Sie hört jemanden aus der Küche gehen; dann gedämpfte Frauenstimmen. Ich traue mich nicht, denkt sie, ich traue mich nicht mal in meine eigene Praxis, aus Angst vor vorwurfsvollen Blicken, aus Angst davor, dass sie mich für eine herzlose, unachtsame Hausärztin halten. Wie kann man nur vergessen, so einer

Überweisung nachzugehen! Siehst du, werden sie denken, sie ist gar nicht fähig, vernünftig zu arbeiten, sie muss weg, sich krank melden, Urlaub nehmen, kündigen.

Noch eine Zigarette. Sie erinnert sich deutlich an das Elternpaar, gemeinsam vor ihrem Schreibtisch, das Kind in der Mitte. Verlegene, unsichere Menschen. Beunruhigend, hatte sie gesagt, das lassen wir gründlich untersuchen. Die Mutter hatte das Kind auf den Schoß gezogen und beschützend die Hände über das aufgedunsene Bäuchlein gelegt.

Sie hatte gedacht: Weg, sie müssen weg von hier, raus, fort mit ihnen, auf der Stelle! Sie hat in der Kinderonkologie angerufen, da ist sie sich sicher. Eine Nachricht bei der Sekretärin hinterlassen, um die Familie anzukündigen. Und eine Mail an den Lehrstuhlinhaber geschickt, mit ihren Befunden und Vermutungen. Danach kam der Deckel drauf. Bis jetzt.

Daniel erscheint auf dem Dachbalkon. Er schließt die Tür hinter sich und stellt sich ihr gegenüber hin.

»Ich habe die Leute von vorhin zurückgerufen«, sagt er. »Der Befund ist katastrophal, überall Metastasen, gar nichts mehr zu machen, einfach zu Hause bleiben und das Ende abwarten. Unter hausärztlicher Betreuung.«

»Oh«, sagt Carolien. »Es sind *meine* Patienten.«

»Weiß ich. Aber was du auf dich nehmen kannst, hat seine Grenzen. Du warst bei einem Hausbesuch, als aus der Pädiatrie angerufen wurde, da habe ich mit diesem Kinderonkologen gesprochen. Und beschlossen, dass ich mit der Familie weitermache. Wir haben eine Gemeinschaftspraxis, wir sind ein Team, da kann der eine den anderen vertreten, wenn es nötig ist.«

Mollie steckt den Kopf durch die Tür.

»Daniel! Dein Patient ist da!«

Und weg ist sie wieder. Carolien hat kurz Zeit gehabt zu

sondieren, was sich eigentlich in ihr regt. Vor allem Schuldgefühle. Sie lässt den unangenehmen Scheiß für ihren Kollegen liegen, sie ist die schwache Säule des Gespanns, sie hält nichts aus, versagt auf ganzer Linie. Eine lähmende Müdigkeit macht sich in ihrem gesamten Körper breit. Es ist ihr unmöglich, die Muskeln von Zunge und Lippen zu bewegen. Trotz Mollies Hinweis bleibt Daniel stehen. Was will er? Dankbarkeit? Eine Reaktion? Mit einem Mal schäumt sie vor Wut.

»Was mischst du dich ein? Ich mache mich doch auch nicht ungebeten an deine Patienten ran, oder? Was sollen die Leute denn denken? Du würdigst mich herab, eine Hundsgemeinheit ist das von dir, das gestatte ich dir nicht, hörst du, hast du mich verstanden?!«

Er schließt sie fest in die Arme und drückt ihren feuchten Mund an sein Oberhemd.

»So, und jetzt sei schön still.«

»Pah«, faucht sie, »du hast mir gar nichts zu sagen, du solltest ...«

»Hör doch mal zu. Dieses Mädchen wird sterben, die Eltern wissen weder aus noch ein, in der Klinik wird nichts mehr gemacht, es ist jetzt also an uns. Hausbesuche. Medikation. Palliative Behandlung oder Euthanasie. Bei Nacht und Nebel an dieses Krankenbett, ohne sich dafür wappnen zu können. Ich möchte nicht, dass du das machst, nach allem, was passiert ist. Nicht, weil du so arm dran bist, sondern weil diese Familie dann keine gute Betreuung bekäme. Jeder von uns ist mal der einen oder anderen Aufgabe nicht gewachsen, die er auf den Tisch bekommt. Jetzt bist du diejenige. Neulich war ich es, mit meinem überfälligen Papierkram. Da hast du mir geholfen, jetzt helfe ich dir. Ob dir das nun gefällt oder nicht. Putz dir die Nase.«

Er reicht ihr die Serviette, in der die Krokette war, sie riecht das Fischige. Gehorsam putzt sie sich die Nase und trocknet ihre Augen. Daniel sieht sie fragend an. Sie macht sich von ihm los und nickt kurz. Eilig marschiert er zu seinem Patienten.

12

So ein Abend, denkt Heleen, während sie gemächlich am Kanal entlangradelt, so ein Abend schenkt Ruhe. Kein Wind, die Luft ist schwül und feucht, das Laub an den Bäumen glänzt. Ihre schweren Fahrradtaschen reiben an den Speichen, sie hat sie vollgeladen, rechts mit Weinflaschen und Esswaren, links mit ihrem Geigenkasten. Obwohl sie über ihre Briefe eng mit Menschen zu tun hat, die alle möglichen Verbrechen begangen haben, käme ihr nie der Gedanke, dass jemand auf einem schnellen Scooter vorbeiknattern und sich ihr Instrument schnappen könnte. Gedankenlos tritt sie in die Pedale, lässt den Blick über die Rasenflächen vor den Wohnbooten wandern. In der Ferne sieht sie Hugos begrüntes Dach – Blumen und Gras, er könnte ohne Weiteres eine Ziege darauf halten, Hühner, eine Kaninchenfamilie. Aber das ist nichts für Hugo, er mag keine Tiere, das war früher schon so, in der Zeit, da sie die Sommer zusammen verbrachten. Er versteckte sich hinter ihr, seiner großen Cousine, wenn sie auf ihren Streifzügen einem Hund begegneten, zupfte sie an der Jacke, wollte weg. Wir haben uns kaum verändert, denkt sie, er ist nach wie vor versessen auf Bewegung und Veränderungen. Und ich mache aus allem ein Heim, male mir aus, was ich kochen werde, damit alle genug haben.

Hugo steht in der Tür und schaut zu den Bäumen. Er fokussiert den Blick, als er Heleen auf den breiten Steg fahren hört, und beeilt sich, ihr dabei zu helfen, das Rad im Gleichgewicht zu halten. Sie küsst ihn ein wenig ungelenk auf die Wangen. Bartstoppel. Der Hauch eines angenehmen Duftwässerchens. Er hebt die Einkäufe aus ihrer Fahrradtasche. Sie kettet das Rad am Geländer an und nimmt den Geigenkasten.

»Du bist müde«, sagt Hugo, »das kann ich sehen.«

»Nein, nein, ein normaler Arbeitstag, nichts Besonderes. Henk ist mit den Jungs zum Training. Ich hab Essen für uns mitgebracht, komm, wir gehen rein.«

Sie steuert mit ihrem kompakten Leib auf die Küche zu, wirft ihren Mantel über einen Stuhl, stellt mit der einen Hand den Gasherd an und greift mit der anderen zu einer Salatschüssel, holt Töpfe und Teller aus Schränken, fördert das Essen aus den mitgeschleppten Tüten zutage, stellt die Dunstabzugshaube auf die höchste Stufe und zieht ein großes Messer aus der Küchenschublade.

»Setz du dich mal hin«, sagt sie, »du musst heute Abend am schwersten arbeiten.«

Sie beugt sich mit dem Bratenwender über die Pfanne. Köstlich, der Geruch von gutem Fleisch. Da geht's einem gleich besser.

»Du hast schon recht, ich bin müde. Kommt aber nicht von zu viel Arbeit, ich tue gar nicht so viel. Kommt eher vom Grübeln. Passt Carolien immer noch einmal die Woche auf Laura auf?«

»Ja, ein Glück. Sie gehen zum Sandkasten hier in der Nähe. Und in den Zoo. Scheint so etwas wie ein Gesetz zu sein, dass Kinder alles über Tiere lernen, bevor sie anfangen, sich mit Menschen zu befassen. Als Laura anderthalb war, wusste sie die irrsten Sachen über das Leben auf dem Bauernhof. Sie konnte Ziegen und Hühner und Esel haargenau nachmachen. Aber dieses ganze Wissen wird sich verlieren, es ist nicht etwa so, dass sie später ohne größeren Aufwand Bäuerin werden könnte. Seltsam. War das bei deinen Kindern auch so?«

Heleen nickt.

»Ich finde, es ist nicht immer leicht zu wissen, wie man mit Carolien umgehen soll«, sagt sie. »Wir schonen sie ein bisschen bei der Arbeit. Vielleicht zu sehr. Das ärgert sie. Ich wünschte, es gäbe Regeln dafür, man weiß nie, ob man es richtig macht.«

»Man macht es natürlich nie richtig«, sagt Hugo. »Das versteht sich von selbst. Du würdest sie am liebsten trösten, ich kenne dich lange genug. Das geht aber auch nicht. Du musst damit zu leben lernen, dass es nie richtig sein kann. Ist das so schwer?«

Sie antwortet nicht, hantiert mit Schüsseln, schaltet den lauten Dunstabzug aus und schiebt die Stroopwafels zur Seite. Lammfleischfrikadellen, Kartoffelpüree mit ganz viel Koriander.

»Wie steht es eigentlich mit deiner Arbeit?«, fragt sie.

»Katastrophal! Eine Abwärtsspirale, wie man so schön sagt. Ein Strudel, und ich befinde mich mittendrin. Deshalb sind alle um mich herum wahnsinnig hektisch und aufgeregt, und ich bin die Ruhe selbst. In meiner Position kann man es *auch* nie richtig machen, keiner weiß, was ›richtig‹ ist. Geld reinholen? Revolutionäre Programme machen, die ein Verlustgeschäft sind? Den ganzen Laden schließen und an einen russischen Waffenhändler verkaufen? Ich hocke im Auge des Orkans und schaue mich um. Hiernach kommt wieder was anderes, davon bin ich überzeugt. Ich mache mich nicht verrückt.«

Heleen zieht die Augenbrauen hoch, und Hugo muss lachen.

»Na ja, Kopfschmerzen habe ich schon. Mir platzt fast der Schädel, grauenhaft. Aber dann gehe ich hier an Bord und werkle ein bisschen herum, ein Badezimmer anlegen, eine Mauer wegbrechen oder so, und es legt sich. Meistens.«

»Hast du jetzt welche? Du musst was essen, das hilft. Spielen hilft noch besser. Wart's ab, später, nach einem Stündchen Quartett, ist dein Kopf wie freigepustet, als hätte jemand den Staub rausgesaugt.«

»Deine haushälterischen Metaphern sind immer wieder 'ne Wucht«, sagt Hugo.

Heleen schweigt und isst. Fühlt sie sich veralbert oder abgewiesen? Für diese Gedanken lässt sie sich keine Zeit. Es muss aufgeräumt, Kaffee gekocht, Platz geschaffen werden, damit sie sich nachher frei bewegen können. Hugo ist schon von seinem Stuhl aufgesprungen und gibt dem aufgetürmten Krempel da und dort einen Tritt, um ihn weiter zur Wand zu schieben. Er ist rastlos, denkt sie, als könnte er sich jeden Moment aus dem Staub machen und verschwinden. Als er klein war, ist er dauernd weggelaufen. Irgendwohin oder vor irgendwas davon? Er müsste eine Freundin finden, eine feste. Er hat zwar genügend Freundinnen, aber keine, die sich ein halb ausgebautes Boot und ein dreijähriges Mädchen aufhalsen lassen wollte, bis jetzt. Er selbst ist auch nicht darauf aus, schau's dir doch an, der Raum ist ganz seins, und wer hier reinschneit, unterwirft sich *seinen* Bedingungen.

Sie schenkt Kaffee ein. Mit ihren Bechern setzen sie sich nach draußen, auf die Bank neben der Tür. Hugo klopft ihr auf den stämmigen Schenkel.

»Vielen Dank. Das war lecker. Und lieb von dir.«

Träge strömt das Wasser unter dem perforierten Steg hindurch, dunkelgrau und drohend. Sie hätte noch was zum

Naschen mitbringen sollen, Schokolade oder so. Carolien würde sich jetzt eine Zigarette anzünden.

Hugo lehnt sich zurück und streckt die langen Beine aus. Die Häuserfronten auf der gegenüberliegenden Straßenseite verstecken sich hinter dem Grün der Bäume. Ein Auto hält ein Stück weiter weg, um in eine Parklücke zu gleiten. Es dauert endlos, bis die Türen aufgehen, gleichzeitig, wie bei einem Käfer, der sich anschickt zu fliegen. Langsam taucht Jochems bullige Gestalt auf. Hängende Schultern, sie sehen, wie er sich über den Kopf reibt und auf die Reifen des Wagens schaut, unschlüssig, fast versunken. Auf der anderen Seite erscheint Carolien, ein gespannter Strich in dunkler Kleidung. Sie beugt sich ins Wageninnere, um eine Tasche hervorzuholen, ruft dann über das Autodach hinweg ihrem Mann zu, er solle seine Bratsche vom Rücksitz nehmen, los, sie seien schon spät dran. Heleen und Hugo können nicht wirklich hören, was gesagt wird, denken es sich aber auf der Grundlage des Schauspiels, das sie sehen, hinzu. Das Cello liegt im Kofferraum. Carolien hat es schon herausgeholt, bevor Jochem zur Wagenrückseite gegangen ist. Sie stellt den Kasten senkrecht auf der Straße ab. Jochem hebt einen Arm und drückt den Kofferraumdeckel zu. Ohne einen Blick füreinander machen sie sich auf den Weg zum Schiff, ihre Instrumente schleppend, schweigend, Seite an Seite.

Heleen hört Hugo fluchen und ist verdutzt, verwundert. Sagte er nicht gerade, man muss die Dinge nehmen, wie sie sind? Warum regt er sich dann auf? Sie schüttelt den Kopf. Sie ist sich sicher, dass Carolien und Jochem auf dem Boot zu sich kommen und aufatmen werden, sich erleichtert umsehen werden wie vorm Ertrinken gerettet. Sie müssen nur noch kurz durchhalten, die letzten Züge schwimmen, mit zum Zerreißen gespannten Muskeln, noch ein kleines

Stückchen, unter der Laterne, unter dem allerletzten Baum hindurch und dann auf den Steg. Ehe sie sichs versieht, ist sie aufgesprungen und läuft mit ausgestreckten Armen auf ihre Freunde zu, um ihnen ihre Last abzunehmen und sie aufs Trockene zu ziehen.

13

Reinier öffnet die Tür, noch bevor geklingelt wird. Der Junge steht mit erhobenem Arm auf den Zehenspitzen, federt dann auf beide Füße zurück und lacht.

»Guten Tag! Guten Abend!«

Reinier zieht die Tür weit auf und tritt einen Schritt zur Seite. Der Junge kommt herein und streift mit dem Fuß seine Schuhe ab, die er danach ordentlich nebeneinander unter die Garderobe stellt.

Du meine Güte, denkt Reinier, was tue ich? Ich lasse ihn einfach herein, in mein Haus. Er wird seinen kriminellen Brüdern erzählen, was ich hier alles habe, die Bögen, die Tausende wert sind, das Cello, für das man bei der Versteigerung eine halbe Million bekäme. Wenn ich so unglaublich dumm bin, brauche ich nicht lange zu warten, bis sie mich ausrauben. Selbst schuld. Ich bin nicht ganz bei Trost.

»Darf ich reingehen?«, fragt der Junge mit liebem Lächeln. »Ist das okay?«

Er nickt und tapert hinter dem Kind her. Der Junge steht im Musikzimmer, stocksteif, und lässt den Blick über das Regal mit den Partituren, die kleine Reihe der Bögen an der Wand, den immensen schwarzen Flügelkoloss wandern.

»Ich habe mal zugehört«, sagt er leise, »als Sie gespielt haben. Ein schönes Lied. Man kann das hören, wenn man vor der Tür steht, oben an der Treppe.«

Ich muss ihm etwas anbieten, was mag so ein Junge, Limonade, Cola? Habe ich nicht. Tee natürlich. Aber dann muss ich in die Küche, und er bleibt hier allein. Ich kann das auch nicht tragen, Teekanne, Tassen. Auf was habe ich mich da eingelassen, ginge er doch bloß wieder weg, jetzt gleich. Ich gebe ihm nichts. Womöglich sagt er zu Hause, dass dieser Alte da hinten in der Straße nicht mehr laufen kann und nichts zu essen im Haus hat. Dass das hier ein verdrecktes und verwahrlostes Loch ist. Dann ruft seine Mutter bei der städtischen Geriatriestelle an, und wir haben die Bescherung. Dann lassen sie mich abholen, sie zerren mich aus dem Haus, und ich kehre nie wieder.

»Können Sie jetzt ein Lied spielen?«

Die Frage bringt Reinier in die Wirklichkeit zurück. Ein höfliches Kind mit Interesse für Musik. Seine Mutter wird nicht anrufen, es kann sogar gut sein, dass sie nicht mal Niederländisch spricht. Seine Brüder sind bestimmt genauso gut erzogen wie dieser Bursche, ich mache mich unnötig verrückt. Er möchte einfach das Cello hören. Mit Gewalt schiebt er Angst und Argwohn beiseite.

»Wie heißt du? Das weiß ich noch nicht.«

»Driss. In der Schule sagen sie Dries. Das geht auch.«

»Ich bin Reinier.«

»Haben Sie auch einen Beruf? Nein, Sie sind schon Opa, da braucht man nicht zu arbeiten.«

»Cello spielen war mein Beruf«, sagt Reinier gemessen. Der Junge sieht ihn erstaunt an.

»Haben die Leute denn dafür bezahlt?«

»Ja. Das haben sie, wenn ich für sie spielte. Ich habe auch Unterricht gegeben und jungen Leuten beigebracht, wie man es macht.«

Driss hat rote Wangen bekommen. Er sitzt vorn auf der Stuhlkante.

»Ach bitte, nur *ein* Lied?«

Während Reinier den Bogen spannt und mühsam das Instrument vom Flügel nimmt, dankbar für die neue Orthese, die es ihm wenigstens ermöglicht, auf dem kranken Bein zu stehen, denkt er fieberhaft über das Programm für dieses absurde Hauskonzert nach. Arabische Musik, davon habe ich nicht die leiseste Ahnung, ja, dass sie keinen Anfang und kein Ende hat, dass sie immer weiter jault und eiert, ohne dass man eine Vorstellung von einem Grundton bekommt – Bach, Präludium der ersten Suite! Ja!

Er pflanzt das Cello fest mit der Spitze in den Boden und schaut einen Augenblick in das gespannte Gesicht des Jungen. Dann beginnt er zu spielen. Die gebrochenen Akkorde reihen sich fließend aneinander, immer nach demselben Muster, wie von selbst gleitet man vom einen zum anderen, bis mit einem Mal die Schlusskadenz ansteht, unabänderlich, wir sind ja hier im Westen. Reinier hebt mit einem Schwung den Bogen von den Saiten.

»Mehr«, sagt Driss.

Am Ende spielt er die gesamte Suite. Alle Sätze. Dann legt er das Cello neben seinem Stuhl auf den Boden. Bach hat ihn in sein berufstätiges, sein fruchtbares Leben zurückgeführt. Er findet, dass er gut gespielt hat, beherrscht und doch expressiv. Und durchweg sauber. Nein wirklich, das geht noch ganz gut. Alles nicht so schlimm, wie er denkt. Und solange es noch Jungen gibt wie diesen, die atemlos einer kompletten Suite lauschen, ist die Kultur nicht endgültig verloren. Er zieht in den Lehnstuhl um und spürt, dass er den Rücken gerader hält als vorher.

Im Gespräch, das sich jetzt entspinnt, versucht er, nicht übers Ziel hinauszuschießen. Am liebsten würde er dem Jungen Gratiscellostunden anbieten, weiß sich aber zu beherrschen. Sie sprechen über Wohnverhältnisse (unterhalb der Bahngleise, am Wasser, im Obergeschoss), Familienkonstellation (Schwestern, Eltern, eine Oma) und Schule (Förderstufe). Böse Brüder existieren nicht, denkt Reinier erleichtert. Seine Gedanken bleiben bei der Oma hängen, ob sie wohl noch die eigenen Zähne hat, hin und wieder nach draußen kommt, einigermaßen bei Verstand ist. Er traut sich nicht, danach zu fragen. Sie sprechen zu Hause die Sprache des Herkunftslandes, aber mit seinen Schwestern redet Driss Niederländisch.

»Jetzt musst du aber gehen, damit deine Mutter nicht beunruhigt ist«, sagt Reinier.

Und fragt, wo du dich herumgetrieben hast, Zweifel in dir weckt, ob sich dieser Besuch überhaupt gehört, dir verbieten wird, je wieder hier zu klingeln. Das sagt er alles nicht.

Driss ist sofort hochgesprungen. Er macht die Zimmertür auf und wirft einen Blick in den Flur. Dann rennt er zur Haustür und rafft die Zeitung von der Fußmatte. Er trabt zurück und reicht sie Reinier.

»Vielen Dank, Junge. Auf Wiedersehen.«

Driss bleibt zögernd am Türrahmen stehen.

»Das mit den Einkäufen«, sagt er, »überlegen Sie es sich doch noch mal. Ich mach das gern für Sie. Flaschen sind ganz schön schwer.«

Reinier nickt und winkt kurz, als wedele er Driss aus dem Zimmer. Er schlägt die Zeitung auf und beginnt den Artikel über den Prozess zu lesen. Die Haustür fällt sachte ins Schloss.

14

Sie fangen immer mit Bach an. *Kunst der Fuge.* Alle Stimmen gleichwertig, wenig Unterschied in der Dynamik, kein übertriebener Ausdruck. Sorgfältig und sauber muss es sein. Einer nach dem anderen setzt ein, das Stimmengeflecht wird zusehends verschlungener. Man muss sich zurücknehmen, wenn ein neuer Einsatz kommt, das Thema hat Vorrang. Manchmal hat man taktelang Pause, das muss man gut auszählen, denn sie spielen aus Stimmheften, nicht aus der Partitur. Hugo sieht Carolien die Finger auf dem Oberschenkel bewegen. Jede Fingerbewegung steht für einen Takt. Er selbst nimmt es nicht so genau, er verlässt sich auf sein musikalisches Gespür. Und auf die Macht der Gewohnheit, sie spielen das nicht zum ersten Mal.

Die Bratsche gerät aus dem Takt. Neuer Anlauf. Die zweite Geige ist zu laut und übertönt den Einsatz der ersten. Das Cello hat Probleme mit der Intonation und nimmt den anderen Instrumenten dadurch ihren Glanz. Wenn der Bass nicht sauber ist, klingt nichts mehr gut.

Es ist nicht ihr Tag. Das Stück windet und wurstelt sich zu einem unbefriedigenden Ende. Wenn es gut läuft, reißt Bach einem die Ohren auf, denkt Hugo, macht einen hellwach, hungrig nach der Linie, feinfühlig für seine Rolle in den Akkorden. Läuft es nicht gut, bleibt man mit einer immensen Enttäuschung sitzen. Das ist jetzt der Fall.

Er muss an die Dezernentin mit ihren idiotischen Forderungen und ihrem undurchdachten Geschwätz denken. So eine Frau hat keine Ahnung, welches Können es braucht, auf einer Bühne zu sitzen, welches motorische Training, welche musikalische Übersicht. Wie viele Stunden, wie viel Disziplin erforderlich sind, um ein Stück bühnenreif einzustudieren, was für eine Arbeit es ist, in einem Ensemble miteinander zu einer Interpretation zu gelangen, die von allen getragen wird. Keine Ahnung. So eine Schnepfe tut das als unwichtig und obsolet ab. Ich sollte mich nicht mit dieser Frau beschäftigen, damit verschwende ich nur meine Energie. Ich komme ihr schon noch bei, und wenn nicht, bin ich weg.

»Na, du machst ja vielleicht ein Gesicht!«, sagt Heleen. »Es ging nicht wirklich gut, hm? Wollen wir es noch einmal machen?«

»Dvořák«, sagt er, »vielleicht ist das besser.«

Carolien stimmt ihr Cello nach. Es bereitet ihr Schwierigkeiten, wie Hugo hört, endlos dreht und ruckt sie an den großen Wirbeln. Schließlich gibt sie sich zufrieden, zuckt die Achseln und nickt.

»Schon alt, diese G-Saite«, sagt sie. »Geht nicht besser.«

Heleen findet, sie sollten zum Ausklang des Abends noch einmal Bach spielen, weil sonst das Gefühl des Misslingens hängenbleibe, das wäre doch schade.

Gott, dieses Gequake!, denkt Hugo. Spielen jetzt, los! Er zieht seine Noten aus einem unordentlichen Stapel an der Schiffswand und stellt sie unwirsch auf den Ständer. Die anderen sind bereit. Er fügt sich in den Kreis ein und sucht Blickkontakt mit Heleen; sie wird ihm bei seinen leisen Tremolos folgen müssen. Im zweiten Takt sind sie zumindest im Gleichklang. In Takt drei legt Jochem los. Er drischt das Thema mit einer Wucht aus seiner Bratsche, als wäre er dabei, den Halter eines aggressiven Hundes runterzuputzen. Hugo greift es wenig später auf, verhaltener und mit größerer Beherrschung. Es gelingt ihm nicht, sich von den Noten zu lösen, er kann sich heute nicht in der Musik verlieren. Eigentlich sehnt er sich nach dem Schluss, nach einer Pause, in der sie ihre Instrumente weglegen und ein Bier trinken, lamentieren, klatschen, plaudern. Als er nach dem ersten Satz den Blick über die Gesichter seiner Mitspieler schweifen lässt, gibt ihm das wenig Hoffnung. Sie wollen weitermachen, das sieht man sofort.

Den langsamen Satz, diese berühmte Kantilene, empfindet er heute als Martyrium. Er hört, dass Carolien geübt hat, kann das Resultat aber nicht gutheißen. Ihre Interpretation ist klischeehaft, ihre Dynamik ist beschränkt, und als sie einander in der Höhe umspielen müssen, fürchtet er, dass sie nicht auf ihn achtet. Nicht so kritisch, denkt er, es sind deine Freunde, wir machen das hier zu unserem Vergnügen, also *hab* auch Vergnügen dran!

Das unzufriedene Gefühl bleibt. Der dritte Satz klingt ihm zu schwerfällig, und der vierte, mit seiner überkandidelten Fröhlichkeit, kann ihm nicht schnell genug gehen. Endlich. Pause.

Carolien schweigt und geht zum Rauchen auf den Steg hinaus. Jochem unterhält sich mit Heleen, worüber reden sie? Das Gefängniswesen, hört er. Sie erzählt vom Tagesablauf der Häftlinge, und Jochem hört ihr andächtig zu. Hugo reißt den Kühlschrank auf. Weißwein. Bier. Was zu essen.

»Lass«, sagt Heleen, die plötzlich neben ihm steht. »Ich mach das mit den Crackern, geh schon.«

Erst als sie zu viert am Tisch sitzen, mit gefüllten Gläsern, brechen sie in Gelächter aus. Was für einen Mist haben sie da verzapft, kaum zu glauben, dass sie alle gleichzeitig so offensichtlich nicht auf der Höhe sind!

»Und dabei wollte ich vorschlagen, auf dem Geburtstag meines Kollegen zu spielen«, sagt Carolien. »Das sollten wir dann wohl lieber lassen.«

»Quatsch«, blafft Jochem, »klar machen wir das! Wir können es doch! Jeder hat mal nicht seinen Tag, das ist ein Auf und Ab, das geht vorbei. Dieses Impulsive, dass jeder Gefühlsschwankung nachgegeben wird – das kotzt mich wirklich an. Einfach weitermachen. Tiefpunkte ignorieren.«

Er sieht aus wie ein wütender Boxer, der gleich draufhaut, denkt Hugo. Manche Menschen sind Kämpfernaturen und betrachten alles, was ihnen widerfährt, als Wettstreit, den sie gewinnen müssen. Das gibt schon eine Orientierung im Leben, da ist jeder Schritt klar. Wie Carolien das aushält, weiß ich nicht, sie sitzt da, als wäre sie gar nicht hier. Enttäuscht, dass Laura heute nicht bei mir schläft? Von ihrem Instrument im Stich gelassen? Eine Statue ist sie, aus dunklem Granit, immun gegen Regen und Kälte, reglos auf irgendeinen Punkt starrend. Früher war sie begeisterungsfähig, voll dabei. Ich wünschte, mir fiele etwas ein, womit ich ihre Aufmerksamkeit wecken könnte, und wenn's Fußball oder das Königshaus wäre, je belangloser, desto besser.

Er setzt sich neben sie, ein wenig vom Tisch weggedreht, so dass sie zusammen durch das Fenster aufs Wasser schauen können.

»Laura ist bei ihrer Mutter. Du fehlst ihr bestimmt.«

Langsam wendet Carolien ihm das Gesicht zu.

»So ein kleines Kind ist mit allen gut Freund. Wenn sie mich ein paar Wochen nicht sieht, hat sie mich vergessen. Das ist eine Überlebensstrategie, sie müssen sich an jeden Irren binden, der bereit ist, für sie zu sorgen. Biologie. Hat nichts zu bedeuten.«

Hugo seufzt. Darauf will er gar nicht erst einsteigen. Er

ist davon überzeugt, dass seine Tochter und Carolien einander sehr nahe sind, dieses Band muss ganz gewiss nicht jede Woche bestätigt oder erneuert werden. Sie denkt anders darüber, aus ihrem Wissen oder aus ihrer Angst heraus – egal wie, er kann damit nichts anfangen. Er spricht ihren Kollegen mit der Liebe zur Musik an und ihren Plan, für ihn zu spielen. Das geht besser. Sie erzählt von Daniels Besuch im Zentrum und seinen Lobeshymnen auf das Quartett, das er dort gehört hat.

»Dissonanzen«, sagt Hugo, »das ist ein schönes Quartett zum Spielen. Wollen wir gleich mal einen Schnelldurchgang machen, um zu sehen, ob wir das hinkriegen könnten?«

Eine gute Idee. Alle scheinen von einer Last befreit zu sein, da jetzt etwas auf dem Notenständer steht, das sie nicht vorbereitet haben. Im langsamen Satz spielt er im Wechselgesang mit Carolien die melancholischen Seufzer; sie übertrumpfen sich gegenseitig in der Düsterkeit des Ausdrucks und lachen sich am Ende dieser Passage zu. Das Trio des Menuetts ist ein Genuss, mit all den schwermütigen Sprüngen im Dreivierteltakt; das Finale nehmen sie in einem Wahnsinnstempo, so dass sie alle vier keuchend wie nach einem Hürdenlauf die Ziellinie überqueren.

»Machen wir!«, sagt Jochem.

Sie holen ihre Terminkalender und Telefone hervor, um die Proben festzulegen. Hugo spürt, wie endlich die Entspannung über ihn kommt. Ein zäher Abend, denkt er – die Spieler führten sich störrisch auf, die Musik wollte sich in ihrer Sperrigkeit einfach nicht erobern lassen, doch irgendwie hat sich alles zum Guten gewendet, oder trügt der Schein?

Er geht noch einmal mit den Flaschen herum. Ein Tag neigt sich seinem Ende zu. Wasser schwappt sachte gegen die Schiffswand.

15

Auf dem Nachhauseweg sitzen Jochem und Carolien schweigend nebeneinander im Auto. Mitternacht, die Straßen sind leer. Sie fahren von Lichtpfütze zu Lichtpfütze.

»Stell das Cello am besten gleich ins Atelier«, sagt er. »Ich sehe es mir morgen mal an. Auf jeden Fall kommen neue Saiten drauf.«

Stille.

»Es liegt auch am Wetter. Feuchtigkeit in der Luft. Ich musste richtig auf die Bratsche eindreschen, um Töne rauszukriegen.«

Sie nickt. Er sieht es aus den Augenwinkeln.

»Das Andante aus dem Mozart klang ganz gut. Deine kleinen Duette mit Hugo. Schön.«

Als ob sie einfach nicht reden *kann*, denkt er. Vielleicht fühlt es sich für sie sogar so an, als ob die Lippen zusammengeheftet wären, die Zunge verklebt, der Kiefer festgekittet. Vielleicht möchte sie ja, kann aber nicht.

»Komischer Typ, der Hugo. Er erinnert mich an einen Wasservogel, der nicht mehr in der Natur lebt, sondern mitten in der Stadt. Begreift nicht, wo Schilf und Wasserpflanzen geblieben sind. Baut sich sein Nest aus Plastiktüten und ausrangierten Stromkabeln. Ein Anpasser. Ich hoffe nur, er sieht beizeiten, wo die Gefahren lauern. Sein Zentrum scheint mir dem Tode geweiht zu sein, meinst du nicht?«

Ein neutrales Thema. Darauf könnte sie reagieren. Tut sie auch.

»Es läuft besser, als du denkst«, sagt sie. »Er hat Deals mit Firmen aus Indien und China. Außerdem kommen Horden von Managern, die dort ihre Kongresse abhalten, für viel Geld. Dazu ist das Gebäude zwar nicht gedacht, aber er verdient was damit. Bis er genug von dem Ganzen hat.«

Sie haben den Autobahnring verlassen und fahren durch Straßen mit stillen Wohnhäusern.

»Eigentlich verstehe ich dieses ganze Managementgetue nicht«, sagt Jochem. »Früher gab es das doch auch nicht, dass die Organisation von irgendwas ein Beruf war. Jetzt kann man Verwaltungswissenschaft studieren oder Kommunikation. Alles Firlefanz, der überhaupt nichts bringt. Das finde ich so schwierig daran. Was bleibt davon? Was ist das Produkt, das Resultat? Eine Tagesordnung. Ein Terminplan. Alles Dinge, die sich verflüchtigen und verschwinden. Etwas herstellen, das ist ein Beruf. Erschaffen. Reparieren. Greifbare Dinge, die bleiben. Sichtbar sind, oder hörbar. Wie kann man Befriedigung daraus schöpfen, etwas zu managen? Das ist doch nicht mit dem zu vergleichen, was ein richtiger Handwerker macht, oder? Ich blick da nicht durch. Es ist mir so zuwider, dass ich mich gar nicht weiter damit befasse. Aber ich fürchte, selbst wenn ich es täte, würde ich nichts davon begreifen. Durch all diese Veränderungen werden wir viel zu früh alt.«

Sie sind da. Aussteigen, Instrumente aus dem Wagen wuchten, Gefummel mit den Haustürschlüsseln, der Lichtschalter, die Mäntel. Er hört Carolien seufzen.

»Soll ich uns noch was einschenken?«, fragt er, während er schon in die Küche läuft.

»Ein Bier gern.«

Den Hals des Cellokastens unter den Arm geklemmt, verschwindet sie durch die Tür zur Werkstatt. Er hört, wie sie in dem kleinen Flur das Licht anknipst, er hört die zweite Tür knarren, die muss er mal ein bisschen ölen. Er hört den Rums, mit dem sie das Instrument abstellt.

Am Küchentisch wartet er hinter einem Glas Bier. Caroliens Dose hat er schon aufgemacht. Es ist so still, dass er die Kohlensäurebläschen zerplatzen hört. Wo bleibt sie?

Als er sein Glas ausgetrunken hat, beschließt er nachzusehen. Womöglich ist sie ohnmächtig geworden und liegt bewusstlos in den Holzspänen auf dem Boden. Er ist plötzlich extrem beunruhigt. Mit großen Schritten eilt er ins Atelier und wirft die Tür auf.

Sie steht an der Werkbank. Leichenblass. Sie hat ein Papier in den Händen, eine Broschüre, einen Prospekt, was ist es – ach ja, das Flugblatt, das diese behämmerte Gambistin dagelassen hat.

»Was soll das?« Ihre Stimme klingt eigenartig, metallisch. »Woher hast du das? Warum liegt das hier?«

Sie hält das Papier von sich, mit gestrecktem Arm, als müsse sie es sich so weit wie möglich vom Leib halten.

»Ich weiß es nicht«, sagt Jochem. »Ich weiß nicht, was das ist. Ein Prospekt, mit dem eine Kundin ankam. Etwas über ein Barockfestival, dachte ich.«

»Eine Kundin? Redest du mit Kunden über uns? Fragst sie um Rat, tüftelst Pläne aus? Hinter meinem Rücken?«

Er versteht nicht, wovon sie spricht. Ihre Wut irritiert ihn. Es ist zu viel, er kann nicht mehr. Mit einem Seufzer setzt er sich auf einen Holzschemel. Er streckt die Hand nach dem Papier aus. Er liest.

Was er sieht, kann er nicht in sich aufnehmen. Seine Blicke schießen über die Worte, doch deren Bedeutung entgeht ihm. »Geteiltes Leid«, liest er, »Selbsthilfegruppen«, »dem Verlust einen Platz geben« und »Unterstützung durch Leidensgefährten«.

Carolien zittert am ganzen Leib. Er weiß nicht, ob vor Zorn oder vor Angst.

»Es ist kein Festival«, sagt er mit einem Anflug von Enttäuschung in der Stimme. »Es hat was mit Trauer zu tun, glaube ich.«

»Eltern eines toten Kindes«, sagt Carolien. »Arbeitsgruppen zur gemeinsamen Aufarbeitung der Problematik. Eine Art Patientenvereinigung. Gibt es auch für Krebs. Und für diese fatalen Muskelerkrankungen. Sie haben verschiedene Unterteilungen, Spezialisierungen eigentlich. Kinder, die Selbstmord begangen haben, Krebskinder, Verkehrsunfälle, sogar Mordopfer. Sie werfen vier, fünf Ehepaare, oder was von ihnen übrig ist, zusammen, in einem Kreis mit Plastikstühlen, und die erzählen dann reihum flennend ihre Geschichte. Ein Sozialarbeiter sitzt dabei, oder einer vom sozialpsychiatrischen Dienst. Zweck der Übung ist, dass es dir gleich wesentlich besser geht, wenn du hörst, dass dein Nachbar auch nicht weiterweiß. Warum soll das funktionieren? Alles-nichts-Besonderes-krieg-dich-wieder-ein? Schadenfreude?«

Jochem schweigt. Er zerknüllt den Prospekt in seinen großen Händen.

»Vielleicht«, sagt er nach langer Stille, »vielleicht hilft es, weil man dann wenigstens endlich redet. Vielleicht muss man so weit gehen, muss man sich so klein machen, dass man tatsächlich seine Zuflucht zu so einem larmoyanten Trauerverein sucht, um darüber reden zu können. Im Kreis. Mit Aufseher.«

»Ist das dein Ernst? Willst du das?«

»Ich weiß nicht. Nein, natürlich nicht. Oder vielleicht doch. Ich stelle es mir grauenhaft vor.«

Zum ersten Mal sieht Carolien ihn richtig an.

»Ja, grauenhaft. Anderer Leute Affekte, das muss ich wirklich nicht haben. Praktische Tipps, ob man das Kinderzimmer gleich ausräumen soll oder besser ein Museum daraus macht, um dort mit dem Teddy oder dem Fußball in den Armen ganz bei sich sein zu können. Dass man gemeinsam verreisen sollte, um seine Ehe zu retten, oder besser zu Hause bleibt, um die Leere zu erfahren. Schon allein beim Gedanken an diesen ganzen Käse wird einem doch speiübel. Mir jedenfalls.«

Jochem steht auf. Er geht in die Küche und kommt mit zwei Dosen Bier zurück. Die frische, am besten gekühlte gibt er ihr. Die Dose, die die ganze Zeit offen war, nimmt er selbst.

»Achtzig Prozent der Ehen von Eltern, die ein Kind verlieren, gehen in die Brüche. Scheidung, Selbstmord, Krankheit. Man kriegt Krebs von so was, es greift das Immunsystem an. Das weißt du besser als ich. Egal wie, es haut einen um. Dass die Leute dann untereinander Halt suchen – darüber möchte ich mich nicht mokieren, auch wenn ich dir recht gebe, dass es klingt wie ein Graus. Schmierentheater mit missionarischem Anspruch, von dem man sich tunlichst fernhalten sollte. Trotzdem versuchen diese Leute etwas, Carolien.«

»Du hast das also nicht absichtlich gemacht. Du wusstest wirklich nicht, was in diesem Prospekt steht.«

Es scheint, als verlasse Carolien jetzt sämtliche Energie, wie ein Fahrradschlauch, dem die Luft entweicht, fällt sie in sich zusammen und muss mit den Händen Halt an der Werkbank suchen.

»Davon rede ich nicht. Ich rede von dir. Dass du nie was sagst und alle mit deiner Schweigsamkeit in Angst und

Schrecken versetzt. Die Menschen um dich herum nehmen dich in Schutz. Sie sprechen nicht über Busgesellschaften, Klassenfahrten, sterbende Kinder, wenn du dabei bist.«

Sie zuckt die Achseln. Unter der Werkbank steht ein Schemel. Sie zieht ihn hervor und setzt sich.

Sie trinken ihr Bier. Sie schweigen.

16

Ungeduldig reißt Heleen die Post auf. In dem großen braunen Umschlag steckt ein kleineres, weißes Kuvert. Zugeklebt. Komisch, meistens werden die Briefe der Gefangenen kontrolliert und skrupellos in aufgerissenem Zustand weitergeleitet. Sparmaßnahmen wahrscheinlich. Irgendwer muss ja auch die Zeit dafür haben, diese kryptischen Texte zu entziffern, sie selbst knobelt daran oft ganz schön herum.

»Frau Rosemarie«, steht auf dem Kuvert. In Anführungszeichen, als wolle ihr Briefpartner durchblicken lassen, dass er sehr wohl weiß, dass das nicht ihr richtiger Name ist. Das »Frau« versetzt ihr einen Stich. So alt bin ich auch wieder nicht, denkt sie, wir sind wahrscheinlich gleichaltrig. Diese Adressierung schafft Abstand. Blöd. Eigentlich ist es natürlich gut, man sollte so jemanden nicht zu nah an sich heranlassen. Das sagen die von der Strafanstalt, das ist eine ihrer Regeln. Sie selbst ist sich da nicht so sicher, ihren Einsatz für die Häftlinge würde sie am liebsten als etwas ganz Eigenständiges sehen, das ihr ermöglicht, als Einzige auf eine unvergleichliche, menschliche Weise an so einen hoffnungslosen Fall heranzukommen. Das gehe nicht, sagte der forensische Psychologe, mit dem sie sich mal über das Briefeschreiben unterhielt, das seien allesamt Psychopathen, die lögen einem glatt ins Gesicht, das dürfe man nie vergessen.

Sie faltet den Brief auseinander. Zwei Seiten. Er schreibt, dass ihn ihre Erzählungen über die Musik beeindruckt hätten, dass er sogar in dem kleinen Radio in seiner Zelle den Klassiksender gesucht habe. Er hat sich ein Streichquartett angehört!

Siehst du, denkt sie, es geht sehr wohl. Man muss nur von Herzen über das schreiben, was einen bewegt, dann kommt es beim anderen auch an. Das bewirkt etwas. Bitte schön, er stellt Fragen, er bekundet Interesse. Mit wem sie spiele, wie oft, ob sie einen speziellen Raum dafür bräuchten oder ob es einfach bei irgendjemand zu Hause gehe? Ob es schwer sei, die Noten zu lesen? Was koste eine Geige?

Er schlafe schlecht, schreibt er. Nachts möchte er gern Musik hören. Ihm graue vor dem in Kürze beginnenden Prozess. Diesen ganzen falschen Anschuldigungen. Er sei angespannt, vielleicht nervös. Der Arzt wolle ihm keine Tabletten geben, also hoffe er jetzt, sich mit Musik beruhigen zu können. Dank ihrer Ratschläge.

Er wisse, dass er besser nichts von den Verbrechen schreiben sollte, für die er in Haft und für die er angeklagt sei, aber es sei so unpersönlich, wenn man über so etwas Wesentliches schweige. Er möchte, dass sie ihn kennenlerne, sonst käme er sich wie ein Betrüger vor. Ob sie das verstehe? Seinen richtigen Namen dürfe er ihr gegenüber nicht benutzen, das wisse er sehr wohl, aber er könne ihr einen Hinweis geben: Sie brauche nur in die Zeitung zu schauen, da stehe er jeden Tag drin. Er sei täglich in den Schlagzeilen.

Das hat sie sich schon gedacht. Eigentlich hatte sie immer, wenn sie an diesen Gefangenen schrieb, den Raubvogelkopf von Olivier Helleberg vor Augen, sie wusste einfach, dass er es ist, dieser arrogante, aber interessante Mann, der sich in seinen Briefen an sie von einer anderen Seite zeigt. Einer verletzlichen Seite, denkt sie. Oder zumindest empfindsamen. An die denkt sie, wenn sie ihm schreibt. Was er ausgefressen hat, verdrängt sie, das kann sie in dem Moment nicht gebrauchen. Entführung, Erpressung, Mord. Unvorstellbar. Sie weiß das durchaus, er hat achtzehn Jahre bekommen, also muss das, was er getan hat, schlimm sein. Sie weiß auch, dass weitere Enthüllungen zu erwarten sind, wenn demnächst der Prozess beginnt, der Prozess, vor dem ihm so graut. Er ist zu bedauern, das ist ihr Ansatz. Olivier Helleberg. In Gedanken nennt sie ihn Ollie, obwohl dieser Kosename ganz und gar nicht zu seinem scharf geschnittenen Gesicht passt.

In der Praxis ist an diesem Nachmittag viel los. Das Wartezimmer ist voller Patienten, die einen speziellen Termin haben, für den die doppelte oder dreifache Zeit eingeplant wird, damit man in aller Ruhe reden kann. Sowohl bei Daniel als auch bei Carolien sind die Sprechzimmertüren geschlossen, und die roten Lämpchen darüber brennen.

Heleen empfängt ihre Diabetespatienten. Diese Gespräche dauern nicht lange, alle zehn Minuten läuft sie zum Wartezimmer, um den nächsten Patienten zu holen. Frau Pasma hat gelernt, sich selbst zu spritzen, mit dem praktischen kleinen Apparat, dessen Handhabung Heleen ihr so geduldig beigebracht hat. Alle, die sie heute sieht, sind entweder steinalt oder dick und fett. Sie stimmt ihre Herangehensweise auf die Gegebenheiten ab: verständnisvoll und langsam gegenüber den alten Leutchen, ohne Ablehnung, aber dezidiert gegenüber den Dicken. Das Gespräch mit einer enorm adipösen jungen Frau, die zum ersten Mal bei ihr ist, zieht sich in die Länge. Als sie die Frau hinausgelassen hat, taucht sie hinter den Empfangstresen, um sich den Plan für den übrigen Nachmittag anzusehen. Im Wartezimmer sieht sie die Eltern des todkranken Kindes sitzen, dicht nebeneinander.

Sie nickt ihnen zu, aber sie scheinen es nicht zu sehen. Das Warten nimmt sie ganz in Beschlag.

Die Tür von Caroliens Zimmer öffnet sich. Heleen sieht, wie sie sich von einem jungen Mann verabschiedet. Dann läuft sie zum Wartezimmer und bleibt zögernd in der Tür stehen. Die Mutter des kranken Mädchens wendet ihr das Gesicht zu.

»Sind wir jetzt wieder bei Ihnen?«, fragt sie.

Carolien schüttelt den Kopf.

»Ich glaube, Sie haben einen Termin bei meinem Kollegen.«

»Wir waren bei Ihnen«, sagt die Frau. »Warum dürfen wir nicht bei Ihnen bleiben? Wir möchten lieber keinen neuen Arzt. Nicht, dass er nicht gut ist, er ist sehr freundlich, darum geht es gar nicht, aber Sie kennen uns doch. Es ändert sich schon so viel. Warum wollen Sie uns nicht mehr?«

Carolien scheint zu erstarren. Heleen sieht, dass sie errötet, schluckt, kein Wort hervorbringen kann.

»Es ist meine Schuld«, ruft sie vom Empfangstresen aus. Jetzt sehen alle Wartenden sie an, neugierig, aufgeschreckt durch ihren lauten Einwurf.

»Es kommt durch die Sparmaßnahmen«, fährt sie unverdrossen fort. »Wir müssen effizienter arbeiten. Ich bin den Adressenbestand durchgegangen und habe eine neue Einteilung vorgenommen. Jeden dem Arzt zugeteilt, der am nächsten wohnt. Einige Patienten haben dadurch einen anderen Arzt bekommen. Doktor van Gelder wohnt bei Ihnen in der Nähe, das ist praktischer für die Hausbesuche.«

Das Elternpaar nickt verdattert. Carolien rührt sich nicht von der Stelle. Als wäre sie versteinert, denkt Heleen, überhaupt nicht imstande, sich in Bewegung zu setzen, wie bei Parkinsonpatienten. Rasch schaut sie in den Terminplan, wer an der Reihe ist, ruft den Namen auf, eine junge Frau erhebt sich und geht auf Carolien zu.

»Ich habe einen Termin bei Ihnen«, sagt sie.

»Ja, ach ja«, sagt Carolien. Ihre Schultern senken sich leicht, sie gibt der jungen Frau die Hand und macht sich zu ihrem Sprechzimmer auf. Unterwegs sieht sie Heleen kurz an. Ihrem Blick ist nichts zu entnehmen, keine Überraschung, keine Erleichterung, keine Dankbarkeit. Ein leerer Blick. Er erschreckt Heleen. Ich muss mich um sie kümmern, denkt sie, sonst geht alles schief. Sie schaut auf die zufallende Sprechzimmertür, auf das rote Lämpchen, das angeht. Sie atmet aus.

17

Reinier späht, hinter dem Vorhang versteckt, aus dem Fenster. In der Ferne sieht er Driss, der mit einer Einkaufstasche in der Hand angelaufen kommt. Sie haben eine Abmachung getroffen. Es erschreckte Reinier, wie leicht er Argwohn und Misstrauen beiseiteschob. Der Junge hat etwas Entwaffnendes: Dieser Lauterkeit, diesem aufrichtigen Wunsch zu helfen, konnte er nicht widerstehen.

Er hat mich mit seinem Interesse für Musik eingewickelt, denkt Reinier. Damals, bei dieser Cellosuite, da ist es passiert. Ein paar Tage danach machte ihm das Knie wieder zu schaffen, und er konnte keinen Schritt mehr gehen. Der Kaffee war alle, die Milch ebenso; er brauchte Toilettenpapier, Brot, Spülmittel, Zahnpasta, Wein. Ohnmächtig saß er in seiner verwahrlosten Küche. Als es klingelte, war er eher froh als ängstlich.

Gemeinsam hatten sie eine Einkaufsliste gemacht. Driss schrieb. Eine saubere Handschrift. Reinier gab ihm Geld mit. Geht das überhaupt noch, ist es heutzutage nicht schon Pflicht, mit Karte zu zahlen? Dann muss ich ihm meinen PIN-Code verraten. Als der Junge schon weg war, sorgte sich Reinier plötzlich, er könne verhaftet werden, wenn er Alkohol kaufte. Dafür muss man doch mindestens achtzehn sein. Womöglich ruft der Filialleiter die Polizei an. Oder die Eltern. Was soll Driss im Laden sagen? Dass er Einkäufe für einen alten Mann macht, der sich nicht allein versorgen kann? Dann kommen sie hierher, das ist noch schlimmer.

Es war überhaupt nichts passiert. Driss kam mit gefüllten Taschen zurück, und keiner hatte nach seinem Alter gefragt. Sorgfältig legte er Kassenbon und Wechselgeld auf den Tisch und begann die Einkäufe auszupacken und einzuräumen. Reinier grübelte unterdessen über die Entlohnung. Ich möchte ihm etwas geben, dachte er, ich möchte ihn zwar nicht in seinem Stolz kränken, aber ich möchte ihn für seine Arbeit bezahlen.

»Das ist Arbeit«, sagte er. »Für Arbeit wird man bezahlt. Du auch. Darauf bestehe ich.«

Driss lehnte ab. Unter Nachbarn müsse man sich helfen, sagte er, und dass es ihm Spaß mache. Für seine Mutter tue er das auch. Umsonst.

»Sparst du denn nicht für irgendetwas?«, fragte Reinier. »Für etwas, das du haben möchtest, ein Telefon oder ein Fahrrad?«

Der Junge schüttelte den Kopf. Reinier hatte eine Eingebung.

»Ich werde für dich sparen. Wenn du etwas für mich tust, stecke ich Geld in eine Sparbüchse. Dann kannst du dir nach einer gewissen Zeit kaufen, was du gern haben möchtest. Brauchst du dir ja jetzt noch nicht zu überlegen. Ist das ein guter Plan, was meinst du?«

Sie suchten eine fröhliche Büchse aus, in der Schokolade gewesen war, das konnte man noch riechen. Driss' Büchse. Sie steht auf dem Kühlschrank. Reinier schmunzelt. Langsam geht er mit seinem Stock durch den Flur, um die Tür zu öffnen.

Alle Einkäufe sind verstaut. Driss und Reinier sitzen einander gegenüber im Vorderzimmer. Aus den Lautsprechern ertönt Mozarts Quintett in g-Moll.

»Hörst du das Cello?«, fragt Reinier. »Das Tiefste, da ganz unten, kannst du es hören?«

Driss nickt. »Sind Sie das? Spielen Sie da selbst?«

Reinier ist plötzlich ergriffen, den Tränen nahe. Emotionale Inkontinenz, denkt er, das ist das Alter, ich darf dem nicht nachgeben, das wäre schrecklich. Er tut so, als müsse er sich die Nase schnäuzen, und wischt sich heimlich mit dem Taschentuch über die Augen.

Ja, das ist er selbst. Sein eigenes Quartett plus einer zweiten Bratsche. Alle Quintette haben sie aufgenommen, das ist Musik, die einen aus seinen Kümmernissen zieht, Musik, die man in seinem Leben nicht missen kann.

»Das ist schon viele Jahre her«, sagt er. »Ich war jung, wir waren jung. Ich habe diese Aufnahme lange nicht mehr gehört. Es klingt besser, als ich dachte.«

»Hatten Sie auch manchmal Streit?«, fragt Driss. »Dass einer der Boss sein wollte oder so? Oder dass die anderen sich nicht an Abmachungen gehalten haben? Ist das eine dumme Frage? In meiner Fußballmannschaft streiten wir uns manchmal über so was. Dann wird der Trainer böse. Aber so eine Musiktruppe hat ja keinen Trainer, wie läuft es da ab?«

Schade, dass ich nichts von Fußball verstehe, denkt Reinier, sonst könnte ich es anhand von Beispielen erklären, die er begreift. Einander den Ball zuspielen, das tun wir mit dem Thema, man gibt dem anderen die Gelegenheit zu glänzen. Man beobachtet das Spiel und steht die ganze Zeit parat, um aufzutreten, sowie der Ball zu einem herüberkommt. Man muss etwas füreinander erübrigen können, muss Platz machen für Improvisationen, für individuelle Aktionen. Man muss sich auch an Absprachen halten können, im Hinblick auf Tempo und Dynamik, selbst wenn sie einem vom eigenen Empfinden her widerstreben.

»Ja, wir hatten schon manchmal Streit. Diskussionen darüber, wie wir es haben wollten. Man arbeitet zu viert, weißt du, aber nicht immer alle mit dem gleichen Einsatz. Manchmal ist einer eine Zeitlang mit den Gedanken woanders, weil er gerade ein Kind bekommen oder sich verliebt hat. Dann mag er nicht so oft üben. Das führte zu Auseinandersetzungen. Zu besprechen, welche Stücke wir einstudieren wollten und vor allem, wie wir sie spielen wollten, war auch manchmal schwierig. Der eine hat eine große Klappe und kann sich leicht Gehör verschaffen, der andere ist verlegen und weiß nicht so recht, was er sagen soll. Wir haben aber versucht, das zu lösen, weißt du, zum Beispiel dadurch, dass wir uns verpflichtet haben, jedem fünf Minuten Redezeit einzuräumen.«

Er kichert bei der Erinnerung daran.

»Wenn es so weit kommt, läuft es schon nicht gut. Trotzdem haben wir viele Jahre durchgehalten. Wir liebten das Repertoire so sehr, also die Musik, die wir aufführen konnten, meine ich. Und wir hatten Respekt vor dem Können der anderen.«

Respekt, das ist gut, das ist ein Fußballbegriff. Driss nickt denn auch.

»Es ging zu Ende, weil wir unterschiedliche Bestrebungen hatten. Die erste Geige konnte Konzertmeister in einem Toporchester werden. Die zweite wollte mehr Zeit für die Kinder. Ich wollte eine Solokarriere.«

»Ich muss nach Hause«, sagt Driss. Reinier ist plötzlich aus dem Konzept. Was belästige ich dieses Kind mit ganz irrelevanten Erinnerungen, das ist doch völlig fehl am Platze, der Kleine langweilt sich zu Tode, während ich ein bisschen rührselig Aufmerksamkeit heische.

»Meine Mutter könnte zum Putzen kommen«, sagt Driss.

»Das tut sie auch bei anderen Leuten, das ist ihr Beruf, sagt sie.«

Er muss zu Hause erzählt haben, was für ein Saustall hier herrscht. Der speckige Fußboden in der Küche, der Staub hier im Zimmer. Wie es oben aussieht, hat er zum Glück nie gesehen. Das Badezimmer! Die säuerlichen Lappen auf dem Bett!

»Sie kann auch die Wäsche waschen und bügeln und so.«

Reinier ist mit einem Mal so müde, dass er gar nichts erwidern kann. Aus seinem Sessel aufstehen kann er auch nicht mehr.

»Ich stecke das Geld für heute in deine Büchse«, sagt er mit kraftloser Stimme. Driss steht schon an der Eingangstür. Das fröhliche Finale des Quintetts ist fast beendet.

18

Obwohl es schon auf zehn Uhr abends zugeht, sitzt Carolien noch in ihrem Sprechzimmer am Computer. Sie sieht die Verträge mit den Versicherungen durch und verschiebt empfangene Hausarztschreiben in die jeweiligen Ordner. Ordnung muss sein, und sie möchte die Übersicht behalten.

Sie reckt sich und nimmt den Aschenbecher aus der untersten Schublade. Ihr Telefon neben der Tastatur auf dem Schreibtisch klingelt schrill. Hugo.

»Störe ich?«

»Nein. Ich arbeite den Papierkram auf. Wollte gerade Schluss machen.«

Mit einer Hand sucht sie in ihrer Tasche nach den Zigaretten. Ein Grabbelsack, denkt sie, mit vernünftig unterteilten Damenhandtaschen könnte sich jemand eine goldene Nase verdienen. Feuerzeug. Anzünden. Sie lehnt sich zurück. Was mag er wollen? Probleme mit Laura? Rat? Das fände sie schön, jemand, der sie für voll nimmt und sich ihre Erwägungen anhört.

Hugo klingt, als sei er nicht mehr ganz nüchtern.

»Ich hocke schon den ganzen Abend rum und trinke Bier«, sagt er. »Hier wird ein Heidenlärm veranstaltet, ein sogenanntes Konzert, mit Tröten und Schnulzensängern. Hörst du es?«

Dumpfes Wummern im Hintergrund, ja.

»Lauter Besoffene in Booten. Immer direkt an meinem

Fenster vorbei. Gemütlich! Einen Zusammenstoß hatte ich schon. Hab dem Kahn einen ordentlichen Tritt verpasst.«

»Schläft Laura bei dir?«

»Zum Glück nicht. Sie schläft in letzter Zeit ohnehin schon so unruhig.«

»Eine Phase«, sagt Carolien. »Ist ganz normal, wenn eine Veränderung ansteht, etwas Neues, das sie sich zu eigen machen muss. Als sie anfing zu sprechen, schlief sie auch so schlecht, weißt du noch?«

Er weiß es nicht mehr. Sie hat es noch klar und deutlich vor Augen. Das Kind in seinem Gitterbettchen, ein kleines Bündel im Schlafsack, Tür einen Spaltbreit geöffnet, Hugo und sie am Tisch im Wohnzimmer. Schläft sie? Ja, sie schläft. Worüber redeten sie? Vielleicht über früher, als noch alles voller Hoffnung und spannend war, als sie am Konservatorium in einem Trio spielten und unrealistische Pläne hatten. Wir werden wohl kaum über mein Leben gesprochen haben, denkt sie. Über seine Arbeit vielleicht, er war bereits mit dem Zentrum befasst, es lief schon damals nicht wirklich gut. Über das Grasdach auf seinem Boot, die bleischweren Soden, die er hinaufbugsieren musste.

Plötzlich unterbrach ein Schrei aus dem Schlafzimmer ihr Gespräch, Laute, die überhaupt nicht zu einem gerade mal einjährigen Kind passten.

»Tad*aaaa*p!«

Es klang verzweifelt und so dringlich, dass es Carolien in Panik versetzte. Sie will uns etwas sagen, dachte sie, sie ist in Not, aber sie hat keine Worte dafür. Hugo und sie sprangen gleichzeitig auf. Im Kinderzimmer schien alles wieder in Ordnung zu sein, Laura lag friedlich eingerollt im Bettchen, zwei Finger im Mund.

»Ich rufe eigentlich an, weil ich fragen wollte, ob du schon einen Termin hast für diesen Geburtstag deines Freundes. Wann wir spielen. Ich muss ja sehen, dass ich dann frei machen kann.«

»Ich kümmere mich morgen drum. Dann hörst du von mir.«

»Und wie es dir geht. Du hast keinen guten Eindruck gemacht, als wir spielten, fand ich.«

Stille. Sie kann deutlich das Dröhnen von Bässen durchs Telefon hören. Sie schaltet den Computer aus.

»Carolien? Wie geht es dir? Sei ehrlich.«

»Jochem kam letztens mit einem Prospekt über eine Gruppentherapie für Eltern toter Kinder an. Hat mich ziemlich geschockt. Kannst du dir das vorstellen?«

Hugo räuspert sich und trinkt wohl einen Schluck Bier, so wie es sich anhört.

»Es ist deins. Du möchtest die Einzige sein.«

»Ich *bin* die Einzige.«

»Ja, natürlich bist du das. Aber wahr ist auch, dass es etliche gibt, die in der gleichen Situation sind. Zwei Wahrheiten.«

»Diese eine ist meine. Ich verstehe nicht, wie man das verwässern kann, indem man sich mit sogenannten Leidensgenossen unterhält.«

»Nein«, sagt Hugo, »das ist nichts für dich. Ich sehe dich noch im Gerichtssaal sitzen, unter diesen achtzehn Elternpaaren. Ein ganzer Saal voller Mitbetroffener. Du warst ungerührt. All die anderen schluchzten oder kochten vor Wut, aber du sahst aus, als prallte das alles an dir ab. Jochem war rot angelaufen und presste die Zähne aufeinander. Du warst die Ruhe selbst.«

Sie ist einen Moment still und versucht, sich selbst ins Bild zu bekommen, sich selbst während dieser Gerichtsverhandlung vor zwei Jahren zu sehen. Sie trug einen Pullover unter ihrem Blazer, zu der Zeit war ihr immer kalt.

»Ja«, sagt sie dann, »es ging mich nichts an. Ich hatte nichts damit zu tun. Ich wollte, dass es vorbei ist. Es war eine Farce, ein mieses Spiel.«

»Da hast du recht. Anklage gegen einen Busfahrer, der im Koma lag. Gegen das Busunternehmen, das von einem dieser Transportgiganten aufgekauft worden war. Privatisiert, nichts investiert in Wartung, Sicherheit, Überprüfung. Sie hatten unvorstellbare Summen vom Staat eingestrichen und durften bloß nicht umfallen. Keine Chance für euch. Ich bin mir sicher, dass die Richter unter Druck gesetzt worden sind.«

»So was Kleines«, sagt Carolien, »auf häuslicher Ebene sozusagen, eine Klassenfahrt, ein Bus, der von der Straße abkommt. Es ist konkret, man kann es sehen, es hat direkte Auswirkungen auf das Leben von Menschen. Aber so ist es nicht, es ist Teil eines riesigen, unüberschaubaren Machtnetzwerks. Darin kann man verlorengehen, das ist ein Labyrinth, aus dem man nicht mehr rausfindet. Berufung, Rat für Verkehrssicherheit, Ombudsmann. Ein aussichtsloser Weg. Den Machenschaften dahinter kommst du nie bei. Und wenn du noch so schlau bist. Außerdem hatte ich den Kopf mit anderen Sachen voll.«

Wieso sage ich das?, denkt sie. Ein sinnloses Gespräch. Jochem meint, Reden ist gut. Ich habe ihn ausgelacht. Unsere Jungen sind tot. Auf der Heimfahrt von ihrem Schulausflug gestorben. Zehn und zwölf Jahre alt. Ich bin keine Mutter mehr. Es gibt niemanden mehr, der »Mama« zu mir sagt. Das Haus ist leer, und ich unterhalte mich mit Hugo über Betrug und Korruption. Darum geht es gar nicht. Er hat doch noch etwas anderes gesagt. Zwei Wahrheiten.

»Ich kann nicht mit diesen anderen Eltern in einer Gesprächsgruppe sitzen. Oder mit egal welchen Eltern. Ihr Verlust ist nicht mein Verlust.«

»Könnte es nicht helfen, Kontakt zu Schicksalsgenossen? Zu sehen, wie die Leute nach so was trotzdem weiterleben? Ich frage nur.«

»Ich habe damit nichts am Hut, Hugo. Das lenkt mich nur ab, das frisst Energie, und es bringt mir nichts. Was mich beschäftigt, was mich betrifft, ist der Tod meiner Jungs. Ich bin ihre einzige Mutter. Die Einzige.«

Sie hört ein gewaltiges Rumsen. Hugo flucht.

»Ich glaub, ich werde schon wieder von so 'nem Haufen Pappnasen gerammt. Zu besoffen, um am Ruder zu sitzen. Ich muss mal nachsehen, Carolien, tut mir leid.«

Sie bleibt still am toten Computer sitzen, das Telefon noch in der Hand. Vielleicht spiele ich mich auf, denkt sie, als Märtyrerin, als triumphale Selbstzerstörerin, die mit ihrem glorreichen Kummer hoch oben auf einem Felsen steht, unantastbar und von niemandem zu erreichen.

Sie legt das Telefon hin und stemmt sich mit beiden Händen aus ihrem Stuhl hoch. Ihr Körper fühlt sich schwer an. Langsam geht sie durch die Praxis und macht überall die Lichter aus. Dann tritt sie nach draußen und schließt die Tür ab. Es fühlt sich wie eine Befreiung an, im dunklen Abend zu verschwinden.

19

Ich habe überhaupt keinen Orientierungssinn, denkt Jochem, als er in den Straßen hinter der Solanderlaan umherkurvt. Er flucht bei den Schildern, die Einbahnverkehr anzeigen, und fährt zweimal um den Kreisel auf dem Platz mit dem Springbrunnen, bevor er bemerkt, dass er längst in der gesuchten Straße ist. Eine gewisse Wut ist beim Autofahren für ihn normal; es spielt keine große Rolle, gegen was sich diese Wut richtet. Schlaglöcher im Pflaster, fehlende Straßennamenschilder, unsinnige Verbotsschilder, aggressive oder lahme Autofahrer – alles eignet sich für permanente Schimpftiraden. Endlich durch die Solanderlaan fahrend, ärgert er sich über die von den Bewohnern zu Terrassen umfunktionierten breiten Gehwege. Da sitzen sie, die begnadeten Familien. Höhere Ausbildung, toller Job, schlank und sportlich und nebenbei auch noch in der Lage, zwei oder drei begabte Kinder aufzuziehen. Sie tragen gepflegte Freizeitkleidung, jetzt, zu Beginn des Abends, sie trinken Weißwein oder italienisches Bier und führen mit erhobener Stimme pädagogisch fundierte Gespräche mit ihren Kindern.

»Die Pest«, brummt Jochem vor sich hin. »Drüberwalzen, dass Schluss ist mit diesem Expansionsdrang. Truppen aufmarschieren lassen und weg mit diesen Tischen und Bänken und Sandkästen. Cholera, auch gut.«

Er findet einen Parkplatz, sucht in sich hineinschimpfend einen Automaten, um einen Parkschein zu lösen, und wurstelt sich mit geradezu genüsslicher Verärgerung durch das Programm. Kopfschüttelnd trottet er zu seinem Wagen zurück.

Hausnummer 39 war es. Er ist früher schon mal hier gewesen, mit Carolien, und er erkennt den Aufgang wieder, als er davorsteht. Vormittags hatte van Aalst im Atelier angerufen und umständlich von Mängeln an seinem Instrument erzählt. Kommen Sie doch kurz vorbei, schlug Jochem vor, doch das ging nicht. Nur eine vorübergehende Sache, sagte der alte Cellist, Probleme mit der Mobilität, er könne natürlich ein Taxi rufen, aber dann müsse er immer noch mit dem Cello die Treppe hinunter, nein, leider, dazu sei er momentan nicht imstande. Jochem hatte in seinen Terminkalender geschaut und angeboten, mit einer Erste-Hilfe-Tasche voller Schraubzwingen und anderer nötiger Utensilien vorbeizukommen. Damit wartet er jetzt vor der Tür. Als er einmal drinnen ist, überschlägt van Aalst sich mit Entschuldigungen.

»Hör auf«, sagt Jochem. »Es ist ein Vergnügen für mich, dein Instrument wieder mal in Händen zu haben.«

Er räumt einen Tisch frei, der in der Ecke steht, und legt eine Pferdedecke darauf, die er vorsorglich in die Tasche gestopft hat. Van Aalst hat den Kasten geöffnet und nimmt das Cello heraus. Er steht tatsächlich wacklig auf den Beinen, wie Jochem sieht. Nimm ihm bloß schnell das Instrument ab, ein Unfall muss nicht auch noch sein.

Schauen, klopfen, streicheln, horchen. Decke hat sich gelöst, Steg hat sich etwas verschoben, irgendwo ist ein Nebengeräusch, das er weghaben möchte. Er arbeitet.

Am Ende hat er die Schultern des Cellos in Schraubzwingen gespannt; Leim hat er in der Küche angerührt, wo es zu seinem Erstaunen sauber und aufgeräumt aussah. Jetzt nimmt er zwei Bier aus dem Kühlschrank, der ebenfalls einen ordentlichen Eindruck macht.

»Ich komme dann morgen kurz vorbei, um die Schraubzwingen abzumachen«, sagt er, als sie sitzen. »Dieses Klappern hab ich auch rausgekriegt, du wirst sehen. Spielst du noch viel?«

»Ich versuche dabeizubleiben«, sagt Reinier. »Es ist ein solcher Genuss, das Instrument zu hören. Also, ich tue schon was, ja. Ich sehe aber auch sehr viel fern, ich werde alt.«

»Carolien ist froh über deine Ratschläge. Sie kommt immer besser gelaunt zurück, als sie gegangen ist. Und sie übt fast jeden Abend, das ist ein gutes Zeichen.«

»Wie geht es mit deinem Betrieb? Ökonomisch, meine ich. Hast du unter der Kulturpolitik zu leiden?«

»Es geht komischerweise. Viele meiner Kunden sitzen im Gewerbe so weit oben, dass sie vorläufig noch spielen. Aber ich rege mich unheimlich über die allgemeine Entwicklung auf. Die Milliarden, die in unsinnigen Projekten versenkt werden, die immensen Summen, die an Dinge verschwendet werden, von denen man schon vorher sagen kann, dass nie was draus wird. Und wie leichtfertig, mit welcher Selbstverständlichkeit das geschieht, dass man sich nicht schämt, es in den Medien verlauten zu lassen – da kann man doch die Krätze kriegen. Dass die Leute bei Musik heutzutage an Rhythmusboxen und Mitsingnummern denken, stört mich weniger. Irgendwann wird es schon wiederkommen, denke ich. Wahre Musik wird mal mehr und mal weniger geschätzt, das ist ein Auf und Ab. Glaubst du nicht?«

Er schaut zu Reinier, der mit halb geschlossenen Augen zurückgelehnt in seinem Sessel hängt. Hört er überhaupt, was ich sage? Kommt von ihm noch irgendein Text? Geduld, er ist ein müder Mann.

»Ich bin ein Fossil aus dem vorigen Jahrhundert«, sagt Reinier nach einer Weile. »Vielleicht sehe ich es deswegen nicht so rosig wie du. Die von uns gewählte Regierung sagt schon seit Jahren: Es gibt kein Publikum, deshalb braucht es auch keine Orchester und Ensembles, und es muss nicht mehr komponiert werden. Sie haben recht, so ist es. Aber warum ist es so? Darüber denken sie nicht nach. Sie schließen die Musikschulen, wieso auch nicht, das Schrubben auf Geigen, das Ringen darum, ein Lied auf einer Gitarre oder einer Trompete zu spielen, was hat man davon? Nichts natürlich, nur selten findet sich ein kleines Talent darunter. Sie verstehen nicht, dass es auch gar nicht darum geht. Das Ringen und Schrubben kreiert ein neues Publikum, *darum* geht es. Diese Kinder mit Blockflöten oder was auch immer lernen zu hören. Melodie und Begleitung, Zusammenhang zwischen den Phrasen eines Liedes, Spannung in einer Akkordfolge. Wenn sie ein paar Jahre auf einer Gitarre geübt haben, können sie sich später an einer Brahms-Sonate oder einer Haydn-Symphonie erfreuen. Dann sind sie das neue Publikum.«

Jochem steht auf, um noch ein Bier zu holen.

»Im Sport«, sagt er, als er zurückkommt, »da haben sie sehr wohl realisiert, dass es ein längerfristiges Ziel gibt. Alle sollen Fußball spielen oder joggen, nicht um es zur Meisterschaft zu bringen, sondern weil es gesund ist. Sagt man. Das ist gut für dich. Deshalb muss es sein. Ein Instrument spielen zu lernen ist auch gut für dich, du lernst, dich zu konzentrieren, du lernst, Geduld zu haben, auf andere zu hören.«

»Dich anzupassen«, ergänzt Reinier, »Initiative zu ergreifen. Allesamt enorm nützliche Fähigkeiten. Ach, Jochem, es ist ein Trauerspiel. Lass uns von etwas anderem reden. Ich freue mich, dass du noch ausreichend Kundschaft hast, Leute, die ein schönes Instrument zu würdigen wissen. Und ich habe meine Zeit gehabt, ich darf mich jetzt nicht beklagen. Da ist ein Junge, der gelegentlich Besorgungen für mich macht. Neulich erzählte er, dass er oft vor der Tür gesessen und zugehört hat, wenn ich geübt habe, was sagst du dazu?«

»Erstaunlich«, sagt Jochem. Er möchte langsam gehen, das stille Haus mit dem alten Mann wirkt beklemmend. Die Welt jenseits der dicken Vorhänge rückt weit weg, und das führt zu unangenehmen Gedanken. Was ist hier noch, in diesem Zimmer, das ganz und gar der Musik geweiht ist? Alte Träume, übertriebenes Entzücken über das Interesse eines Straßenjungen, der Tod, der in einer Ecke steht und geduldig wartet.

Er erhebt sich, sieht noch einmal kurz nach dem Cello und packt sein Werkzeug zusammen.

»Also, morgen komme ich wieder«, sagt er. »Es sieht hier übrigens picobello aus. Hast du jemanden, der für dich saubermacht?«

Über Reiniers Gesicht scheint ein Schatten zu fallen. Er gibt keine klare Antwort, sondern murmelt irgendetwas vor sich hin.

Hab wohl was Verkehrtes gesagt, denkt Jochem. Soll ich etwa annehmen, dass er mit seinen wackligen Beinen selber putzt? Was ist denn Schlimmes dran, wenn man eine Haushaltshilfe hat? Ist das neuerdings verdächtig, ist mir da was entgangen?

»Na ja«, hört er Reinier schließlich stammeln, »dieser Junge, weißt du, der die Besorgungen macht, der hat eine Mutter, die mir manchmal hilft. Ja. Erzähl es bitte nicht weiter. Das geht niemanden etwas an. Die Frau ist vielleicht illegal oder so.«

Jochem nickt, verdutzt über den plötzlichen Argwohn, die Angst, die er in Reiniers Stimme zu entdecken glaubt.

»Keine Bange«, sagt er. »Ich erzähle nie was weiter. Hab ich in meinem Beruf gelernt. Ist doch prima, dass du ein bisschen Hilfe hast. Bis morgen!«

20

Ein perfekter Abend, denkt Hugo zufrieden. Kräftig die Dissonanzen geprobt und nach der Pause, Wein und Bier intus, einen flammenden Dvořák hingelegt. Die Fenster standen offen, und ohne dass sie es bemerkten, hielten größere und kleinere Boote an, und man hörte ihnen zu. Nach dem stürmischen Finale brandete Applaus auf, und es wurde laut bravo gerufen.

Jetzt sitzen sie alle vier geradezu freudestrahlend am Tisch. Im Nebenzimmer schläft Laura. Carolien hat ihr vorgelesen, als die anderen Kaffee tranken. Als sie zufriedengestellt war und sich schön hatte zudecken lassen, hat er noch kurz nach ihr gesehen und ihr einen Gutenachtkuss gegeben. Die Tür müsse offen bleiben, sagte sie.

Carolien hat mit Daniels Frau gesprochen. Sie werden am Geburtstagsmorgen spielen, im Wohnzimmer. Daniel weiß von nichts, es ist eine echte Überraschung. Es werden zwar ein paar Leute da sein, Verwandte, Freunde vielleicht, aber nicht viele. Daniel werden sie wegschicken, damit er noch eine Torte für den Besuch holt, das überlässt er nie jemand anders, und wenn er zurückkommt, sitzt das Quartett bereit. Gestimmt.

Hugo legt Carolien die Hand auf die Schulter.

»Gut gemacht«, sagt er. »Schön, für jemanden zu spielen, der das zu würdigen weiß. Jetzt geh mal eine rauchen.« Gehorsam erhebt sie sich und verschwindet mit den Zigaretten auf den Steg.

»Wie findest du meine Geige?«, fragt er Jochem. »Klingt sie frei? Ich bin recht zufrieden damit, jetzt.«

Jochem nimmt das Instrument auf und streicht es kräftig an.

»Perfekt«, sagt er. »Nichts dran auszusetzen. Diese neuen Saiten sind sehr gut, sie vertragen sich mit deiner Geige, sie spricht nach wie vor leicht an. Klingt fabelhaft. Weißt du, dass das Cello von Caroliens Lehrer, diesem van Aalst, auch ein Ruggieri ist? Klar, natürlich weißt du das, du kennst ihn ja. In ziemlich gutem Zustand, das Instrument, die Schnecke ist zwar falsch, aber für den Klang ist das völlig schnurz. Ich war neulich bei ihm, um nach seinem Cello zu schauen.«

»Ich hab den Mann ewig nicht gesehen«, sagt Hugo. »Er war ein toller Cellist. Und auch ein prima Lehrer, Carolien und ich waren in seiner Kammermusikklasse.«

»Er ist alt geworden. Ich fand es ziemlich beklemmend bei ihm, er hat vor allem Angst. Verschanzt sich in dem Haus vor der Gewalt der Welt. Und einsam ist er natürlich. Kein Mensch, der ihn in seiner Paranoia korrigiert.«

Das geht Heleen, die ihnen zuhört, offenbar zu weit.

»Wieso Paranoia? Es *ist* doch gefährlich! Alte Leute können sich nicht wehren, wenn etwas passiert. Ein Raubüberfall oder ein Einbruch, jemand, der klingelt und den Fuß zwischen die Tür stellt – was soll er denn da machen? Er hat keine Kraft, er ist allein, er ist schon um die achtzig. Man wüsste doch selbst auch nicht, wie man sich verhalten soll, wenn man bedroht wird, oder?«

Na, na, na, denkt Hugo, das ist ja plötzlich eine heftige Replik von meiner menschenfreundlichen Cousine. Aber vielleicht hat sie recht. Von Aggressivität lassen sich die allermeisten einschüchtern, habe ich mal gehört. Sie ziehen den Kopf ein, kuschen und gehorchen. Ich nicht, ich würde sofort abhauen. Alles stehen und liegen lassen und das Weite suchen.

»Was würdest du tun, Carolien«, fragt er, als sie nach ihrer Rauchpause zurückkommt, »wenn jemand dich bedroht?«

»Deine Tür steht praktisch offen«, sagt sie. »Ich meine, ich habe sie jetzt zwar zugemacht, aber sie ist nicht zugeschnappt.«

»Da kommt 'ne neue Tür rein. Mit Schloss und Riegel und allem Drum und Dran. Bis dahin ist noch alles ein bisschen behelfsmäßig. Nachts schließe ich schon ab, falls ich es nicht vergesse. Aber du weichst meiner Frage aus. Was würdest du tun?«

»Keine Ahnung«, sagt Carolien. »Wahrscheinlich gar nichts. Vor langer Zeit, als ich mein Praktikum in der Psychiatrie machte, gab es dort einen roten Knopf auf dem Boden unter dem Schreibtisch. Da stellte ich den Fuß drauf, wenn ein Patient über den Tisch rüberkam. Binnen einer halben Minute stürmte dann ein Trupp muskulöser Pfleger rein. Weiter würde ich wohl nicht gehen. Jochem schon, der würde jemandem, der ihn bedroht, prompt an die Gurgel springen.«

»Knüppel auf den Kopf«, bestätigt Jochem, »sofort.«

Heleen macht ein etwas unglückliches Gesicht.

»Du kannst jemanden doch nicht so einfach verletzen! Er zieht sich womöglich einen Gehirnschaden zu, Blutungen – er stirbt womöglich, und das ist dann deine Schuld.«

»Er hat angefangen«, sagt Jochem. »Wenn einer mit einer Eisenstange in der Hand vor meiner Tür steht oder mit einer Pistole, soll ich ihn dann etwa das Haus ausrauben, Carolien vergewaltigen, mich selbst niederschlagen lassen? In so einem Fall ist es doch wohl mein gutes Recht, wenn ich mich selbst zu verteidigen versuche. Abgesehen davon wäre ich wahrscheinlich unglaublich wütend. Ich glaube, ich würde, ohne groß darüber nachzudenken, auf so einen Eindringling losgehen. Ich würde ihm glattweg ins Herz stechen, wenn ich zufällig einen Beitel in der Hand hätte. Ohne dass es mir hinterher leidtun würde. *Er* sollte nachdenken, bevor er etwas tut, nicht ich.«

Er hustet kurz.

»Ehrlich gesagt weiß ich nicht, ob ich das wirklich tun würde. Ich würde es mir ausmalen, das sicher. Aber dann würde ich wohl doch Hemmungen kriegen.«

Sie lachen. Weltfremder Haufen, denkt Hugo, Menschen mit sozialem Gewissen und tadelloser Auffassung von Gut und Böse. Im richtigen Leben kommt man damit nicht weit, wie er weiß, im Gegenteil, damit landet man in der Ecke der Machtlosen, der Ecke, in der die Menschen stehen, die die Gelackmeierten sein werden. Gerechtigkeitsempfinden und Altruismus sind in der heutigen Gesellschaft schwere Klötze am Bein. Besser, man ist gewieft und auf den eigenen Vorteil aus. Das sind die anderen ja auch. Was er in seinem lachhaften Sektor erlebt, ist zwar Kinderkram, aber beängstigender Kinderkram. Nötigung zum Abschluss gewisser Deals, nur halb im Scherz geäußerte Drohungen, hübsche Sümmchen für das Tun oder Lassen des einen und anderen. Er ist so gewandt und schnell, dass er immer rechtzeitig aus der Falle zu springen versteht. Bis jetzt. Sie denken, er sei naiv, harmlos. Aber dem ist nicht so, er hat nur eine andere Blickrichtung als die meisten. Sein Blick geht Richtung Ausweg.

»Trotzdem stimme ich dir nicht zu«, sagt Heleen. Sie ist rot angelaufen und hat sich gerade aufgesetzt. »Bei uns zu Hause reden wir oft darüber, wegen dieser ganzen Tätlichkeiten beim Fußball. Da treten Spieler einen Schiedsrichter zu Boden, weil er einen Strafstoß gegen sie gegeben hat.

Untereinander tun sie sich auch die übelsten Sachen an, nur um zu gewinnen. Ich rede von brutaler physischer Gewalt, nicht von Schimpfen und Spucken. Ich sage immer, dass es nur wenige Situationen gibt, die man nicht durch Reden und Zuhören lösen kann. Dann lachen sie mich natürlich aus. Aber ich glaube nicht, dass ich jemanden absichtlich so treten könnte, dass er querschnittsgelähmt ist, wirklich nicht.«

Ihr Disput versandet in einer Diskussion über Kindererziehung und die Bedeutsamkeit guter Vorbilder. Deren Fehlen in vielen Familien, in der Arbeitswelt, unter den Regierenden. Der ewige Normen-und-Werte-Terror christlicher Regierungen habe die Menschen abgestumpft, meint Jochem. Durch das Internet werde alles öffentlich gemacht, die Skandale, die geheimen Absprachen, die widerlichen Vertuschungsmanöver. Da zeige sich, dass nichts so sei, wie es aussehe. Scheinheiligkeit allerorten.

Wie wütend er ist, denkt Hugo. Und dabei geht es jetzt nur um Politik, um die Regierung. Was fühlt er in Bezug auf das Unheil, das seinen Kindern zugefügt wurde? Warum explodiert er nicht? Carolien verhält sich still. Solange Jochem schäumt, braucht sie nicht böse zu werden – ob es das ist? Er kennt sie als hitzig und als jemanden, der kein Blatt vor den Mund nimmt. Aber das war früher.

»Ich hör schon«, sagt er. »Keiner von uns ist imstande, auch nur ein Kaninchen zu schlachten.«

Er sieht, dass Heleen, ein blitzscharfes Messer in der Hand, um die Salami in Scheiben zu schneiden, zustimmend nickt.

»Distanz«, sagt Carolien unvermittelt. »Je direkter die Zerstörung, desto weniger sind wir dem gewachsen. Vergrößert sich die Distanz, morden wir genauso gut wie alle anderen. Ich bestimmt, mit dem Euthanasieprotokoll in der Tasche, aber du auch, Heleen. Jedes Mal, wenn du einen älteren Patienten aus unserer Kartei austrägst, unterzeichnest du sein Todesurteil.«

Heleen ist sprachlos. Hugo sieht, wie die Farbe aus ihrem Gesicht weicht. Sie legt das Messer hin und reibt die Hände aneinander, als sei sie dabei, sie zu waschen. Er lehnt sich zurück und lässt den Blick langsam über seine Freunde schweifen, über Carolien, die mit geradem Rücken dasitzt und nachdenkt, Jochem, der in seinem Terminkalender blättert, Heleen, die Carolien entgeistert anstarrt. Naiv, denkt er, wie unglaublich naiv sie doch sind. Nicht imstande, über die Trennwände zu schauen, die sie im Laufe ihres Lebens errichtet haben; Gesetzen und Idealen verhaftet, mit denen sie groß geworden sind. Das hat natürlich was Schönes, das ist beruhigend. Aber nicht realistisch. Flexibel müssen wir sein. Formbarkeit ist das neue Ideal. Man geht zugrunde, wenn man sich nicht den Umständen anzupassen versteht. Unter dem Verlust alter Sicherheiten. Unter Verlust.

21

Heleen dreht sich stöhnend um, als der Wecker klingelt. Unbeherrscht haut sie auf den Knopf, um ihn abzustellen. Niemanden wecken, niemanden stören, dafür sorgen, dass der Tag in Frieden beginnt – es geht von selbst, sie kann nicht anders. Sie schleppt sich ins Badezimmer. Irgendetwas ist los, denkt sie, irgendetwas stimmt nicht. Mit Mühe versucht sie sich darauf zu konzentrieren, was eigentlich in ihr vorgeht. Was in ihr vorgehen *müsste,* hindert sie daran. Die Einkäufe, die sie gestern schon erledigt hat, damit sie heute Abend gleich mit dem Kochen anfangen kann, die Patienten, die sie nachher erwarten und sich freuen werden, sie zu sehen, ihre Jungs, die in einer halben Stunde nach unten poltern und am Frühstückstisch herumalbern werden. Irgendetwas ist los. Irgendetwas stimmt nicht.

In der Dusche lässt sie sich das Wasser auf den Kopf prasseln. Sie steht still, mit geschlossenen Augen. Sie weint. Es dauert eine Weile, bis sie zum Shampoo greifen, Bewegungen ausführen kann. Während sie die Haare ausspült, gerät sie beinahe wieder in Stillstand, doch es gelingt ihr, sich mit brüsken Bewegungen in die Wirklichkeit zu schubsen. Hahn zu. Vorhang auf. Handtuch.

So missmutig bin ich sonst nie, denkt sie in dem Versuch, sich ein wenig davon zu lösen. Sieht mir gar nicht ähnlich. Ich bin kein Morgenmuffel. Hab eigentlich immer Lust auf den Tag. Was soll ich anziehen? Einfach wieder das, was ich gestern anhatte. Seufzend zerrt sie die weite Hose hoch.

Haare gut trockenrubbeln. Wimperntusche, Lippenstift. Ein Muss für die Patienten. Ein Muss.

Erst im Auto blitzt die Erinnerung an den gestrigen Abend in ihr auf. Kein Mann, über dessen Schlaf sie wachen muss, keine Jungs, die einen unbeschwerten Start in den Schulalltag haben sollen, nur sie selbst, mit sich allein. Sie haben mich nicht verstanden, denkt sie, ich kann auch nie was gut erklären – ja, wie eine Infusionspumpe funktioniert und in welcher Reihenfolge jemand seine Tabletten einnehmen muss, das krieg ich hin. Aber erklären, wie ich zu etwas stehe, warum ich etwas mache? Keine Chance. Man lacht mich aus, immer. Mein krimineller Briefpartner ist der Einzige, der mir zuhört. Er hat verstanden, was ich meinte. Er schreibt, dass die Musik ihn beruhigt.

Es war fies von Carolien. Sie wirft mir etwas vor, worauf ich keinen Einfluss habe. Wovon ich nicht mal weiß! Wahr ist, dass ich die alten Leutchen so lange wie möglich in der Praxis halten möchte, das gehört zu meiner Arbeit, so ist es doch! Todesurteil, hat sie gesagt. Was soll ich denn machen? Irgendwann geht es nicht mehr; wenn Menschen nicht mehr selbst für sich sorgen können, verdrecken sie. Verhungern. Werden verwirrt. Früher, ja, früher gab es die häusliche Pflege. Ganze Schwärme von Betreuern, die einen für die Einkäufe, die anderen für die Medikation, und wieder andere fürs Waschen. Diese Dienstleistungen wurden Jahr für Jahr weiter zusammengestrichen, bis nur noch ein sinnloses bürokratisches Netzwerk übrig war. Dann wurden die »Geriatrischen Stützpunkte« eingerichtet. Das erwies sich als gewaltige Kostenersparnis. »Geriatrischer Schlusspunkt«, sagen wir in der Praxis, respektlos eigentlich. Es ist schwer, Menschen loszulassen, um die man sich so lange gekümmert hat. Man schickt sie zur Indikationskommission, und die schickt sie in ein Alten- oder Pflegeheim, Häuser, die wir nicht kennen und in die wir nicht gehen. Die hausärztliche Versorgung wird von einem Altenpflegeteam übernommen. Unsere Praxis erhält eine Mail: »Ihr Patient ist angekommen«, und damit hat sich's. Die Einrichtungen, in denen die alten Menschen untergebracht werden, liegen in den hintersten Winkeln; Besuche dort werden abgeblockt oder rundweg verboten. Die Angehörigen sind auch selten daran interessiert, meistens sagen sie, dass man bereits Abschied genommen hat, dass Mutter oder Opa nicht mehr sie selbst sind, dass das nun mal der Lauf der Dinge ist und man sich damit abgefunden hat. Den Anzeigen in der Zeitung nach zu urteilen, folgt der Tod oft ziemlich schnell, aber da stehen natürlich nicht alle drin, vielleicht gibt es ja etliche, die noch viele Jahre leben. Doch die ehemaligen Patienten, deren Namen ich noch weiß, sind alle vor Ablauf eines Jahres gestorben. Hat sie das mit dem Todesurteil wirklich so gemeint? Als ob ich die Leute wegschicke, damit sie umgebracht werden! Ich bin doch kein Henker!

Ruhe jetzt, ich rege mich ganz unnötig auf. Carolien ist meine Freundin. Sie hat es schwer. Sie wirft einfach irgendwas in den Raum. Euthanasie, *das* ist Mord. Und das macht sie, wenn es sein muss. *Hat* sie gemacht, denn seit dem Unglück überlässt sie es Daniel. Nach Beratung mit dem Patienten natürlich. Sie ist dem einfach nicht mehr gewachsen, das verstehe ich sehr gut. Aber das ist noch lange kein Grund, mir die Schuld in die Schuhe zu schieben. Ich habe ihr neulich noch aus der Patsche geholfen, bei den Eltern von diesem todkranken Kind. Kein Wort des Dankes. Ach, ist auch verständlich. Bei dieser unvorstellbaren Tragödie ist es ein Wunder, dass sie überhaupt noch auf den Beinen ist und ihre Arbeit macht, dass sie Quartett spielt und Auto fährt. Wir sollten ihr alle helfen und sie aufrecht halten, es bringt gar nichts, wenn ich ihr böse bin. Ich tue so, als wäre gestern nichts vorgefallen, das ist am besten. Man hat den Eindruck, dass Jochem besser damit fertigwird, er kommt mir jedenfalls nicht so unnahbar vor, und er hat sich nicht so stark verändert. Vielleicht täusche ich mich aber auch. Bei Menschen in Trauer muss man vorsichtig sein.

Sie arbeitet den ganzen Vormittag mit großem Einsatz, ja sogar mit Vergnügen. Für eine Pause ist keine Zeit, ständig sitzt wieder ein neuer Patient im Wartezimmer, und sie bringt es nicht übers Herz zu sagen, dass sie vorher noch einen Kaffee trinken geht. Erst beim Mittagessen, am Küchentisch, sieht sie Carolien. Die lacht und legt ihr kurz die Hand auf den Arm.

»Schön gearbeitet?«, fragt sie.

Heleen antwortet mit einem dankbaren Blick. Na bitte, es ist überhaupt nichts. Ich habe mir irgendwas eingebildet. Alles in Ordnung.

Trotzdem bleibt ein nagendes Gefühl zurück. Abends, bei Tisch, ist sie stiller als sonst. Mann und Söhne bekommen nichts davon mit, sie reden durcheinander und hocken sich nach dem Essen vor den Fernseher, um ein Fußballspiel anzuschauen. Heleen räumt ab, stellt das Geschirr in die Spülmaschine und macht die Küche sauber. Eine schöne Arbeit, die beruhigt. Als sie fertig ist, bindet sie ihre Schürze ab und blickt unentschlossen ins Wohnzimmer. Sie wird dort nicht gebraucht, sie amüsieren sich ohne sie. Sie hat frei.

Ich würde es gern erzählen, denkt sie, mit jemandem darüber reden, der unbeteiligt ist. Mein Leid klagen, dass meine beste Freundin mich beschuldigt. Fragen, ob ich schuld bin. Wegen dieses blöden Fußballspiels können sie mir keine Beachtung schenken. Sie würden es auch nicht verstehen, sie würden es als Nichtigkeit abtun und Sachen sagen wie »Nimm dir das nicht so zu Herzen« oder »Das bildest du dir nur ein«. Ob sie Hugo anrufen und fragen kann, wie er das gestrige Gespräch wahrgenommen hat? Nein, zu nah dran. Er würde mich wahrscheinlich auch auslachen.

In einer Ecke des Schlafzimmers steht ihr kleiner Schreibtisch. Undeutlich dringt die Stimme des Fußballkommentators bis hierher. Hin und wieder ertönt ein lauter Schrei. Dann fällt ein Tor oder um ein Haar nicht. Es ist ihr völlig egal.

Papier und Stift. Sie kennt *eine* Person, die weiß, wie sich eine falsche Bezichtigung anfühlt. Ihm kann sie es erklären. »Lieber Olivier«, schreibt sie, und dann flutscht die ganze Geschichte mühelos heraus. Genau so, wie es sich abgespielt hat, unter Angabe ihres wirklichen Berufs, ihres Instruments, ihrer Freunde. Einen Augenblick lang regen sich Bedenken wegen dieses Verstoßes gegen die Regeln, doch die lässt sie an sich abgleiten. Ich tue verdammt noch mal seit jeher, was man von mir will, und jetzt habe ich dazu ausnahmsweise mal keine Lust. Jetzt soll *mir* mal zugehört werden. Sie schreibt von dem dicht begrünten Dach auf Hugos Boot. Sie beschreibt das Gefühl, das sie beim Quartettspiel gefangen nimmt. Sie erzählt, was ihre Freundin, die Hausärztin, zu ihr gesagt hat und wie sehr sie darüber erschrocken ist. »Ich glaube, du kennst diese Machtlosigkeit«, schreibt sie, »wie es ist, wenn man sich nicht wehren kann. Wie einen so eine Bezichtigung fertigmachen kann. Wie man an sich selbst zu zweifeln beginnt. Ich musste das einfach loswerden, nimm es mir nicht übel, dass ich es dir schreibe, ich saß am Schreibtisch, ehe ich mir dessen richtig bewusst war.«

Wenn diese faulen Beamten meinen Brief öffnen und beanstanden, sollen sie ruhig, denkt sie. Kontakt von Mensch zu Mensch, darum geht es. Wer kann dagegen schon etwas haben?

Es werden am Ende vier Seiten, die sie sorgfältig zusammenfaltet und in ihre Tasche steckt. Morgen abschicken. Sie fühlt sich wundersam erleichtert.

22

Carolien steht auf der Schwelle des Zimmers, in dem ihre Jungen schliefen. Die Betten sind abgezogen, die Matratzen mit bunten Überwürfen bedeckt. Spielsachen und Bücher sind weggeräumt. Unordnung, miefende Jungenunordnung hätte ich hier gern, denkt sie. Unordnung ist ein Zeichen von Leben, das die Ankündigung zukünftigen Aufräumens in sich trägt, ein Zeugnis von Plänen und Unternehmungen. Ein mit dem Rücken nach oben liegendes aufgeschlagenes Buch, ein schmutziges Sportshirt, ein zur Hälfte ausgeschnittener Modellbogen. Ich habe gemeckert, dass sie für Ordnung sorgen sollten, machte ein unzufriedenes, vergrätztes Gesicht, wenn sie es vergaßen. Ich habe wahrscheinlich das ganze schreckliche Zeug gesagt, das Mütter so sagen. Dass sie hier nicht im Hotel sind, dass ich nicht ihr Dienstmädchen bin. Jetzt würde ich alles dafür geben, wenn ich noch ein einziges Mal in ihrem Saustall sitzen könnte. Alles. Meinen rechten Arm. Meinen Beruf. Jochem. Wenn ich nur wüsste, dass sie noch irgendwo leben, auch wenn ich sie nicht sehen dürfte. Wenn sie nur lebten, wenn sie nur mit dem Leben weitermachen könnten, mit dem sie erst vor so kurzer Zeit angefangen hatten, dann könnte ich ruhig sterben.

Sie hat die Tür zugemacht und sich auf den Fußboden gesetzt, mit dem Rücken gegen die Spielzeugkiste. Sie zieht die Beine hoch und legt das Gesicht an die Knie. Ich bin mit ihnen zusammen zur Schule geradelt, frühmorgens, es war noch kühl, so ein verheißungsvoller Sommertag, aufgekratzt waren sie, zu unruhig, um auf ihren Sätteln zu sitzen, sie standen auf den Pedalen, schlenkerten über den Radweg, schrien sich was zu, mir was zu. In der Ferne sahen sie schon den Bus am Schulhof stehen.

Was dachte sie eigentlich? Sie wird wohl verärgert gewesen sein, sie hat bestimmt gerufen, dass sie sich rechts halten sollten, aufpassen sollten, nicht so schreien sollten. Sie hat sich höchstwahrscheinlich gehetzt gefühlt wegen des abweichenden Tagesverlaufs. Jochem war in Paris, um Bögen zu kaufen, sie musste die Jungs verabschieden. Sie würde eine Stunde zu spät zur Arbeit kommen, so etwas war ihr nicht angenehm, das fand sie unkollegial. Innerlich maulte sie bestimmt, wieso Jochem gerade jetzt weg sein musste, alles blieb immer an ihr hängen, nie nahm er Rücksicht auf ihre Praxiszeiten, obwohl sie sie doch jede Woche an den Kühlschrank heftete. Sinnlose, traurig stimmende Gedanken. Ich hätte stolz und frei hinter meinen Kindern herradeln sollen, glücklich sein sollen, dass sie sich so sehr freuen konnten, auf den Moment konzentriert sein sollen. Ich sah ihre schmalen Jungenrücken, die muskulösen Waden, die erhobenen Köpfe. Ich hätte ihre kindliche Lebenslust in mich aufsaugen sollen.

Ihre Rucksäcke. Beide hatten sie eine zusammengerollte Regenjacke dabei, das stand auf der Liste, die sie von der Schule mitbekommen hatten. Butterbrote in Folie, eine Dose zu trinken. Am Abend davor hatte sie die Lunchpakete vorbereitet, die Jungs standen neben ihr an der Arbeitsplatte und schauten kritisch zu. Geht die Regenjacken suchen, hatte sie gesagt, kehrt eure Rucksäcke um, da sind noch schmutzige Turnsachen drin, igitt, riecht doch mal! Sie trappelten vor Ungeduld, riefen, dass sie keine Erdnussbutter wollten, keine Äpfel. Sie war nur müde gewesen. Unglaublich.

Alle kriegen Süßigkeiten mit, sagten sie. Dürfen wir auch Schokoriegel haben, Mars, Nuts, Snickers? Mama? Sie atmet flach. Es tut weh. Sie will diese Erinnerungen nicht.

Ich habe sie zu kurz gehalten. Ich hätte ihnen die Taschen mit Schokolade und Lakritze vollstopfen sollen, damit sie wussten, dass ich alles für sie geben würde, dass ich ihre Gelüste nachvollziehen konnte und sie befriedigen wollte, auch wenn sie davon Löcher in den Zähnen bekamen. So fühlt sich Reue an.

Von ganz weit weg, aus dem Atelier, hört sie, dass Jochem energisch dabei ist, etwas auszuhöhlen oder an etwas zu sägen. Das beruhigt sie, er wird nicht nachsehen kommen, was sie treibt, für eine Weile ist die Einsamkeit garantiert. Warum gehe ich so hart mit mir ins Gericht, denkt sie. So ist doch das Leben, dass man versucht, alles gleichzeitig zu machen, so gut wie möglich, aber man baut auch mal Mist, zwangsläufig, ich musste wirklich in die Praxis, da warteten Patienten auf mich, ich sollte einen Naevus entfernen und eine Spirale einsetzen, daran dachte ich, und so kam es, dass ich es eilig hatte, dass es mich ärgerte, wie sehr beim Einsteigen in den Schulreisebus getrödelt wurde, dass ich meinen Jungs nachlässig, schon halb weggedreht winkte. Ihre Gesichter an der Scheibe. Ihre wedelnden Arme.

Nach dem Essen sitzt sie auf dem Sofa und schaut in die Zeitung. Jochem räumt die Geschirrspülmaschine ein. Dann kommt er aus der Küche und sucht die Fernbedienung. Carolien hört, wie der Fernseher kurz summt und dann anspringt. Der Ton ist zu laut, sie fühlt sich gestört. Warum eigentlich? Sie nimmt gar nicht in sich auf, was sie liest, die Worte gleiten durch ihr Hirn hindurch und sind restlos verschwunden. Wenn Jochem Nachrichten sieht, braucht kein

Gespräch stattzufinden. Über die Zeitung hinweg schaut sie zu ihm hinüber. Er hört dem Nachrichtensprecher aufmerksam zu, Oberkörper nach vorn gebeugt, Arme auf den Knien. Mit halbem Ohr verfolgt sie, worum es geht, der Prozess natürlich. Was fesselt ihn daran so? Dieser Mann, wie heißt er noch, Hellebard oder so ähnlich, ist ein Psychopath, einer von vielen. Besonders schlau kann er nicht sein, denn man hat ihn gefasst und verurteilt. Das Verbrechen, dessen er jetzt beschuldigt wird, kann sie nicht interessant finden; womöglich war es auch gar keins, sondern ein Konstruktionsfehler oder eine Panne bei der Bedienung des Krans. Sensationslust macht daraus ein Verbrechen. Oder das Bedürfnis der Behörden zu demonstrieren, dass es noch Gerechtigkeit gibt.

Laut Nachrichtensprecher wird die Staatsanwaltschaft nachweisen, dass sehr wohl an der Aufhängung geschraubt worden ist. Manipuliert worden ist, sagt er. Sie seufzt.

»Wie kann er das getan haben?«, fragt sie Jochem. »Er war doch die ganze Zeit hinter Gittern, oder?«

Jochem antwortet nicht. Auf dem Bildschirm wird zum x-ten Mal in Zeitlupe der Absturz der Kabine gezeigt. Sie sehen, wie die Ministerin langsam zerschellt. Die Anwälte Hellebergs, ja, so heißt er, verweigerten jeden Kommentar, erst bei der Verhandlung würden sie ihre Einrede vortragen. Blablabla, denkt Carolien, alles leeres Gerede. Ein Scheingefecht.

»Er hat das natürlich nicht selbst getan«, sagt Jochem. »Er hat den Auftrag gegeben, er hat den Mord organisiert. Das ist genauso strafbar. Er zwingt irgendeinen Schergen, jemanden um die Ecke zu bringen, und braucht sich selbst nicht die Finger schmutzig zu machen. Schuld aus der Distanz.«

Indirekter Mord, denkt Carolien. Ich hätte das nicht zu Heleen sagen dürfen, das hat sie viel zu hart getroffen. Aus reiner Ohnmacht tue ich so was. Es passieren fürchterliche Dinge, und man sucht sich jemanden, auf den man wütend werden kann. Ich rede morgen mit ihr, entschuldige mich, sage ihr, dass ich die Undurchsichtigkeit der Altenpflege genauso schlimm finde wie sie, erkläre, dass wir beide machtlos und auf der Suche nach einem Sündenbock sind. Ist der Fahrer des Schulbusses ein Mörder? Der Leiter des Transportunternehmens? Der für den Straßenverkehr zuständige Inspekteur? Die Ministerin, die sich jetzt das Genick gebrochen hat? Es *muss* jemanden geben, den ich hassen kann, denn sonst vergiftet mich der Hass, er muss raus, irgendwohin. Wenn das nicht geschieht, sage ich so gemeine Sachen zu Heleen, oder ich gebe mir selbst die Schuld und weigere mich zu reden.

»Ich hätte sie zu Hause behalten sollen«, sagt sie laut.

Jochem zuckt zusammen und sieht sie an. Streng. Sie beugt das Gesicht wieder über die Zeitung. Der Nachrichtensprecher schnattert über das neue Gerichtsgebäude, wie viele Sicherheitsschleusen, wie viele Zäune, wie viele überwachte Ein- und Ausgänge.

»Hör auf damit, Carolien. Bitte. Diese idiotischen Gedankengänge von dir finde ich unerträglich. Als ob du etwas dagegen hättest machen können, als ob du Einfluss hättest auf das, was passiert. Das ist Quatsch. Du kannst gar nichts tun, das ist es ja gerade, du hast überhaupt keinen Einfluss. Du bist vollkommen machtlos.«

23 Reinier hat die Zeitung auf dem Tisch ausgebreitet und studiert das Inserat vom Zentrum. Wegen des überwältigenden Erfolgs ist das Quartett, das dort im vergangenen Monat gespielt hat, erneut geholt worden, für ein einziges Konzert, das es dank eines glücklichen Zufalls an einem Reisetag einplanen konnte. Eine einmalige Gelegenheit für den Liebhaber, steht da. Prachtvolles klassisches Programm mit lauter Meisterwerken: Haydn, Mozart d-Moll und nach der Pause das große Werk von Schubert, *Der Tod und das Mädchen*. Dreihundertfünfzig Euro pro Karte. Unten drunter ist wohl eine Website angegeben, vermutet Reinier, etwas mit http und www, ohne Großbuchstaben.

Ich sollte das machen, spontan, ohne großes Hin und Her. Als Dank für erwiesene Dienste. Zusammen ausgehen. Driss vielleicht in Oberhemd und frisch gewaschener, anständiger Jeans, dieser Trainingsanzug geht natürlich nicht. Nebeneinander in diesem schönen Saal, ihm werden die Augen übergehen – die vier bereitstehenden Stühle, die Notenständer, die Musiker, die mit ihren glänzenden Instrumenten auf die Bühne kommen, sich verbeugen, ihre Plätze einnehmen. Alles, was ich ihm über das Quartettspiel erzählt habe, kann er dann sehen, kann er hören. In den Pausen werde ich ihm etwas zu den Stücken sagen, ich werde ihm schildern, dass Mozart schrieb, während seine Frau im Nebenzimmer ein Kind zur Welt brachte, dass er ihre Schreie in die Musik aufnahm, hör nur mal hin, im langsamen Satz. Und dann Schubert, der wird ihm gefallen – das Lied, die Variationen! Mit offenem Mund, vorn auf der Sitzkante, wird er dem Feuerwerk des Finales lauschen. Das muss ich machen. Karten bestellen und ihn überraschen.

Geht das überhaupt? Sollte ich nicht vorher fragen, ob er auch möchte? Die Einwilligung der Mutter einholen? Nachfragen, ob die Eltern damit einverstanden sind, dass ihr Sohn einen Abend mit einem alten Mann ausgeht? Wie halten islamische Familien es mit der Musik? Ist sie erlaubt? Sie ist abstrakt, keine Abbildung von irgendetwas, also wird das schon in Ordnung sein. Ich müsste es eigentlich wissen. Oboen gibt es dort und eine Art Vorläufer der Geige, Rebab, Rebec? Kein Wenn und Aber, Karten kaufen und hingehen.

Mit der Zeitungsseite in der Hand schlurft er zu seinem Lehnstuhl. Das Telefon steht auf dem Tischchen daneben. Er greift zum Hörer und bringt den Zeigefinger über den Tasten in Anschlag, während er durch seine Lesebrille auf das Inserat späht. Keine Telefonnummer. Hat er auch richtig hingesehen? Ja, hat er. Ächzend bückt er sich, um das schwere Telefonbuch vom Boden aufzuheben. Kleine Buchstaben, gräulicher Druck. Wo soll er suchen? »Zentrum«? Vielleicht »Musikzentrum«, das Verzeichnis ist zehn Jahre alt. Er unterdrückt seine Verärgerung und sucht die Spalten ab. Vergebens. Was jetzt? Auskunft! Gibt es die noch? Ein Fräulein, das einem die Nummer heraussucht? Ich muss einen Stift zur Hand haben, einen Zettel.

Das Telefonbuch enthält alle möglichen Informationen. Stadtpläne, gewerbliche Anzeigen, Angebote, sich automatisch wecken zu lassen. Erst auf der Rückseite findet er die Nummern der Auskunft. Ein Euro pro Minute, steht dabei. Sowie er eine Stimme hört, beginnt er zu sprechen. Die Stimme redet unbeirrbar weiter: »Es sind noch zwölf Wartende vor Ihnen, legen Sie nicht auf, wir sind baldmöglich für Sie da.« Warum hört sie nicht zu, denkt er verwundert – ach, sie ist nicht echt, ich selbst muss zuhören. Den gesuchten Namen und die Adresse deutlich einsprechen, sagt die Tonbandfrau, nach dem Piepston. Schweiß prickelt in seinen Achseln. Adresse? Eine Kade ist es, mit dem Namen eines Seefahrers. James-Cook-Kade! Die Hausnummer weiß ich nicht.

Er legt den Hörer auf, wählt die Auskunftsdame erneut an, wartet geduldig, räuspert sich und spricht feierlich die erbetenen Angaben in die Muschel. Dann wartet er mit gezücktem Stift. Nach drei Versuchen hat er eine Telefonnummer. Er legt das Telefonbuch auf den Boden und lehnt sich in seinem Stuhl zurück. Jetzt kann nichts mehr schiefgehen. In Gedanken ist er schon auf dem Weg in den Konzertsaal, mit Driss an seiner Seite.

Die künstliche Stimme vom Zentrum ist dann doch wieder überraschend. Früher bekam man gleich jemanden von der Kasse an den Apparat, erinnert er sich. Nicht immer von früher reden. Aufpassen.

»Für Fragen zum Programm drücken Sie die Eins. Für Fragen finanzieller Art drücken Sie die Zwei. Für Buchungen drücken Sie die Drei. Für Restaurant und Bar drücken Sie die Vier. Für Büro und Verwaltung drücken Sie die Fünf.«

Ihm schwirrt der Kopf. Ob »Programm« richtig ist? Vielleicht ist »Büro« besser, da muss doch wohl jemand arbeiten, der Karten für ihn reservieren kann. Beim nächsten Versuch drückt er auf die Fünf.

»Im Moment ist keiner unserer Mitarbeiter für Sie verfügbar. Nutzen Sie unseren Webservice, oder versuchen Sie es später noch einmal.«

Dann eben die Eins.

»Auf unserer Website www.zentrumanderkade.nl sind sämtliche Programmpunkte aufgeführt. Dort finden Sie Informationen zu den auftretenden Künstlern und zur Reservierung von Eintrittskarten. Auch erhalten Sie Auskünfte zu Erreichbarkeit und Parkmöglichkeiten.«

Der Vollständigkeit halber versucht er es auch noch mit Taste zwei (»… kein Mitarbeiter zur Verfügung«), Taste drei (»… rufen Sie bitte während unserer Sprechzeiten an«) und Taste vier. Zu seiner großen Erleichterung hört er einen jungen Mann mit schnoddriger Artikulation.

»Oh, Sie sind *echt*!«, sagt er nach dem ersten Schrecken.

»Ja«, sagt der junge Mann, »Kade-Bar, Wilhelm.«

Reinier stellt sich vor und äußert seinen Wunsch, Karten vorzubestellen.

»Ich bin von der Bar. Sie möchten hier essen?«

»Nein. Na ja, vielleicht, aber zuerst muss ich die Karten haben. Können Sie mir dabei behilflich sein?«

Er hört den jungen Mann etwas rufen. Es hallt. Sicher ein großer Raum. Dann meldet sich eine andere Stimme, eine Frau.

»Kade-Restaurant Cook, guten Tag!«

Wieder trägt er seinen Wunsch vor. Er hört selbst, wie müde und matt er mittlerweile klingt.

»Da sind Sie hier an der falschen Adresse«, sagt die Frau. »Für Karten müssen Sie auf die Website. Einfach anklicken, in welche Vorstellung Sie gehen möchten. Sie können auch gleich einen Platz auswählen und mit Kreditkarte bezahlen. Es ist sehr benutzerfreundlich.«

Er will erklären, dass er keinen Computer hat und eigentlich nicht versteht, was sie sagt, doch er sieht davon ab, ehe er den Mund aufgemacht hat. Das ist vergebliche Liebesmühe.

»Vielen Dank«, sagt er und legt sachte den Hörer auf.

Was jetzt? Hingehen natürlich. So schnell bringt man ihn nicht von seinem Vorhaben ab. An der Ecke der Solanderlaan ist eine Straßenbahnhaltestelle. Am Rathaus umsteigen, danach bis zur Endstation, und von dort ein paar Hundert Meter zu Fuß. Eine gute Übung für den Ausflug mit Driss. Orthese ganz fest anziehen. Aspirin einnehmen. Mantel, Portemonnaie, Spazierstock. Er schließt die Tür hinter sich und steigt vorsichtig die Stufen hinunter. Kleine Schritte, ruhiges Tempo, Rücken gerade halten. An nichts denken, nur an den Weg, an das nächste Ziel.

Er wartet noch keine fünf Minuten, als schon eine Straßenbahn kommt. Das Einsteigen geht fließend, der Boden wird bis auf Gehweghöhe abgesenkt, und Reinier kann direkt hineinlaufen. Alle, die einsteigen, drücken ein Plastikding gegen einen Apparat, der jedes Mal ein ärgerliches Piepsen von sich gibt. Reinier besitzt so etwas nicht, aber ein freundlicher Schaffner, der mitten im Wagen in einer Kabine sitzt, verkauft ihm für einen überraschend hohen Betrag eine Fahrkarte. Er umklammert sie mit einer Hand und setzt sich in die Nähe des Ausgangs, den Stock zwischen den Knien. Die Haltestellen werden durchgerufen, Kolonialmuseum, Tiergarten. Gut aufpassen jetzt, die nächste ist das Rathaus.

Es gelingt ihm, rechtzeitig am Ausgang zu stehen. Eine Frau mit schwerer Tasche schubst ihn fast zur Tür hinaus, aber er vermag sein Gleichgewicht zu bewahren und steht mit beiden Beinen auf der Verkehrsinsel vor dem Rathaus. Schon die nächste Straßenbahn ist die richtige Linie; es ist eine alte Bahn mit Stufen, die er zu erklimmen hat. Schmerzen gellen durch sein Knie, als er sich Schritt für Schritt durch den schwankenden Waggon bewegt. Er sieht einen freien Platz neben einem großen Mann, der seine Aktentasche auf den Schoß gestellt hat. Er muss die Eisenstange hinter dem Sitz loslassen, um sich an dessen Knien vorbeizuschieben. Einen Augenblick fürchtet er, dass er bei der Drehung, die er machen muss, um sich zu setzen, auf den Mann fallen könnte. Warum rutscht der Kerl nicht einfach zum Fenster hin? Es geht gerade noch einmal gut. Er schließt kurz die Augen.

Als er sie wieder öffnet, wird ihm bewusst, dass die Straßenbahn ihn immer weiter von seinem Ziel wegbringt. Falsche Richtung. Er flucht. Bei der nächsten Haltestelle raus, die Straße überqueren, zwischen hupenden Autos und vorüberschießenden Motorrollern hindurch. Keine Haltestelle auf der anderen Seite. Dort, jenseits der Kreuzung. Er macht sich auf den Weg.

Warten. Das Stehen fällt ihm schwer, aber eine Bank ist nicht da, es muss sein. Es herrscht Gedränge, Menschen rempeln ihn auf dem schmalen Gehweg an. Mit Erleichterung sieht er in der Ferne die Straßenbahn nahen. Quälend langsam.

Die Straßenbahn ist so voll, dass er keinen Sitzplatz findet. Dass irgendjemand, eines dieser hinten sitzenden Kinder zum Beispiel, die sich danebenbenehmen und mit ihren Telefonen spielen, ihm einen Platz anbieten könnte, erwartet er keine Sekunde. Driss, der würde das tun, aber diese jungen Leute nie und nimmer. Er hält sich mit der freien Hand an einer schmutzigen Stange fest und spannt sich bei jeder Kurve an.

Endlich draußen. Eine Brücke über breites Wasser. Entlang des Brückengeländers ist eine meterlange Bank angebracht. Dort sitzen Touristen und schlafende Stadtstreicher. Es ist ihm egal, er findet einen Platz und setzt sich.

Jetzt einen Moment richtig zur Ruhe kommen. Ich habe schon die Hälfte hinter mir, es geht wie geplant. Hätte einen leichteren Mantel anziehen sollen, ich schwitze wie ein Affe. Aufknöpfen, auslüften. Mensch, tut dieses verdammte Knie weh.

Aus seiner Oberhemdtasche fischt er ein Aspirin, das er ohne Wasser runterschluckt. Einer der Penner spricht ihn schreiend an. Er reagiert nicht darauf. Nach geraumer Zeit nimmt er seinen Mut zusammen und erhebt sich. Jetzt die richtige Richtung einschlagen, auf diese Seite, das Gebäude ist schon zu sehen. Es scheint, als führten verschiedene Wege dorthin, eine höher gelegene Straße, auf der auch Autos fahren, und ein Radweg weiter unten. Als er schon ein ganzes Stück gelaufen ist, sieht er in der Tiefe die Eingangstüren, hinter denen sich die Kassen befinden, doch wie kommt man dorthin? Nirgendwo sieht er eine Treppe, die hinunterführt; er ist gezwungen, einen großen Umweg zu machen und über eine gruselige Fußgängerbrücke zu einem anderen Eingang weiter oben im Gebäude zu gehen.

Er drückt gegen die schwere Glastür. Zu. »Pull« sieht er in winzigen Lettern dastehen. Das funktioniert. Er ist drinnen.

Vor seinen Füßen liegt ein Wasserfall aus Holz, eine gigantische Treppe mit gut fünfzig Stufen, jede davon zehn Meter breit. Ohne Geländer. Ganz unten sieht er die Garderobe und die Kassenschalter. So nah und so unmöglich, dieses letzte Hindernis zu nehmen. Die Enttäuschung fährt ihm in die Beine, sie fangen an zu zittern, und er muss sich mit dem Rücken an eine Wand stellen, um sich aufrecht zu halten. Nach einer Weile geht die Glastür auf, und eine junge Frau kommt herein. Auf hohen Absätzen geht sie die Treppe hinunter, wendet dann den Kopf zu ihm um und sieht ihn an.

»Kann ich Ihnen helfen? Es gibt hier auch einen Fahrstuhl!«

Sie zeigt zur Wand, an der er lehnt. Er folgt ihrem Blick und erkennt ein im Metall der Wand verstecktes undeutliches Rechteck. Wenn man ganz genau hinschaut, sieht man daneben einen runden Knopf mit einem abgenutzten Pfeil darauf.

»Einfach draufdrücken«, sagt die Frau, »dann kommt er.«

Zögernd betritt er den Fahrstuhl, einen länglichen Käfig mit greller Beleuchtung. Er drückt auf null, das erscheint ihm besser als eins oder minus eins. Sie könnten dazuschreiben, denkt er, was auf all diesen Etagen – nein, konzentriert bleiben, die Dinge nehmen, wie sie sind, keine Energie auf Mäkeleien verschwenden. Er steigt aus.

Eine Kathedrale. Eine schlichte Basilika. Ein immenser Raum tut sich vor seinen Augen auf. Nirgendwo Stühle oder Bänke. Vorsichtig pflanzt er seinen Stock auf den glatten Steinboden und tut ein paar Schritte. In der Ferne sieht er die Frau mit den hohen Absätzen um eine Ecke gehen.

Er versucht sich zu orientieren. Die Halle ist von hohen Glaswänden eingefasst. Dahinter Wasser. Er bleibt stehen, um zu beobachten, wie ein großes, weiß gestrichenes Passagierschiff vorüberfährt. Schwindlig ist ihm, alles dreht sich, und nirgendwo findet er Halt. Das geht so nicht, denkt er, ich muss etwas tun. In eine Toilette, Wasser ins Gesicht klatschen, aber wo sind die Toiletten? Langsam schaut er sich um, bloß nicht umfallen jetzt, ruhig bleiben und suchen. Er sieht die breite Treppe, schaut nach oben, um den Punkt zu finden, wo er gerade noch gestanden hat, und geht beinahe in die Knie. Eigenartig, dass man Höhenangst bekommt, wenn man unten steht, das geht doch gar nicht, würde man meinen, aber es passiert. Er taumelt, macht unversehens ein paar äußerst schmerzhafte Schritte und stürzt auf eine Treppenstufe. Der Stock scheppert auf die Steinfliesen, und er legt den Kopf auf seine Knie. Aufgeben, denkt er, keinen Widerstand mehr leisten, es ist genug.

Er wird von lauten Stimmen geweckt. Ganz hoch über sich sieht er eine Decke aus Metall und Holz. Einen modern gestalteten Kronleuchter an schweren Drahtseilen. Ich liege, denkt er, ich liege der Länge nach auf dem Fußboden.

»Er war einfach hier«, hört er jemanden sagen, »ich hab keine Ahnung, was er will, er antwortet nicht, wenn man etwas fragt.«

»Vielleicht ohnmächtig geworden«, sagt ein anderer.

»Könnte ein Herzinfarkt sein. Oder ein Schlaganfall. Er kann doch nicht sprechen, oder? Wir müssen einen Krankenwagen rufen.«

»Ja, das ist am besten. Wenn er hier abnibbelt, haben wir den Salat. Rufst du an?«

»Nein«, sagt Reinier. Er kann sich selbst nicht hören. Noch einmal versuchen. »Nein! Bitte nicht. Keine Polizei!«

»He, er hat was gesagt! Hallo Sie, Sie waren bewusstlos, wir rufen Hilfe, bleiben Sie ruhig liegen.«

»Nein, keine Hilfe. Bitte nicht. Nein.«

»Vorschrift«, hört er. »Krank.« – »Anrufen.« Wenn sie anrufen, bin ich verloren. Aufstehen, aufstehen und weglaufen. Er versucht, das eine Bein anzuziehen, doch es schmerzt so sehr, dass ihm wieder schwarz vor Augen wird.

»Probleme?«, fragt eine freundliche Stimme, die ihm irgendwie bekannt vorkommt. »Was ist denn los?«

Jemand kniet sich neben ihn und fasst ihn beim Arm.

»Na, so was, Herr van Aalst! Reinier! Was ist mit Ihnen?«

Geige, weiß er, Kammermusikklasse. Wie war noch gleich der Name?

»Ich lege Ihnen etwas unter den Kopf, der Fußboden ist so hart.«

Ein Arm unter seinen Schultern, ein weiches Päckchen, zusammengerollter Mantel, denkt er, auf den sein Kopf gebettet wird. Er öffnet die Augen, sieht einen Mann in Hemdsärmeln, der ihn besorgt anschaut. Er kennt mich, ich kenne ihn auch, wenn ich es auch gerade nicht weiß. Er muss mir helfen.

Unter äußerster Kraftanstrengung streckt er die Hand aus und nimmt den gestreiften Hemdsärmel in einen eisernen Klammergriff.

»Hilfe«, flüstert er, »kein Krankenwagen. Hilf mir.«

Der Mann hilft ihm, sich aufzusetzen. Er spürt, wie das Schwindelgefühl nachlässt, und kann jetzt besser sehen, die Welt zittert nicht mehr. Hugo, so heißt er. Ein Trio mit Carolien. Jetzt bei ihr im Quartett. Liebenswürdiger Junge.

»Ich sorge dafür, dass Sie sicher nach Hause kommen«, sagt Hugo. »Sie haben sich allem Anschein nach nichts gebrochen, und so langsam kommt wieder Farbe in Ihr Gesicht. Alles wird gut.«

24

»Mensch, ist der Mann alt geworden«, sagt Hugo. »Ich habe ihn kaum wiedererkannt.«

Die Füße auf die Fensterbank gelegt, telefoniert er mit Carolien.

»Er war total in Panik, wollte auf keinen Fall ins Krankenhaus. Also hab ich mich mit ihm ins Taxi gesetzt und ihn nach Hause gebracht. Ich hoffe, das war richtig, und er hat keine inneren Blutungen oder so. Was meinst du?«

»Er kommt schon seit Jahren nicht mehr raus«, sagt Carolien. »Auf dem einen Bein kann er nicht mehr stehen. Dass er ganz allein dorthin gefahren ist, war für ihn ein wahnsinniges Unterfangen, er hat sich überschätzt, denke ich. Es war auch warm heute. Diese Angst kenne ich schon von ihm, er möchte nie Hilfe haben, das hält er für gefährlich. Er fürchtet, dass man ihn einkassiert und wegschließt. Dass er aus seiner Wohnung rausmuss.«

»Kannst du nicht kurz nach ihm sehen, unter irgendeinem Vorwand? Ob er nicht womöglich halb tot in seiner Küche liegt? Noch kann man bei ihm klingeln, es ist erst neun Uhr.«

»Ja, mach ich. Ich möchte mir ohnehin seine Partitur vom Dissonanzenquartett borgen, das hab ich zu fragen vergessen, als ich das letzte Mal zum Unterricht bei ihm war.«

»Rufst du mich an, wenn du zurück bist? Ist schon ein Schock, wenn jemand, den man so bewundert, plötzlich so gebrechlich geworden ist. Sehr beunruhigend. Er ist natürlich gaga, paranoid, aber von einem so vitalen, starken Mann kann man das eigentlich gar nicht glauben.«

»Er ist alt, ja, aber gaga? Ich weiß nicht. Zu wenig Anreize, verengter Blick, sehr mit seinen Wehwehchen beschäftigt – das ist schon wahr. Er lebt auf, wenn ich komme und wir bei der Arbeit sind. Dann ist es fast wie früher. Ich halte dich auf dem Laufenden.«

Hugo steht auf, um sich noch einen Whisky einzugießen. Der Zusammenbruch seines ehemaligen Lehrers ist ihm unter die Haut gegangen. Ein unangenehmes Gefühl, als wäre er selbst geschwächt und hätte den Bezug zur Realität verloren. Alkohol hilft nicht, denkt er, und er trinkt. Als das Telefon klingelt, springt er auf, überzeugt, dass es Carolien ist, die beim reglosen Körper von van Aalst steht.

Es ist der Vorsitzende seines Verwaltungsrats. Die Insolvenz erscheine unabwendbar. Das Gebäude müsse verkauft werden, es gebe schon einen Interessenten, ein reicher Chinese, alles sei geheim. Ein vertraulicher Anruf, um ihn auf seine anstehende Entlassung vorzubereiten, damit es ihn bei der Sitzung im Laufe der Woche nicht ganz unvorbereitet treffe. Bedauerlich, er habe sich so sehr eingesetzt, wirklich, dafür zolle ihm der Verwaltungsrat große Anerkennung, und es werde natürlich eine Regelung geben, eine bescheidene Abfindung, das sei unter solchen Umständen nun mal üblich, aber er, der Vorsitzende, werde sein Möglichstes tun, um Hugo noch etwas Geld zu besorgen. Die Angestellten würden später informiert, wenn alles in trockenen Tüchern sei. Er zähle auf seine Diskretion.

Hugo lässt das Telefon in den Schoß sinken. Eine immense Erleichterung überkommt ihn. Er kann es fast nicht glauben, aber er ist froh. Frei! Frei, der Schiffswerft gegenüber seine Dienste anzubieten, um nach Herzenslust alte Boote zu restaurieren; frei, in U-Bahn-Gängen Geige zu spielen, einen umgedrehten Hut zu seinen Füßen; frei, sich zum Lehrer umschulen zu lassen und sich unter Kinder zu mischen. Egal wie: frei. Er ist dem dubios operierenden Verwaltungsrat eher dankbar, als dass er böse wäre. Ein Leidensweg hat sein Ende gefunden – dass er es als so schlimm empfand, war ihm gar nicht bewusst, meistens machte ihm die Taktiererei durchaus Spaß: Weniger ist mehr, was rausgeht, muss erst reinkommen und so weiter. Eine Herausforderung. Jetzt ist es vorbei. Tief seufzend blickt er auf die schnell ziehenden Wolkenformationen über dem Wasser. Frei. Er sitzt immer noch da und kostet die unverhoffte Erleichterung aus, als Carolien anruft.

»Komische Geschichte«, sagt sie. »Er hat versucht, Karten für ein Konzert zu kaufen. Ich hab's nicht so richtig kapiert, er tat ganz geheimnisvoll. Er wollte jemanden einladen. Ich frage mich, ob er eine heimliche Freundin hat, aber das ist doch unmöglich, oder was meinst du? Später sagte er, dass es für seine Haushaltshilfe sei. Das halte ich für wenig wahrscheinlich.«

»Vielleicht wollte er mit dir gehen? Er war bestimmt auf das Streichquartett aus. Sie geben ein Extrakonzert, weil es letztens ein so großer Erfolg war. Kostet ihn einen Haufen Geld. Wie traurig, wenn man sich die ganze Mühe macht und dann unverrichteter Dinge nach Hause gebracht wird. Hast du feststellen können, ob ihm was fehlt?«

»Ich fand, er wirkte ganz fit. Gut, das Knie ist kaputt, aber das war es vorher schon. Er war klar im Kopf. Man könne nur per Internet reservieren, telefonisch sei es ihm nicht gelungen. Er hat von dir gesprochen, dass du ihn gerettet hast. Er wusste deinen Namen noch und dass wir bei ihm im Unterricht waren. Ein begabter Junge, sagte er, ungestüm und eigensinnig. Er hat das in guter Erinnerung. Könntest du ihm die Karten nicht einfach schicken?«

»Ich weiß nicht, ob das Konzert überhaupt stattfindet. Das Gebäude wird verkauft, ich habe gerade meine Kündigung bekommen. Vielleicht annullieren sie das gesamte Programm.«

»Hugo! Entlassen? Das ist ja furchtbar.«

Er erzählt ihr von seiner Erleichterung und versichert, dass sie seine Tochter auch weiterhin an ihrem festen Tag sehen könne.

»Ich kann mir einen Bart wachsen lassen«, sagt er. »Ich bin zu überhaupt nichts mehr verpflichtet. Wir können zu dritt in den Zoo gehen.«

Carolien bleibt besorgt und zögernd.

»Abriss, Niedergang, es wird so konkret, es rückt so nahe, man kann die Augen nicht mehr davor verschließen. Alles, wofür wir uns ein Leben lang begeistert haben, wird ausradiert.«

»Sieh's doch mal von der anderen Seite. Kahlschlag kann auch gut sein. Alten Krempel wegwerfen, neue Dinge machen. Das Festhalten an Institutionen und Idealen von früher engt uns auch ein. Man sollte den Gedanken zulassen, dass man sich davon frei machen kann.«

»Klingt wie ein Managementkurs«, sagt Carolien. »Hast du was getrunken?«

Hugo lacht.

»Na klar. Aber trotzdem habe ich recht. Es ist übrigens noch geheim, du darfst mit niemandem darüber reden. Ich habe es selbst erst vor einer knappen Stunde erfahren, noch weiß keiner davon.«

»Ich schweige. Das krieg ich auch noch hin. Lügen und Betrügen gehört für mich schon zur täglichen Beschäftigung.

Bei van Aalst bin ich unter einem falschen Vorwand reingekommen. Er hat mir seine eigene Mozartpartitur ausgeliehen, so ein gelbes Heft, weißt du, ganz schmuddelig und ausgeblichen und auf der Vorderseite ein großer Stempel mit seiner Adresse. Gehst du gleich schlafen? Keine Dummheiten machen, ja?«

»Ich werde schlafen wie ein Murmeltier«, sagt Hugo, »wie ein kleines Kind.«

25

Es ist erst sieben Uhr morgens, und Carolien sitzt schon in der Praxis am Computer. Das Fenster steht offen, die Luft ist kühl und frisch, und es ist noch still auf der Straße. Es stimmt sie zufrieden, dass sie zu dieser frühen Stunde hier bei der Arbeit ist. Seit dem Unfall wird sie immer viel zu früh wach, und wenn sie dann im Bett bleibt, überkommt sie eine düstere Unruhe. Also zwingt sie sich aufzustehen, etwas zu tun, egal was. Akten aufarbeiten, Fachblätter lesen, Mails ordnen.

Sie hört die Eingangstür. Ob das schon Daniel ist? Wohl kaum Mollie, die stürzt immer im letzten Moment herein. Heleen? Die muss mit ihren Söhnen frühstücken. Carolien späht in den Flur. Daniel. Er sieht furchtbar aus, graues Gesicht, ein dunkler Stoppelschleier auf den Wangen. Schweigend lässt er sich ihr gegenüber auf den Stuhl fallen.

»Sie ist tot.«

»Das Neuroblastom? Heute Nacht?«

Er nickt. Carolien merkt, dass sie zittert. Das Neuroblastom, was für ein distanzierter Quark; das Mädchen, er spricht von dem Mädchen. Dort war er heute Nacht, an ihrer Stelle, weil sie bebt und schweigt.

»Erzähl mal«, flüstert sie.

»Na ja, du weißt, wie das läuft. Morphin, Atemdepression. Sie glitt weg, ohne Komplikationen. So ein kleines Kind in einem hohen Bett. Es waren natürlich Pflegekräfte da, in den letzten Wochen Tag und Nacht.«

»Ist es gerade erst passiert? Warum gehst du nicht nach Hause?«

»Gegen vier Uhr. Es war noch nicht hell. Ich bin der Eltern wegen geblieben, die fielen fast um vor Stress und Müdigkeit. Ich habe die Apotheke angerufen, die brachten was vorbei, so dass ich sie ins Bett schicken konnte. Unter Zwang. Sie müssen ein paar Stunden schlafen, bevor der ganze Zirkus losgeht. Herzzerreißend, diese Leute. Was die noch alles auszustehen haben, daran mag man gar nicht denken. Ich konnte einfach nicht nach Hause gehen und meinen eigenen Kindern begegnen. Diese ganze Fröhlichkeit. Das will ich im Moment nicht sehen.«

Die Eltern, denkt Carolien. Die Eltern eines gerade gestorbenen Kindes strahlen eine raue Verzweiflung aus, vor der jedermann die Flucht ergreift. Man müsste sie wegsperren, bis sich alles ein wenig abgeschliffen hat. Es geht nicht an, dass man das Umfeld dieser giftigen Ausstrahlung aussetzt. Ich ertrage das nicht, das habe ich neulich gemerkt, als sie hier saßen und warteten. Und jetzt, die Vorstellung, was sie nun durchmachen? Das in die Leichenhalle abtransportierte Kind, der Bestattungsunternehmer mit seinem Fotoalbum voller Särge, die Freunde und Nachbarn, die kommen, um Adressen auf Trauerbriefe zu schreiben. Wie gelähmt werden sie das über sich ergehen lassen, auf der Schwelle einer Wirklichkeit, mit der sie nicht fertigwerden. Nein, nicht daran denken. Nicht.

Sie steht auf und schenkt ihrem Kollegen Kaffee ein.

»Ich habe normalen Kaffee gekocht. Diese Maschine wage ich nicht anzufassen. Du musst Zucker reintun, ist gut für dich.«

Schlaff sitzt er auf seinem Stuhl und tut widerstandslos, was sie sagt.

»Du solltest dich auch schlafen legen. Du kannst jetzt nicht arbeiten.«

»Kurz rasieren, unter die Dusche, dann geht es schon wieder. Ich habe ein volles Programm heute Vormittag.«

Sie ist sich ganz sicher, dass das nicht gut wäre. Wenn jemand den vernichtenden Einfluss so eines Todesfalls auf die Handlungsfähigkeit prognostizieren kann, dann sie.

»Das kommt nicht in Frage«, sagt sie entschieden. »Du hast mich heute Nacht vertreten, und jetzt vertrete ich dich. Heleen kann beim An- und Ausziehen helfen, und ich flitze zur körperlichen Untersuchung zwischen den Sprechzimmern hin und her. Wir werden es den Patienten erklären. Überhaupt kein Problem.«

»Lieb von dir. Du hast recht. Ich muss nach Hause.«

Mühsam erhebt er sich. Als wäre er heute Nacht krumm geworden, denkt Carolien. Sie legt die Hand auf seinen Rücken und schiebt ihn sachte auf den Flur hinaus, zur offen gebliebenen Eingangstür. Dort bleibt sie stehen. Sie schaut zu, wie Daniel zu seinem Wagen geht, sich hineinsetzt, den Motor startet.

»Danke«, murmelt sie, »vielen Dank.«

Später sitzt sie mit Heleen in der Küche und schaut sich den Terminplan an.

»Er konnte einfach nicht mehr«, sagt sie, »ich habe ihn weggeschickt. Es ist meine Schuld. Es waren meine Patienten.«

»Hör doch mal damit auf«, sagt Heleen. »Alles ist vorschriftsmäßig abgelaufen, du brauchst dich überhaupt nicht schuldig zu fühlen. Wenn es andersherum gewesen wäre, hättest du genau das Gleiche getan.«

»Ihr seid zu nett zu mir. Wann hört das auf? Wenn ich

wieder normal bin? Wenn alles vorbei ist? Das ist es nie, das weißt du genauso gut wie ich.«

»Wir müssen uns alle an die neue Situation anpassen. Für dich ist das am schwersten, also mach dir bitte wegen uns keine Sorgen.«

»Es stirbt immer mal ein Patient. Wenn ich das nicht ertrage, habe ich ein Problem. Ich hätte das nicht zu dir sagen dürfen, neulich, von wegen Mord aus der Distanz. Das tut mir leid.«

Heleen ist aufgestanden und hantiert an der Spüle herum. Carolien blickt auf ihren breiten Rücken, die stämmigen Beine. Wie offenherzig ich heute bin, was ich nicht alles sage. Ich hoffe, das Wartezimmer füllt sich bald. Das hier halte ich nicht länger durch.

»Nicht weiter schlimm«, sagt Heleen, »schon vergessen. Aber lieb von dir, dass du das sagst. Ich habe übrigens Frau Pasma behalten können, sie kann sich problemlos selber spritzen. Für sie geht es also weiter, fürs Erste. Warum kannst du dich nicht damit zufriedengeben, dass wir tun, was wir können? Wir haben uns die Vorschriften für die Altenpflege nicht ausgedacht. Wir können sie nur so geschickt wie möglich handhaben. Dass die alten Leute aus unserem Blickfeld verschwinden, können wir nicht ändern. Es scheint fast, als wolltest du dich für alles schuldig fühlen. Das solltest du nicht.«

Carolien steht in der Küchentür. Sie raucht. Auf dem Dachbalkon steht die kranke Pflanze, die sich noch nicht sonderlich erholt hat. Sie hört, dass Heleen sich die Hände abtrocknet; in Unschuld waschen, denkt sie. Auf dem Flur wird es laut. Leute kommen herein; Mollie, die unbemerkt hinter den Empfangstresen gehuscht ist, steht mit ihrer schneidenden Stimme Rede und Antwort.

Schuld passt mir wie ein alter, vertrauter Mantel. Die kann ich niemals zum Container mit den Hilfsgütern für Rumänien bringen. Die will ich nicht hergeben. Schuld bindet mich an die Jungen. Niemals hätte ich sie in diesen Bus steigen lassen dürfen. Ich stand dabei und ließ es geschehen. Niemals.

26

Ich wollte die Schraubzwingen bei van Aalst abholen, denkt Jochem. Total vergessen. Carolien ist gestern noch bei ihm gewesen, irgendwas war mit ihm. Lieber kurz anrufen, sonst macht er womöglich nicht auf.

Das Telefon klingelt lange, bevor abgenommen wird. Stille.

»Reinier? Bist du's? Ich würde gern nach deinem Cello sehen. Die Schraubzwingen abmachen. Passt dir das?«

Er hört etwas auf den Boden scheppern, einen Fluch, das Verschieben eines schweren Gegenstands. Warum diese Unruhe, dieser Aufruhr? Es ist nur eine einfache Reparatur, will er sagen, kein Grund, sich so aufzuregen. Ich komme und bin in zehn Minuten wieder weg.

»Wenn ich das jetzt schnell mache, kannst du wieder spielen. Ich brauche die Schraubzwingen hier, deshalb fiel mir ein, dass sie noch bei dir sind. Ich hätte sie schon früher holen sollen, sorry, war mir entfallen.«

Van Aalst hustet in den Hörer. Im Hintergrund hört Jochem eine Stimme, eine helle Jungenstimme, scheint ihm. Soll er diesen Jungen kurz an den Apparat bitten? Das hier führt ja zu nichts. Oder einfach hingehen, es ist auf jeden Fall jemand da.

»Ich bin in einer halben Stunde da«, sagt er. »Bis dann.«

Ich komme mir vor wie eine Gemeindeschwester von Anno dazumal, denkt er, als er das Haus betritt. Schnuppern, ob es sauber riecht, testen, ob der Patient adäquat reagiert.

Keine Geduld heute Morgen, mit großen Schritten ins Musikzimmer, die Schraubzwingen lösen, die verleimten Stellen ansehen. Gar nicht auf Reinier achten. Alt werden ist ein Kreuz. Nicht dran denken. Er steckt die Schraubzwingen in seine Tasche und richtet sich auf.

»Möchtest du es kurz anstreichen?«, fragt er Reinier, der mit abwesendem Gesichtsausdruck in der Tür steht.

»Nein. Später. Erst mal ausruhen.«

Er will mich weg haben. Vielleicht hat er ein spannendes Doppelleben, von dem wir nichts wissen. Hat er den jungen Lustknaben irgendwo versteckt? Carolien fragt heute Abend natürlich, wie es ihm geht, ich muss aufmerksam sein.

»Alles in Ordnung?«, fragt er. Es klingt desinteressiert, wie er selbst hört, kurz angebunden und in Eile. Reinier antwortet zerstreut, murmelt etwas von einem kleinen Aussetzer. Kein Grund zur Beunruhigung. Wir laufen beide um ein bedrohliches schwarzes Loch herum, denkt Jochem, wir spielen ein normales Geschehen. Geigenbauer erledigt Reparatur für Cellisten. Gegenstände instandsetzen, Musik machen. In dem schwarzen Loch lauert die Wirklichkeit: senil werden, Kinder verlieren. Ja, ja, ja, nun ist's aber wieder genug. Weg hier, und zwar schnell.

Er verabschiedet sich unverbindlich, ist nur darauf aus, Angelegenheiten zu entfliehen, über die er nicht nachdenken will. Als er in sein Auto steigt, sieht er einen Jungen eine Einkaufstasche die Stufen zu Reiniers Haus hinaufschleppen. Der vermeintliche Lustknabe. Jochem zuckt die Schultern, als wollte er eine Last von sich abwerfen, und fährt in hohem Tempo davon.

Die Geige ist gut geworden. Der Lack ist trocken. Sie ist besaitet und liegt auf einem weichen Tuch auf der Werkbank. Die Hände auf dem Rücken, betrachtet Jochem sie voller Stolz. Ganz entfernt hört er Geräusche aus der Küche. Kocht Carolien etwa? Das kann er nicht glauben, das tut sie nie. Doch als er neugierig aus dem Atelier kommt, findet er sie tatsächlich an der Arbeitsplatte vor, mit umgebundener Schürze. Sie rührt in einem Topf, er hört den Kochlöffel über den Boden schaben.

Die Zufriedenheit, die er gerade empfand, als er bei seiner Geige stand, verebbt. Warum verhält sie sich anders, als er es gewohnt ist, was mag wohl jetzt wieder sein? Nichts sagen. Nicht reagieren. Mit einem Mal ist er todmüde.

»Bist du noch bei Reinier gewesen?«

»Ganz kurz«, sagt er, »nur schnell die Schraubzwingen abgeholt. Ein Junge war da, der ihm Einkäufe brachte.«

Sie soll den Mund halten, denkt er. Essen kochen, was ist das für ein Quatsch? Ein bisschen am Herd rumtanzen, einen Kochlöffel schwingen. Das ist doch nicht unsere Art! Wir essen Papppizza vom Supermarkt und Suppe aus der Dose. Ich bin wütend, wenn sie trübsinnig und unzugänglich ist; jetzt stellt sie mir eine Frage – und die Wut ist immer noch da. Herrgott.

»Hat dir das was ausgemacht?«, fragt sie, als sie sich am Tisch gegenübersitzen.

»Was ausgemacht?«

Was meint sie? Sie hat gerötete Wangen vom heißen Dampf, über den sie sich gebeugt hat. Sie sieht ihn an.

»Dass er so einen Jungen hat, der ihm Gesellschaft leistet. Etwas für ihn tut. Sich kümmert. Und wir nicht.«

Er zuckt die Achseln.

»Schön für ihn«, brummt er.

Er schmeckt nicht, was er isst. Er hört das Ticken von Besteck auf Porzellan.

»Er wollte dem Jungen eine Freude machen«, sagt Carolien. »Das erzählte er gestern. Karten für ein Konzert kaufen. Das Kind scheint sich für Musik zu interessieren. Es ging alles schief, weil er zusammengebrochen ist. Er hätte um Hilfe bitten sollen, ich hätte die Karten doch leicht für ihn bestellen können.«

»Um Hilfe bitten, als wenn das so leicht wäre. Hörst du, was du da sagst? Um Hilfe bitten heißt zugeben, dass man es selbst nicht mehr kann. Letzte Haltestelle vor der Endstation.«

Schweigend blicken sie auf ihre Teller. Dann beginnt Carolien von dem gestorbenen Mädchen zu erzählen. Ihre Hand umklammert die Gabel, die sie senkrecht aufgestellt hat. Anfangs versteht er nicht ganz, wovon sie spricht, aber allmählich wird es ihm klar. Sie musste einräumen, dass sie nicht in der Lage war, ihre Pflicht zu erfüllen. Sie hat Hilfe angenommen. Ein Meilenstein, eine Wegscheide. Ist sie deshalb so erleichtert? Sie hat feuchte Augen, Daniels Hilfsbereitschaft rührt sie bestimmt – oder sind es Tränen der Ohnmacht?

»Die Leute wollen uns helfen«, sagt er. »Sie möchten etwas tun, dann ist ihnen wohler. Wie diese behämmerte Gambistin, die mit einem Trauerprospekt ankam, oder dein Kollege, der deine Aufgaben übernimmt. Sie denken über uns nach und lassen sich etwas einfallen, was uns helfen könnte. Das Problem dabei ist, dass ich nicht weiß, wie ich mich verhalten soll. Wie ist es bei dir? Was hast du zu Daniel gesagt?«

»Ich habe mich mit ihm gestritten.«

Sie spricht so leise, dass er sie kaum verstehen kann.

»Und heute Morgen habe ich mich bei ihm bedankt, aber so, dass er es nicht hören konnte. Warum führen wir dieses Gespräch? Ich gehe noch kurz üben.«

Er fasst über den Tisch nach ihrer Hand.

»Bleib jetzt mal sitzen. Wir führen dieses Gespräch, weil wir beschädigt sind. Du hättest gern, dass du alles genau so schaffst wie früher, aber du kannst es nicht. So ist das. Wir sind lädiert, entstellt, amputiert. So sollten wir uns auch nach außen zeigen, und das gelingt uns nicht.«

Er erschrickt über seine eigenen Worte, weiß aber zugleich, dass er etwas Wesentliches formuliert hat. Der verstörte Cellist kommt ihm in den Sinn, wie er völlig hilflos in der Tür stand und ungehemmt seine Ohnmacht zur Schau stellte. Und er, Jochem, hatte schnellstens das Weite gesucht.

»Scham«, sagt Carolien, als hätte sie seine Gedanken gelesen. »Wenn ich daran denke, in welcher Verfassung ich bin, schäme ich mich zu Tode. Beschädigt. Damit kann man doch nicht leben, oder?«

»Wir werden wohl müssen. Wir sind wahrlich nicht die Einzigen.«

»Du willst doch nicht in diese Gesprächsgruppe aus dem Prospekt gehen? Das kann nicht dein Ernst sein.«

Er schüttelt den Kopf.

»Natürlich nicht. Ich kann überhaupt nicht reden. Ich will nicht reden. Weißt du, was echt geholfen hat? Das Quartett. Als es gerade passiert war, ein paar Wochen danach. Wir fuhren zum Boot. Ich konnte das Auto kaum richtig bedienen. Wir sagten kein Wort. Heleen und Hugo warteten schon. Wir spielten. Mozart d-Moll. Das half. Das war, nein, kein Trost, aber so etwas wie Anerkennung. Ich kann es nicht erklären. Es war eine Hilfe, die ich akzeptieren konnte.«

Jetzt weint Carolien freiheraus. Er sieht die Tränen kullern.

»Ja«, sagt sie nach einiger Zeit, mit bebenden Lippen. »Das habe ich auch so empfunden. Wir verstanden uns alle vier, ohne dass wir etwas zu sagen brauchten. Es ist idiotisch, aber ich fühlte mich aufgenommen, gehalten, gestützt. Und ich schämte mich nicht. Vielleicht weil wir selbst auch spielten, etwas beitrugen? Dann braucht man sich nicht so erbärmlich zu fühlen.«

Jochem steht auf, mit solcher Wucht, dass sein Stuhl umfällt.

»Sorry«, sagt er und bückt sich, um ihn aufzustellen.

Es ist nie richtig, denkt er. Nicht, wenn wir reden, und nicht, wenn wir schweigen. Aber so ist es ja auch, es *ist* nie richtig. Er sieht Carolien mit schiefem Lächeln an und verlässt die Küche.

27

»Findest du das angenehm, so ganz ohne Tageslicht?«

Heleen schaut sich im Atelier um. Keine Fenster. Wie mag das wohl mit der Lüftung sein? Es riecht nach Lavendel.

»Das ist der Lack, da ist Lavendelöl drin«, sagt Jochem. »Ich habe am liebsten Neonlicht. Immer dasselbe Licht, das ist gut. Und von der Außenwelt abgeschlossen. Wenn ich lüften will, mach ich die Türen auf.«

Sie hat ihre Geige mitgebracht und packt sie aus.

»Sie braucht neue Saiten«, sagt sie. »Zwei Wochen vor unserem Auftritt, da habe ich noch genügend Zeit, sie einzuspielen.«

»Was ist jetzt drauf? Ah, ich sehe schon. Behalt die alten zur Reserve, die sind noch in Ordnung.«

Er kramt in einer Schublade und nimmt heraus, was er benötigt.

»Setz dich, ich zieh sie für dich auf.«

Heleen geht umher und nimmt die Gerüche in sich auf. Frisch gesägtes Holz, Eisen, etwas Öliges. Es ist gar nicht so leicht, einen Geruch zu beschreiben, denkt sie, man führt unweigerlich anderes an, das so riecht – Wasser, die kleine Diele bei Oma, frischer Fisch –, und für den Geruch selbst hat man keine Worte.

»Wie benennst du Klang?«

Jochem denkt nach.

»Man leiht sich Wörter dafür aus: warm, scharf, voll. Oder

man zieht Vergleiche. Vorige Woche hatte ich ein Cello hier, das wie ein Saxofon klang. Eine Bratsche wie ein Nebelhorn, eine Barockgeige wie eine kranke Ente. Da weiß ich mich zu behelfen. Wir sind so verbal fixiert, dass wir alles benennen und erklären wollen. Aber Klang ist nicht zu benennen. Den muss man einfach hören.«

Heleen hat sich auf einen Schemel gesetzt und schaut zu, wie Jochem sorgfältig die Saiten auf ihre Geige zieht, jede für sich, damit der Druck auf den Steg konstant bleibt. Über seine Schultern hinweg blickt sie auf den Schrank mit dem Werkzeug, der Türen aus Glas hat. An die Rückwand ist ein Foto gelehnt. In Schwarzweiß. Die Jungen. Aus dieser Entfernung kann sie den Gesichtsausdruck nicht erkennen, aber die Pose vermittelt den Eindruck von Elan, von Spaß. Die Köpfe dicht beieinander. Bestimmt lachen sie. Sie traut sich nicht recht, näher heranzugehen.

»Ja, das ist ein schönes Foto«, sagt Jochem so unerwartet, dass sie erschrickt. »Im Tiergarten, da waren wir im Frühjahr, bevor es passierte. Ich hab das Foto für Carolien machen lassen. Für ihren Schreibtisch in der Praxis, dachte ich. So aufgestellt, dass die Patienten es nicht sehen, sie selbst aber immer einen Blick darauf werfen kann. Jetzt steht es hier.«

Muss ich mit ihm über Carolien reden? Ich möchte das nicht, sie ist meine Freundin. Aber er ist ihr Mann, vielleicht macht er sich Sorgen.

»Ich finde, es geht ihr ganz gut«, sagt sie dann doch. »Besser. Als ob sie jetzt eher einräumen kann, dass sich etwas verändert hat, dass es schwer ist. Am Anfang machte sie unter Hochdruck weiter, das war viel schwieriger.«

Jochem nickt.

»Und wie kommst du zurecht?«, fragt sie.

Es ist still. Jochem zupft die Saiten an und dreht an den Wirbeln.

»Ich schließe mich ein. Wie deine Verbrecher. Schön geschützt in der Zelle. Allein. Ich hätte, glaube ich, keine Probleme damit, wenn man mich für fünfzehn Jahre einsperren würde, Hauptsache, ich hätte was zu tun.«

»Meine Briefpartner sind aber keineswegs zufrieden. Sie jammern. Sie langweilen sich und suchen untereinander Streit, wenn sie die Zelle verlassen dürfen. Aber jetzt habe ich einen, der angefangen hat, Musik zu hören, wie findest du das?«

»Nervtötendes Gedudel oder richtige Musik?«

»Er hört sich Symphonien und Solistenkonzerte an. Auch Streichquartette. Das beruhige ihn, schreibt er.«

»Meiner Meinung nach tun diese Leute nichts anderes, als gemeinsam Pläne für neue Verbrechen zu schmieden. Sie sind doch, wenn sie rauskommen, meist noch übler drauf als davor, oder? Der schlimmste Psychopath ist der Boss, mit dem identifizieren sie sich. Verfolgst du diesen Prozess nicht? Dieser Macker, den sie jetzt unter Anklage stellen, hat alles vom Gefängnis aus organisiert, die Zelle war praktisch seine Kommandozentrale. Er ließ diverse Schergen und Leute, die er erpresst hat, die Arbeit machen. Die technische Kommission, die die Gondel untersucht hat, hat Spuren einer Manipulation gefunden. Das stand heute Morgen in der Zeitung.«

»Wirklich?«, fragt Heleen erstaunt. »Das kann ich kaum glauben. Man hat etwas verbrochen, man ist dafür verurteilt worden und büßt es nun ab – da hat man doch Schuldgefühle und fasst gute Vorsätze, gerade dabei wird diesen Leuten doch auch geholfen, das weiß ich ganz genau, da sind Psychologen und Sozialarbeiter, die versuchen, das Leben der

Häftlinge wieder in die richtigen Bahnen zu lenken. Ich bin wahrscheinlich naiv, aber ich kann das nicht anders sehen. Ich würde niemals bei so einer Schreibaktion mitmachen, wenn ich die Vorstellung hätte, dass sie allesamt an ihrem kriminellen Leben festhalten wollen. Ich glaube an Veränderung.«

Jochem setzt zu einer Tirade über die Unverwüstlichkeit des menschlichen Charakters an, den verhängnisvollen Einfluss von Verwahrlosung, von falschen Vorbildern, von mangelnder Schulbildung und fehlender Obhut. Sie hört mit Unwillen zu. Dermaßen negativ, denkt sie, ist er immer so gewesen? Er glaubt bestimmt auch nicht, dass sie selbst sich ändern können, dass Carolien sich ändert.

»Das Einzige, was hilft, ist Arbeit«, sagt Jochem. »Sie sollten die gesamte Gefängnisbevölkerung arbeiten lassen. Sinnvolle Arbeit, nicht so was wie Wäscheklammern zusammensetzen. Eine Ausbildung sollten diese Leute bekommen, damit sie das Gefühl kennenlernen, etwas zu können, etwas herstellen zu können. Das wäre am allerbesten. Ihr seid viel zu optimistisch, in eurem Korrespondenzklub. Der Gedanke, man könnte sie dazu bringen, sich an Literatur, Malerei oder Musik zu erfreuen – eine Fehleinschätzung. Sie lieben große Tattoos, dicke Muskelpakete, haufenweise Schwarzgeld. Vielleicht sind das ja genauso verzichtbare Auswüchse wie die Kunst, das kann durchaus sein. Zurück zum Elementaren müssen sie: Forstwirtschaft, Holzverarbeitung, Möbel machen.«

Er muss selbst darüber lachen. Heleen lacht mit. Es ist lange her, dass sie ein richtiges Gespräch mit Jochem hatte, in den letzten Jahren ging es meistens um praktische Dinge: Was sie tun konnte – Essen für sie kochen, mal mit Carolien losziehen, um was Neues zum Anziehen zu kaufen, solche

Sachen. Sie hat sich nicht mehr getraut, Carolien und Jochem zum Essen zu sich einzuladen. Sie hat drei Jungen zu Hause, gesund, lebendig.

»Unsere Kinder haben unheimlich aneinander gehangen«, sagt Jochem plötzlich. »Deshalb saßen sie auch nebeneinander in diesem Scheißbus. Sie waren nur ein Jahr auseinander, gluckten immer zusammen, fast wie Zwillinge. Wir fühlten uns manchmal direkt ausgeschlossen. Sie waren stundenlang in ihrem Zimmer mit selbst erfundenen Spielen beschäftigt. Wir hörten sie flüstern und kichern, aber wir wussten nicht, worüber. Hier, ich habe deinen Steg aufgerichtet, probier mal!«

Heleen klemmt sich die Geige unters Kinn und streicht ernst alle Saiten an. Konzentriert lauschen sie zusammen dem makellosen Klang.

28

Eine Müllhalde, denkt Hugo. Noch nicht mal verkauft, und schon hat die große Verwüstung eingesetzt. Um den Eingang herum ein Teppich ausgetretener Kippen und Plastikbehälter mit Ketchupresten. Die Abfalleimer quellen über.

Er stellt sein Fahrrad ab und geht hinein. Man könnte meinen, hier finde eine Völkerwanderung statt: überall Kartons, Gestelle, Karren voller Gerümpel, Kabel, aufgestapelte Stühle, Kisten mit Geschirr. Kein Mensch ist zu sehen, und es herrscht Totenstille. Er pfeift das Thema aus dem letzten Satz des Dissonanzenquartetts und geht tiefer in das Gebäude hinein. Die Eingangstüren waren offen, also muss jemand da sein. Auf dem Flur, an dem die Büros liegen, steht eine Wand aus Umzugskartons.

Ich muss mein Zimmer ausräumen, denkt er, sonst reißt sich dieser Chinese noch meine Sachen unter den Nagel. Gleich mal nachsehen. Unglaublich, wie viel Krempel Menschen um sich herum anhäufen, wenn sie eine Zeitlang irgendwo sind. Er betrachtet amüsiert die Stellagen mit den Akten der Anwaltskanzlei und zwängt sich am Werbematerial des Wassertaxiservices vorbei.

Der Verwaltungsrat hat umgehend alle zu sich zitiert, als das chinesische Immobilienunternehmen zugegriffen hatte.

»Was haben die vor?«, fragte Hugo den Vorsitzenden.

»Touristen. Die Stadt ist außerordentlich attraktiv für reiche Chinesen. Komplettpaket: Bootsrundfahrt, musikalische Unterhaltung im großen Saal, Abendessen, Unterkunft im Hotel nebenan. Da müssen sie nicht in die unheimliche Stadt rein und kriegen trotzdem das totale Holland-Erlebnis. Wasser und so. Die Stadt ist froh und glücklich; das Ding haben sie vom Hals. Wir machen so schnell wie möglich alles dicht. Die Firmen, die sich bei uns eingemietet haben, bekommen einen goldenen Handschlag, wenn sie gleich die Fliege machen.«

Den bekommt Hugo auch. Der Verwaltungsratsvorsitzende lässt durchblicken, dass die Stadt nicht unwesentlich dazu beiträgt, sie lassen gern etwas dafür springen, ihren Kulturtempel so schnell wie möglich loszuwerden. Wahlen im Herbst, da ist Tatkraft gefordert. Sie wollen zeigen, dass die Steuergelder nicht an verdächtige Kunst verschwendet werden. Die Licht- und Tontechniker haben ihre Kündigung erhalten, die Putzkolonne kommt noch ein letztes Mal, wenn alle ihren Mist aus dem Gebäude entfernt haben.

In seinem Zimmer steht Hugo breitbeinig vor dem geöffneten Schrank. Hängemappen voller Programmvorschläge, Ideen für Festivals, Prospekte von Ensembles. Jahresberichte, Verträge, Subventionsanträge. Der Niedergang des einst so erfolgreichen Musikzentrums ist hier umfassend dokumentiert. Könnte jemandem als Material für eine Doktorarbeit dienen. Soll ich das jetzt in Kartons stopfen? Und dann? Mit nach Hause? Zu einem Aktenvernichtungsbetrieb? Museum?

Er setzt sich an seinen Schreibtisch. Phantastische Aussicht. Das wird er vermissen. Geht das Telefon noch? Ja, es produziert brav das Freizeichen. Er wählt Caroliens Nummer und bekommt Jochem an den Apparat. Natürlich, es ist Donnerstag, Carolien ist mit Laura unterwegs.

»Hier ist alles total verlassen«, erzählt er. »Wir müssen das Feld räumen, das wird jetzt chinesisches Hoheitsgebiet.«

»Sie verschandeln die gesamte Wasserfront«, sagt Jochem, »so was Kurzsichtiges, längerfristig könnten sie damit ein Vermögen verdienen. Aber sie sind wie Kinder, wollen lieber eine große Tüte Süßigkeiten auf einmal. Ganz schön blöd. Da muss es einen schon fast wundern, dass sie den Gerichtshof nicht privatisiert haben. Bist du beim Aufräumen?«

»Ich lasse alles hier. Für den ehrlichen Finder. Sollen doch chinesische Kinder aus meinen Subventionsablehnungen Schiffchen falten. Origami. Oder ist das japanisch? Nein, ich schließe nachher die Tür hinter mir ab und nehme nichts mit. Ein paar Notenblätter, ich habe hier schon mal geübt, wenn nicht viel zu tun war. Ich radle nach Hause und komme nie mehr wieder.«

»Was machst du jetzt, hast du schon Pläne? Mit deinem einschlägigen Wissen in Sachen Kunst und Kultur könntest du in die Politik gehen. Du verfügst doch im Ministerium und bei der Stadt über ein riesiges Netzwerk. Das könntest du dir zunutze machen. Hast du darüber mal nachgedacht? Ist natürlich eine Schlangengrube, nicht gerade verlockend.«

Hat der Quasselwasser getrunken?, denkt Hugo. Ist wohl froh, mal kurz nicht allein in dem düsteren Haus zu sein. Da gehen die Schotten auf oder so. Frappierend.

»Pläne habe ich nicht«, sagt er. »Ich muss nicht sofort wieder Geld verdienen, kann mir ein bisschen Zeit lassen und überlegen, was ich machen will. Politik könnte ganz witzig sein, es macht mir schon Spaß, Strategien auszuhecken und Schleichwege zu suchen, wie was durchzusetzen wäre, aber die Leute, mit denen man da zu tun hat?«

»Abschaum«, sagt Jochem im Brustton der Überzeugung. »Sie sind dumm, und sie können nichts. Deshalb haben sie diese Laufbahn eingeschlagen. Mit wenigen Ausnahmen. Es strotzt alles vor Inkompetenz, das sieht ein Blinder. Dumm ist noch schlimmer als bösartig. Bei den meisten ist beides gegeben, dämliche Arschlöcher also. Korrupt, betrügerisch. Man kann überhaupt niemandem trauen. So, das musste mal gesagt sein. Ich meine das wirklich ernst, weißt du. Sie schwafeln von Transparenz, aber Einblick bekommt man nirgends. Angeblich beaufsichtigen und kontrollieren sie, aber das ist alles inszeniert und abgekartet. Was meinst du wohl, wie das mit dieser Kommission gelaufen ist, die das Unglück untersucht hat? Dieser Helleberg muss überführt werden, also findet die Kommission Spuren einer vorsätzlichen Beschädigung. Hätte man Interesse an seiner Entlastung gehabt, dann hätte eine andere Kommission festgestellt, dass es keine Spuren einer Manipulation an dieser Gondel gibt. Du kennst das doch von diesen Kulturräten oder wie das alles heißt, oder? Sie wissen genau, wie die zu besetzen sind, damit ein bestimmtes Orchester aufgelöst wird. Eine einzige große Mafiabande ist das. Ich glaube nicht, dass du dort etwas ausrichten könntest, wenn ich jetzt so darüber nachdenke. Überleg dir lieber was anderes.«

»Ich stelle es mir schön vor, ganz und gar selbstständig zu sein. So wie du. Und Carolien, eine Praxis ist ja auch ein eigener Laden. Ich könnte einen Service für kleinere Arbeiten im und am Haus anfangen oder mein Schiff zur Hälfte als Touristenunterkunft einrichten. Platz genug.«

»Bist du noch bei Trost?«, sagt Jochem sofort. »Frühstück machen, Bettzeug waschen, fremde Leute im Haus!«

»Dafür heuere ich natürlich Helfer an.«

»Dann behältst du keinen Cent übrig. Und hast nur Ärger. Du kannst dir gar nicht vorstellen, mit welchen Vorschriften du dich dann rumschlagen musst. Erlaubt ist eigentlich gar nichts, und du hockst den ganzen Tag da und füllst Formulare aus. Brandschutz, Reinigungspläne, Touristensteuer. Alles in diesem Land ist mit Vorschriften und Richtlinien zugenagelt, das macht mich wahnsinnig, und Carolien erst recht. Sie kann zum Glück besser damit umgehen. Die ganze Gesellschaft ist zu einem so komplizierten Gebäude geworden, dass sich keiner mehr darin auskennt. Abreißen, würde ich sagen. Das ist die einzige Lösung. Dem Erdboden gleichmachen und noch einmal von vorne anfangen. In einem Wald. Tauschwirtschaft. Handwerk. Was stellst du dir unter so einem Service vor?«

Hugo hat sich erhoben und blickt über das Wasser.

»Per Rad«, sagt er. »Werkzeug in einer Tasche hinten drauf. Verstopften Abfluss reparieren für zehn Euro. So was. Wofür haben die Leute heute noch Geld übrig, was brauchen sie wirklich? Hilfe brauchen sie, wenn du mich fragst, Hilfe bei Dingen, die sie nicht selber bewerkstelligen können. Eine Lampe aufhängen, bei ihrem Fernseher die Sender programmieren, einen Schrank bauen. Dann komme ich als der Erlöser.«

Stimmen auf dem Flur. Er steckt den Kopf aus der Tür und sieht Leute von einem Umzugsunternehmen die Akten der Anwaltskanzlei hinausrollen. Es ist so weit, der Demontage letzter Akt. Bloß weg hier, denkt er, damit habe ich nichts mehr zu tun. Noten zusammensuchen und abhauen.

»Ich muss los, Jochem. Sie ziehen mir den Stuhl unterm Hintern weg. Wir sehen uns morgen Abend!«

29

Bei den Affen drängen sich Großeltern, die Kinderwagen schieben und krähende Kleinkinder hochheben. Laura und Carolien laufen entschlossen zu dem Pavillon mit den nachtaktiven Tieren weiter. Da ist eine Tür, dahinter eine kurze Schleuse, in der es schon bedeutend stiller ist, und dann noch eine Tür. Als die zufällt, stehen sie in der Dunkelheit. Laura atmet mit Wohlbehagen den penetranten Tiergeruch ein.

»Sie sind zu Hause«, flüstert sie, »ich rieche sie.«

Hand in Hand schleichen sie an den Käfigen entlang, in denen Urwaldpartien und kleine Wüstenlandschaften nachgebildet sind. Es ist warm, und die vom Geruch nach kompostierenden Exkrementen geschwängerte Luft ist zum Schneiden. Vor jedem Schaukasten bleiben sie stehen, um das Tier zu suchen, das dort wohnt. Laura ist gut darin, sie findet einen behaarten Hinterleib, der unter einem Stein hervorschaut, und sieht eine grünliche Masse mit Pfoten kopfüber von einem hohen Ast hängen. Um die Tiere nicht zu erschrecken, redet sie nicht, sondern drückt sich gegen Carolien, wenn sie ein Tier entdeckt hat. Carolien fühlt, wie sich die molligen Kinderärmchen um ihren Schenkel klammern, und legt die Hand auf die schmalen Schultern. Kein Wunder, dass sich Kinder so brennend für Tiere interessieren, denkt sie. Sie sind selbst noch so tierhaft, sie wollen sich in einem Nest räkeln, sie wollen dich beschnuppern und befühlen und lassen alle Worte dafür fahren, dass sie gekitzelt und liebkost werden. Sie fühlen sich auch an wie weiche Tiere, ihr Körper ist eine Einladung, sie fest in die Arme zu schließen und nie mehr loszulassen. So ein schmaler Rücken, diese rührenden, winzigen Knie.

»Wann schlafen sie denn?«, fragt Laura leise.

»Wenn wir auch schlafen. Dann macht der Wärter hier das Licht an. Es ist Tag, denken die Tiere dann.«

»Aber das sehen wir nicht.«

»Wir sehen sie nur jetzt, wenn hier Nacht ist.«

Laura drückt ihr Gesicht an die Scheibe, um einen Wurf ineinandergeschmiegter Wüstenratten zu beobachten.

Immer in so einem Käfig, denkt Carolien, ob das schlimm ist? Reinier ist gleichermaßen gefangen in einem vertrauten Raum, den er nicht verlassen kann. Dieser Junge ist zu seinem Versorger geworden, er spricht so nett von dem Kind. Sein Misstrauen hat er abgelegt. Ob das klug ist? Ich würde diesen Jungen gern mal sehen, man kann ja kaum glauben, dass er so selbstlos ist. Aber Reinier ist glücklich und zufrieden, ich sollte nicht darin herumstochern. Womöglich vermacht er dem Jungen noch seinen gesamten Besitz, auch sein Instrument. Und wenn schon. Raub, Misshandlung, das wäre schlimm, Mildtätigkeit als falscher Vorwand. Da würde ihm vor Enttäuschung das Herz versagen. Ich hoffe nur, dass ihn sein Gefühl nicht trügt; manchmal scheint er so realitätsfern zu sein. Wenn er mir Unterricht gibt, nicht, gestern war er hellwach und voll bei der Sache, solange es um Mozart ging. Warum nehmen wir nicht zu viert Stunden bei ihm? Wenn einer gute Quartettanweisungen geben kann, dann er. Will ich ihn für mich behalten? Nein, schlimmer, ich schäme mich für ihn. Man stelle sich vor, ich führe die anderen in so einen stinkenden Käfig und sage: Das ist das Leben. Die lachen mich doch laut aus. Ach wo, Jochem ist erst neulich dort gewesen. Hugo kennt ihn ebenfalls. Trotzdem schäme ich mich, als wäre es meine Schuld, dass er verdreckt und vereinsamt. Ich möchte nicht, dass sie Zeuge dieses labilen Gleichgewichts werden, dieser Notwendigkeit, sein Wohl und Wehe in die Hände eines zufällig vorbeikommenden Zeitungsjungen zu legen, dieses Nachttiergeruchs.

Laura zieht sie an der Hand.

»Jetzt will ich zu den Fischen. Und zur Riesenkrabbe. Kommst du?«

Sie verlassen den Pavillon. Draußen blinzeln sie im Sonnenlicht.

Die kleinen Hände liegen um ihre Mitte. Hin und wieder bettet das Kind kurz den Kopf an ihren Rücken. Lass es zu, denkt Carolien, nimm wahr, dass du auf dem Rad sitzt und ein Kind hintendrauf hast. Ein Kind, das dir vertraut, das auf dich zählt. Bitte kein sentimentales Lamentieren über andere, abwesende Kinder; damit hat Laura nichts zu tun.

Beim Hausboot steigen sie ab. Die Eingangstür ist immer noch für jedermann zu öffnen. Laura stürmt hinein, und Carolien folgt ihr. Hugo liegt auf dem Fußboden, den Kopf im Küchenschrank. Seine Tochter springt auf ihn, und er schiebt sich mit ihr ins Tageslicht.

»Die Spülmaschine. Habe sie angeschlossen.«

Er steht auf, um sich die Hände zu waschen. Laura verschwindet in ihrem Zimmer.

»Kaffee?«

Sie setzen sich ans offen stehende Fenster und blicken auf die Werft gegenüber, auf die vorbeifahrenden Bötchen, die nervös umherschwimmenden Blesshühner.

»Du hast aufgeräumt«, sagt Carolien. »Wie geht es dir denn?«

»Prima. Hab für alles Zeit. Ich hätte schon viel früher aufhören sollen, denke ich jetzt. Aber dieser Niedergang hatte etwas Unwiderstehliches. Weitermachen bis zum bitteren Ende. Verrückt, nicht? Aber du verstehst das, oder?«

Sie lehnen mit den Armen in der Sonne über der Fensterbank. Aus dem Kinderzimmer ist Lauras Stimmchen zu hören.

»Sie liest ihren Tieren vor«, sagt Hugo. »Außerdem erzählt sie ihren Schmusetieren alles, was sie erlebt. Wenn ich zuhöre, gewinne ich ein desillusionierendes Bild von meinen erzieherischen Fähigkeiten: jeden Abend Pizza, und das Zähneputzen lassen wir heute mal aus. Zum Glück lernt sie bei ihrer Mutter mehr Disziplin kennen.«

»Ich finde sie sehr lieb und fürsorglich«, sagt Carolien. »Das muss sie auch bei dir gesehen haben. Ich achte neuerdings darauf, ob Kinder bereit sind, sich um ihre Eltern zu kümmern. Das ist für die Wohnsituation nicht unerheblich, man braucht sich nur Reinier anzuschauen, der kommt kaum mehr klar, weil er keine Familie hat.«

»Das sieht dann für euch auch nicht so rosig aus.«

»Nein. Hoffnungslos eigentlich. Laura wird uns wohl noch dazunehmen müssen. Ach, bis dahin ist es bestimmt wieder anders. Jochem sagt, das ist ein Auf und Ab. Das sagt er über alles. Vor gar nicht so langer Zeit wusch die Nachbarsfrau die alten Leute, und die Kinder mussten den Papierkram erledigen. Dann verschwand die häusliche Pflege, und es wurde die Hölle. Mit Hüftfraktur am Boden liegende und jämmerlich verreckende Alte, vertrocknete Leichen, die erst nach Monaten entdeckt wurden, verwirrte Menschen, die den ganzen Tag in der Straßenbahn hin und her fuhren. Tiefer konnte man nicht sinken. Da musste eine neue Politik her. Und damit schlagen wir uns jetzt herum.«

»Ja, das war ein radikaler Umbruch«, sagt Hugo. »Wer sich das wohl ausgedacht hat? Zwei ganz große Fliegen mit einer Klappe. Die vielen leerstehenden Bürohäuser mit Alten vollgestopft. Eine fabelhafte Eingebung, die den Ritterorden verdient. Gut abgegrenzt auch das Ganze, durch die Abkoppelung der Altenpflege von den Hausarztpraxen.«

»Wir hatten nichts zu melden, es wurde einfach durchgezogen. So ist das immer, uns wird alles aufoktroyiert. Müssen plötzlich Depressionen behandeln, mit denen wir uns nicht auskennen, oder chirurgische Eingriffe vornehmen.«

»Was machen sie eigentlich mit diesen alten Leuten, weißt du das?«

Carolien antwortet nicht gleich. Sie zieht eine Zigarette heraus und sieht Hugo fragend an.

»Du darfst«, sagt er, »wir sitzen ja praktisch draußen. Aber trotzdem dumm von dir.«

Sie knipst das Feuerzeug an.

»Verwahren. Sedieren. Das vermute ich. Dann stellen sich schon bald Infektionen ein. Blasenentzündung, Wundliegen, Pneumonie. Keine Antibiotika, nur Schmerzmittel. Man liest nie was darüber. Erst nächstes Jahr gibt das Ministerium einen Bericht heraus, wie wir hörten.«

»Berichte! Darüber habe ich neulich noch mit Jochem gesprochen. Abgekartete Sache. Das Ergebnis wird so aussehen, wie der Minister es sich wünscht.«

»Oder die Pharmaindustrie. Ach, das ist alles ein großer Mist. Wieso reden wir jetzt eigentlich darüber?«

Sie beugt sich noch weiter aus dem Fenster, um den über dem Wasser hängenden Dunst einzuatmen.

»Der Geruch von Wasser, das hat was Wundersames. Es führt einen sofort in die Kindheit zurück, geht dir das auch so? Als man noch dachte, dass die Welt überschaubar wäre, wenn man nur alles wüsste. Was wirst du jetzt machen, Hugo?«

Sie richtet sich auf und sieht ihn an. Er ist von jeher unberechenbar gewesen, denkt sie, beschreibt einen Zickzackkurs. Ich ertrage es nicht, wenn er weggeht. Wieder jemand verschwunden. Bei ihm kann ich einfach *sein*, ohne mir Gedanken über mein Verhalten machen zu müssen. Er stößt sich nicht an meinem Missmut. Bei ihm kann ich den Mund halten oder einfach was sagen. Weil ich ihn schon so lange kenne? Weil er auch ein bisschen aus der Reihe tanzt? Wir haben schon zusammen musiziert, bevor ich Mutter wurde. Bei ihm habe ich eine alte Identität, die intakt geblieben ist. Keine Amputation, keine Narben, keine Wunden. Wenn wir zusammen spielen, ist es, als wäre nichts geschehen, als wäre noch alles gut. Er darf nicht gehen.

»Du könntest mitkommen«, sagt Hugo. »Wär das nicht ein aufmunternder Gedanke, zusammen irgendwo neu anfangen? Alles, womit du nicht klarkommst, einfach hinter dir lassen, dir das ganze Elend, über das du keine Macht hast, nicht mehr zu Herzen nehmen. Ins Boot steigen. Wegfahren.«

Sie kann seine Augen nicht sehen, er blickt geradeaus auf die Blesshühner.

»Ein Tropenparadies, eine Südseeinsel. Da baue ich dann Bambusboote, und du spielst ein bisschen Doktor. Kinder entwurmen, Malariatabletten verteilen, so was. Ein Gemüsegarten wäre auch gut. Vielleicht sogar besser.«

Und dann abends nebeneinander auf der Veranda sitzen, denkt Carolien. Zum Mond hinaufschauen, Bier trinken, ganz gewöhnliche Müdigkeit verspüren, die vorbeigeht, wenn man schläft. Er hat eine Midlifecrisis, und ich habe eine posttraumatische Belastungsstörung. Beides geht nicht weg, wenn man die Flucht ergreift. Was macht er mit Laura?

Was mache ich mit Jochem? Warum können wir uns beide nicht dem stellen, was mit uns los ist?

»Ein Garten«, sagt sie, »ja. Alles wächst dort so schnell, dass man es förmlich in die Höhe schießen sieht. Bananen, Melonen, Ananas. Wasser ist vielleicht ein Problem. Und welche Sprache wird dort gesprochen?«

Hugo fasst ihre Hand.

»Sch. Nicht gleich so vernunftgesteuert, dann kommen wir nie von hier weg.«

Sie muss lachen. Hugo legt seine andere Hand an ihr Gesicht. Als sie in seine Augen schaut, ist alles weggefallen – das Zentrum, das Jungenzimmer, seine Vaterschaft, ihre Ehe –, und es gibt nur diesen Moment. Die schwarzen Blesshühner und die Sonne auf dem Wasser, Hugos entspanntes Gesicht, seine Hände. Während sie sich küssen, beginnt sie schon wieder zu denken: Gott, was für ein Klischee, zwei Menschen mittleren Alters, die ihre Köpfe in trauter Zweisamkeit in den Sand stecken, wie lächerlich, wie tragisch, nicht zu glauben, wir tun es wirklich, was soll der Quatsch, das ist doch jämmerlich.

Sie erschrecken, als ein Boot hupt, und lösen sich voneinander. Die Leute auf dem Boot johlen und klatschen. Carolien errötet. Ihre Wangen sind rau von Hugos Stoppelbart.

Rauchen. Brote schmieren. Laura aus ihrem Zimmer holen. Zu dritt am Tisch sitzen. Lieder singen.

Als sie am Ende des Nachmittags zur Tür hinausgeht, fühlt es sich an, als stiege sie aus dem Wasser. Plötzlich hat sie Gewicht, eine Schwere, die sie tragen muss. Sie hebt ihre Tasche hoch und hängt sie sich über die Schulter. Ballast. Hugo und Laura stehen auf dem Steg, um sich von ihr zu verabschieden. Sie küsst das Kind. Sie küsst Hugo. Er flüstert ihr etwas ins Ohr, das sie nicht versteht.

30

Reinier hat der unselige Versuch, Konzertkarten zu kaufen, einen Schrecken eingejagt. Der hilflose Zustand, in den er am Ende geriet, beängstigt ihn. Das Geschehen nicht mehr im Griff zu haben, egal wie unvorhergesehen und bedrohlich es sein mag, das ist ihm früher nie passiert. Wenn während eines Konzerts das Licht ausfiel, ein Mitspieler aus dem Takt kam, ein Unruhestifter im Publikum saß – er ließ sich nicht aus dem Konzept bringen. Er war darüber erhaben, er behielt die Übersicht, er fand eine Lösung.

Ich bin mir nicht darüber im Klaren, wie es wirklich um mich bestellt ist, denkt er mit feierlichem Ernst. Wenn ich so in der Stadt unterwegs bin, habe ich den Eindruck, alles geht schneller und ist lauter als früher. Dabei kann es sein, dass ich selbst langsamer geworden bin. Das mit dem Umsteigen ist mir noch gelungen, das ging gut. Aber was, wenn man die Straßenbahn verlassen hat? Nichts ist mehr vernünftig ausgeschildert, verdammt, weder, wie die Straße heißt, noch, in welcher Richtung es zu wichtigen Orten geht, man weiß nicht, wo man ist und wohin man laufen muss. Man kann auch niemanden fragen, weil die Leute an einem vorbeirennen und gar nicht hinhören. Dass ich in dieser Halle schlappgemacht habe und mich an diesen freundlichen ehemaligen Schüler klammern musste, ist am allerschlimmsten. Das geht wirklich nicht. Ich darf mich nie wieder in so eine Situation bringen. Viel zu gefährlich. Jemand, der mir weniger zugetan ist, ruft sofort die Polizei.

Er schaudert. Kopfschüttelnd blickt er auf seine unbesonnene Unternehmung zurück. Ist es nur die Gefahr, die ihn so erschreckt hat? Darunter verspürt er noch etwas anderes, etwas Gravierenderes. Etwas, was ihm nicht so sehr Angst macht, sondern ihn tieftraurig werden lässt. Sie nehmen mich nicht mehr für voll, denkt er. Ich zähle nicht mehr. Was ich weiß, was ich gelernt habe, spielt keine Rolle mehr. Dieser Mann, der sich um mich kümmerte, ist Primarius von Caroliens Quartett, sie hat noch von ihm gesprochen, als sie zum Unterricht hier war. Sie proben etwas für ein Hauskonzert. Das soll gut werden und sich schön anhören. Sie studiert ihre Partie ein, die anderen auch, aber sie möchte noch die Partitur dazu haben, vielleicht beratschlagen sie über Tempi und Akzente, über die Striche, über den Ton. Alles gute Absichten, aber die Frage ist: Warum kommen sie nicht mal her, um sich richtig professionellen Rat zu holen? Wenn einer etwas Vernünftiges zur Aufführung so eines Mozartquartetts sagen kann, dann ich. Jahrelange Erfahrung. Auf höchstem Niveau. Begnadeter Instrumentalist. Hochgelobter Pädagoge. Ich könnte sie in *einer* Sitzung auf eine höhere Ebene heben, das steht fest. Warum kommen sie nicht zu mir? Ich würde nicht einmal Geld dafür verlangen. Bestärken würde ich sie, mich über alles freuen, was sie gut machen, und sie ermuntern, wo es besser ginge. Vielleicht ruft sie noch an, Carolien. Kommt plötzlich auf den Gedanken, das kann durchaus sein. Ich darf nicht vom Telefon weggehen, sonst verpasse ich ihren Anruf womöglich. Einfach sitzen bleiben, ich brauche nicht einkaufen zu gehen, eine Dose Suppe wird schon noch da sein.

Vergesse ich etwas?

War für heute irgendetwas vorgesehen?

Welchen Tag haben wir eigentlich?

Wollte Driss kommen?

Oder war das morgen?

Es gelingt mir nicht, durch diesen Denknebel zu stoßen. Ich lasse es besser. Akzeptiere, dass ich einen ermüdenden Tag hinter mir und danach auch noch schlecht geschlafen habe. Warte, bis sich die Beunruhigung gelegt hat, bis ich wieder normal bin. Nicht verwunderlich, wenn das ein paar Tage dauert. Wirklich nicht.

Er streckt sich in seinem Sessel aus und nickt kurz ein. Die Haustürklingel weckt ihn. Sofort ist er im Alarmzustand und muss sich zurückhalten, um nicht aufzuspringen. Langsam, mit Bedacht aus dem Sessel erheben, zum Stock greifen, Schritt für Schritt zur Eingangstür.

Ich sollte ein kleines Fenster hineinmachen lassen, denkt er, dann könnte ich sehen, wer vor der Tür steht. Wenn ich nichts sehe, ist es der Junge, der ist noch klein. Wie komme ich bloß an einen Schreiner? Die gibt es bestimmt auch nicht mehr.

Von verdrossenen Gedanken erfüllt, öffnet er die Tür. Eine junge Frau mit dunklen Locken und fast schwarzen Augen sieht ihn an. Ihr Gesicht kommt ihm irgendwie bekannt vor. Beim Fleischer hinter der Ladentheke? In der Apotheke? Zu jung, um eine ehemalige Schülerin zu sein. Ich weiß es nicht. Aufpassen jetzt und mir nichts anmerken lassen. Sie könnte von der Indikationskommission kommen, zu einer Routineuntersuchung bei alleinstehenden Senioren. Ist mein Hosenschlitz zu? Dringt eine Wolke von Gestank aus dem Flur? Keine Panik, ich habe mich heute Morgen rasiert. Darf sie so ohne Weiteres ins Haus? Soll ich sie bitten, sich auszuweisen? Lesebrille. Neben meinem Sessel. Im Zweifel gar nichts tun. Tief atmen. Ruhig stehen bleiben.

»Ich bin die Schwester von Driss«, sagt das Mädchen.

»Entschuldigen Sie, dass ich einfach bei Ihnen klingle. Störe ich?«

»Nein, keineswegs.«

Driss! Natürlich, sein Gesicht schimmert in dem seiner Schwester durch. Jetzt weiß ich es wieder. Die zurückgewonnene Sicherheit zaubert ein Lächeln auf sein Gesicht.

»Kann ich Ihnen mit irgendetwas dienen?«

Großartig! Höflich und doch distanziert. Sie sieht gar nicht marokkanisch aus, sie trägt Jeans und Bluse. Für die Indikationsmafia arbeitet sie nicht, das scheint mir sicher. Beide Schwestern studieren, hat Driss erzählt. Ich habe vergessen, was. Freizeitkunde, Campingwissenschaft? Vielleicht macht sie ja eine Ausbildung zur Rechtsanwältin, zur Ärztin. Wachsam bleiben. Überall lauert Gefahr.

Sie nickt und sieht ihn lächelnd an.

»Ich möchte Sie etwas fragen«, sagt sie.

Er wird sich der Schmerzen in seinem Knie bewusst und verlagert vorsichtig das Gewicht auf das gute Bein. Ich muss sie hereinbitten, denkt er, ich kann sie nicht vor der Tür stehen lassen, sie wird denken, dass ich mich diskriminierend verhalte. Aber wenn sie drinnen sitzt, verstößt sie bestimmt gegen irgendein islamisches Gesetz. Junge Frau allein bei altem Mann, das geht nicht. Was soll ich tun? Ich habe keine Schuld, ich wollte dem Jungen nur eine Freude machen, ihm helfen bei seinem Interesse für Musik. Unversehens bekam ich die Mutter hinzu, die einmal die Woche meine schmutzige Bettwäsche abzieht und das Bügeleisen schwingt. Ich habe nicht darum gebeten, es geschieht einfach. Sie werkelt oben herum und wischt danach die Küche auf. Ich sorge dafür, dass ich hinter geschlossener Tür in meinem Sessel sitze. Ich gebe ihr Geld, wenn sie geht. Was sie an Desinfektionsmitteln braucht, erzählt mir Driss, wenn er das nächste Mal kommt.

»Meine Mutter wollte es schon fragen, aber sie spricht die Sprache nicht so gut.«

Sie sagt kein Wort, denkt Reinier. Nicht, dass mir das etwas ausmacht, es ist eher ein Segen. Sie ist still, sie läuft auf weichen Latschen, und alle Bewegungen werden durch die vielen Tücher gedämpft, in die sie sich hüllt. Früher, in der Schule, hatte ich einen Tintenwischer, mit dem ich die Füllfeder abtupfte. Ein zusammengenähtes Bündel verschiedenartiger Stoffreste – alte Pyjamas, Sommerkleider, ein Küchenvorhang. Daran erinnert mich diese Mutter. Nicht abschweifen jetzt. Zuhören.

»Mein Bruder kommt gern her, er mag Sie sehr.«

»Das beruht auf Gegenseitigkeit«, sagt Reinier. »Und ich weiß es auch zu schätzen, dass er mir dann und wann bei den Einkäufen hilft. Das ist ausgesprochen freundlich.«

Das Mädchen nickt. Schönes glänzendes Haar hat sie. Kein Kopftuch. Aber bei ihnen zu Hause steht unter Garantie alles voll mit Teegeschirr und Wasserpfeifen aus Messing. Ich darf mich nicht von der Normalität irreführen lassen, das Fremde steckt dahinter, täusch dich nicht.

»Sie nehmen sich viel Zeit für ihn, er hört hier Musik. Sie spielen für ihn, das hat er erzählt. Auch, dass Sie ihm Dinge erklären; er kriegt gar nicht genug davon.«

Da haben wir's, denkt Reinier, die westliche Musik fällt unter irgendein obskures Verbot. Sie denken, dass ich den Jungen verführe, beeinflusse, von seinen Wurzeln losreiße. Will sie mir drohen? Steht heute Abend der Vater mit einem rituellen Schlachtmesser vor der Tür?

»Ich habe den Eindruck, dass Driss ein musikalischer Junge ist«, sagt er gemessen. »Er hat ein gutes Gehör, zwar noch nicht sehr entwickelt, aber vielversprechend.«

»Unser Driss lernt gern«, sagt das Mädchen. »Er ist gut

in der Schule, er kann später bestimmt auf die Universität.«

Jetzt weiß er es: Sie wollen Geld sehen. Er soll das Studium des Jungen bezahlen, als Gegenleistung für seine Gesellschaft. Sie sind bereit, ihr Kind von einem Ungläubigen verderben und ihnen entfremden zu lassen, wenn er nur einen Sack Geld dafür herausrückt. Ich könnte den Dodd-Bogen verkaufen, denkt er, den wird Jochem schon für mich los. Ich spiele nicht mehr damit, er ist mir zu schwer geworden. Für eine erste Anzahlung bringt er genug ein. Traurig, sie verkaufen ihren einzigen Sohn.

Sie redet. Er sieht, dass sich ihre Lippen bewegen. Nicht zugehört. Dumm. Entschuldigung, sagt sie, wovon spricht sie? Mein Gehör ist noch in Ordnung, Gott sei Dank, das kann einem auch noch blühen, wenn man alt wird. Ich würde mich aufhängen, glaube ich.

»... dass er Sie viel zu oft belästigt«, hört er sie sagen. »Sie sind ein bedeutender Mann, Sie haben Wichtigeres zu tun, als mit einem kleinen Jungen zu reden. Sie müssen ihn wegschicken, wenn sein Besuch Ihnen nicht recht ist, das wollte ich eigentlich nur sagen. Wir haben Gewissensbisse deswegen, meine Eltern fürchten, dass Driss Ihre Aufmerksamkeit missbraucht.«

Missbrauch? Denken sie, ich bin pädophil? Nein, es ist andersherum, sie meint doch, dass Driss *mich* missbraucht, oder? Dieses Gespräch muss ein Ende haben, soll ich ihr die Hand geben? Geht nicht, ich muss mich festhalten. Antworte ihr und beende das Ganze, los.

»Das ist keine Mühe, ich schätze die Besuche Ihres Bruders. Wenn es mir ungelegen kommt, werde ich ihm das selbstverständlich sagen, dessen können Sie sich sicher sein. Vielen Dank für Ihren zuvorkommenden Hinweis. Übermitteln Sie Ihren Eltern bitte meine besten Grüße? Es war nett, Sie kennengelernt zu haben. Auf Wiedersehen.«

Ich höre ja gar nicht mehr auf, denkt er, als würde ich in der Höflichkeitsrille festhängen, ein Gemeinplatz nach dem anderen. Sie hat es verstanden, sehe ich, sie nickt, sie lächelt, sie streckt die Hand aus. Das ist also erlaubt, dass sie einem Mann die Hand gibt. Damit war doch etwas? Kein Wenn und Aber. Abschied.

Er nimmt den Stock in die linke Hand und schüttelt die überraschend muskulöse Hand des Mädchens.

»Auf Wiedersehen«, murmelt er, »auf Wiedersehen.«

31

Heleen steht vor dem Spiegel und knöpft ihre Hose zu. Die ist doch tatsächlich weiter geworden, denkt sie, kaum zu glauben. Sie dreht sich um und betrachtet sich über die Schulter hinweg von hinten. Falten am Gesäß, da ist Luft.

Abgenommen. Ohne etwas dafür zu tun. Ich bin doch wohl nicht krank? Nein, unmöglich. Ich bin nie krank, und ich fühle mich gut. Was ist dann los?

Sie ist daran gewöhnt, über andere nachzudenken, nicht über sich selbst. Sie setzt sich auf die Bettkante. Jetzt mal nichts tun, nicht aufstehen, um herumliegende Kleidungsstücke in den Schrank zu räumen oder Schuhe wegzustellen. Denken. Dass Carolien mich nicht verstand, das hat mir wehgetan. Aber andererseits – es hat einen gewissen Abstand geschaffen, der nicht nur unbehaglich ist. Aus so einer Gruppe, der man angehört, kann man auch gelegentlich aussteigen, mal einen Moment außerhalb stehen, für sich. Ja, das ist es. Zu Hause genauso, wenn die Kinder beim Essen sitzen, muss ich mir nicht auch gleich jedes Mal den Teller vollladen.

Sie nickt bekräftigend, das sieht sie im Spiegel. Der Schreibklub – auch von dem hat sie sich durch die offenherzige Korrespondenz mit ihrem Gefangenen insgeheim ein bisschen gelöst. Es fühlt sich ungewohnt an, eigenartig, aber nicht unangenehm.

Sie erhebt sich. Haare bürsten, Geige nehmen, aufbrechen.

Jochem und Carolien sind schon drinnen, als sie bei Hugos Boot eintrifft. Ungewöhnlich, meistens kommt sie als Erste und würde sich ärgern, wenn sie später käme. Zu spät, würde sie dann denken, ich spiele mich auf, ich maße mir eine Sonderstellung an, reibe ihnen unter die Nase, wie viel ich mit meiner Familie zu tun habe, passe mich nicht an. Das ist falsch, das ist unsolidarisch und vor allem nicht nett.

Heute hat sie solche Gedanken nicht. Sie freut sich einfach nur, ihre Freunde zu sehen. Die letzte Probe vor dem Auftritt übermorgen, das gibt ihr ein Gefühl fröhlicher Aufgekratztheit. Es erinnert sie an die Aufführungen der Musikschule, früher. Wochen davor begann sie schon darauf hinzuleben, es verlieh allem, was sie tat, Glanz, die langweiligsten Dinge konnte sie ertragen, denn es stand etwas Spannendes an, etwas Schönes, etwas Bedeutsames.

Es scheint, als teilten die anderen dieses Gefühl. Sie sitzen nicht am Tisch, sondern schlendern mit ihren Bechern in der Hand umher. Die Stühle und die Notenständer stehen bereit, nicht im Kreis, sondern im Halbkreis, der Konzertaufstellung. Jochem und Carolien stehen nebeneinander am Fenster und flachsen über die Gruppenproben der tiefen Streicher, die sie angeblich total erschöpft haben. Hugo sagt, er habe sich kaputt geübt, und deutet auf den roten Fleck unter seinem Kinn.

»Und du, Heleenchen?«, fragt er.

»Ich bin gut trainiert«, sagt sie, »ich werde alles geben. Kenne meine Partie auswendig: Pom-pom-pom-pom.«

»Das haben wir gemeinsam!«, ruft Jochem. »Daraus machen wir was Schönes, im Gleichklang und mit ganzer Seele. Das gesamte Quartett steht und fällt mit der Ausführung so einer kleinen Begleitfigur, die keiner für wichtig hält. Falsch! Wir werden es sie hören lassen, Heleen.«

»Es soll Quartette geben, die immer zu viert eine Tonleiter spielen, bevor sie anfangen«, sagt Carolien. »Langsam, für die Intonation. Das haben wir zum Glück nicht nötig. Was machen wir, eine Generalprobe, von Anfang bis Ende? Oder wollt ihr zuerst Bach spielen?«

Nein, das will keiner. Gleich ins Tiefe, das ist am besten. Durchspielen und danach vielleicht noch an Details feilen, findet Hugo, obwohl das natürlich nicht nötig sein werde.

Heleen schwelgt. So fröhlich und entspannt hat sie Carolien und Jochem lange nicht erlebt. Das Gefrotzel über ihre Überlegenheit hat eine lange Tradition. Als sie gerade erst angefangen hatten, taten sie schon so, als wären sie weltberühmt und könnten sich vor Einladungen, in den renommiertesten Sälen Europas aufzutreten, kaum retten. Sie jammerten über ihren Terminkalender, der randvoll sei mit Meisterklassen und Konzerten. Warum tun wir das eigentlich, denkt Heleen, das ist so kindisch. Ist es das, was wir eigentlich möchten, aber nicht können? Nein, ganz und gar nicht. Es ist ein Ausdruck dafür, dass wir Spaß haben, wir spielen ein Spiel, wie Kinder es tun, die vorübergehend an eine selbst erfundene Welt glauben. Dann bist du der König und ich die Prinzessin, so was in der Art. Es unterstreicht, wie viel Freude wir daran haben, wie herrlich es ist. Vielleicht ist es auch ein Ventil, um Spannung abzulassen, wir tun alle vier ganz groß – aber es ist uns schon wichtig, dass das Konzert gut läuft, dass Daniel uns anerkennend lauschen wird.

Carolien stimmt. Hugo setzt sich ihr gegenüber, Bratsche und zweite Geige dazwischen. Sie übernehmen das A vom Cello. Einer nach dem anderen bekommt die Zeit, seine anderen Saiten in Stimmung zu bringen. Bögen gespannt? Ecken am unteren Rand der Notenblätter umgeknickt fürs Umblättern? Alle bereit?

Sie sieht Hugo Carolien zunicken. Die setzt ein und bestimmt das Tempo der Einleitung mit den schrillen Dissonanzen. In der Partitur steht »piano«, aber sie beginnt trotzdem mit ziemlich viel Ton. Sie will uns gleich klarmachen, wo es langgeht, denkt Heleen, hör nur, sie setzt Akzente, damit wir den Takt spüren und von selbst wissen, wo wir einsetzen müssen. Zuerst Jochem. Dann ich.

Es läuft, es fließt. Einträchtig spielen Bratsche und zweite Geige das Pom-pom-pom, als das Allegro beginnt; es gibt keinerlei Reibungen hinsichtlich des Tempos. Am Ende des ersten Satzes wartet Hugo mit einem fabelhaften Crescendo auf, um dann in subtiler Stille zu schließen. Jetzt diese Konzentration halten, denkt Heleen. Weiter auf die Fingerbewegungen der anderen schauen, um gleichauf zu sein, auch wenn es jetzt gar nicht mehr nötig ist, denn sie haben das Tempo verinnerlicht, sie atmen alle vier im selben Pulsschlag. Unglaublich, dass jemand diese Musik, wann war das, im achtzehnten Jahrhundert erdacht hat und dieselben Klänge gut zweihundert Jahre später noch etwas bei uns hervorrufen, das sich nicht erklären lässt!

Im Finale entsteht Verwirrung: Den ersten Abschnitt wiederholen, oder nicht? Nein, beschließen sie, einfach weiter drauflos, es ist schon lang genug. Deutlich differenzieren zwischen laut und leise – sie brauchen das nicht abzusprechen, sie machen es automatisch, weil die Musik es von ihnen verlangt.

Als sie fertig sind, ist es ungewöhnlich still. Sie sehen einander an, legen ihre Instrumente weg, stehen auf, kreisen mit den Schultern und dehnen die Arme. Schweigend. Keiner will die Verzauberung brechen.

Heleen spaziert zum Fenster. Noch hält sich die Abenddämmerung, doch die Straßenbeleuchtung ist schon eingeschaltet. Sie lehnt sich an die Fensterlaibung und beobachtet das Glitzern der Wasseroberfläche. Hugo stellt sich zu ihr und stupst sie mit der Schulter an. Sie lachen sich zu. Dann beugt er sich vor und macht das Fenster weit auf. In der Ferne springen grelle Lampen an, das Gerichtsgebäude ist plötzlich in Flutlicht getaucht.

»Schau mal, da drüben«, sagt Heleen, »wieso ist denn da so viel los, um diese Zeit? Eine Verhandlung wird ja jetzt wohl nicht stattfinden, oder?«

Sie spähen zu den Lichtbündeln hinüber. Ein Gittertor hebt sich ratternd, das Geräusch dringt überraschend deutlich über das Wasser. Ein fensterloser Transporter kommt mit röhrendem Motor durch das Tor herausgefahren, jemand schreit, das Gatter senkt sich und wird dann wieder hochgezogen.

»Montag geht's los«, sagt Hugo. »Ich schätze, sie üben noch kurz, wie sie die Angeklagten sicher reinbringen, ohne dass die gleich ins Wasser springen und in die Freiheit schwimmen. So wie's aussieht, haben sie den Bogen noch nicht ganz raus.«

Mit einem Schlag donnert das Gatter wieder herunter. Heleen erschrickt. Die Welt des Verbrechens und der Strafe, die durch die Musik einen Abend lang in den Hintergrund gedrängt wurde, hat sich überfallartig zurückgemeldet. Sie wendet sich vom Fenster ab, als wollte sie ins Zimmer zurücktauchen, wo sie von Klang umspült und von einem Frieden erfüllt war, der mit einem Mal dahin ist.

32

Zufrieden überprüft Jochem die Gambe. Alles in Ordnung, die verleimten Teile schließen gut, er hat einen ausgezeichneten neuen Steg angebracht, und der Stimmstock ist optimal platziert. Die Besitzerin wird sich freuen, wenn sie ihr Instrument nachher abholt. Wenn sie anfängt herumzumäkeln, schick ich sie weg, denkt er, denn besser geht es nicht. Unzulänglichkeiten, die jetzt noch zutage treten, sind bei ihr selbst zu suchen, nicht beim Instrument. Wenn man nicht streichen kann, kommt auch kein Ton, das ist logisch.

Ich werde sie beruhigen, denkt er milde. Das ist meine Aufgabe, ich muss es sagen. Dies ist der richtige Klang, so muss es sich anhören, jetzt kannst du auf die Gambe vertrauen, hör nur. Sie hört natürlich nichts. Aber egal, ich habe mein Bestes gegeben.

Carolien kommt herein, um ihm Kaffee zu bringen.

»Ich habe heute Vormittag frei, ich werde ein bisschen üben. War schön gestern, nicht?«

Als wäre alles ganz normal, denkt er. Frau bringt Mann eine Tasse Kaffee, und sie reden über etwas Nettes, das sie zusammen gemacht haben. Festhalten; wir müssen tun, was wir können, um auf diesem Floß stehen zu bleiben, wir haben es selbst gebaut, es funktioniert. Wenn sie wieder in trübes Wasser versinkt, weiß ich nicht, was ich tue. Ich bringe es nicht mehr fertig, sie zu retten. Geht auch gar nicht, muss sie selbst tun. Ich ertrage das nicht mehr. Sie soll so sein wie gestern Abend, auf ihre Freunde bezogen, glücklich hinter ihrem Cello, ganz in der Musik verloren. Was bleibt uns noch? Mit etwas Pech haben wir ein halbes Leben vor uns, das ertragen werden muss, schlimmer, das ausgefüllt werden muss.

»Hör mal«, sagt er, während er die Gambe zwischen seine Knie stellt. Er streicht eine Saite nach der anderen an. Es summt.

»Schön«, sagt Carolien. »Schwer zu stimmen, scheint mir, in Terzen und Quarten. Aber es klingt gut.«

»Ja, die Stimmung ist ein großes Problem.«

Deine Stimmung auch, denkt er. Wenn du wieder depressiv wirst, weiß ich nicht, an welchen Knöpfen ich noch drehen soll. Wir müssen weiter, es muss eine Zukunft geben.

Nach der gelungenen Generalprobe haben sie vereinbart, gleich in der nächsten Woche wieder zusammenzukommen und ein neues Quartett in Angriff zu nehmen. Etwas Schönes und Schwieriges, eine Herausforderung. Ihm schwebt schon seit Längerem *Der Tod und das Mädchen* von Schubert vor, doch wegen des Titels traute er sich bisher nicht, es vorzuschlagen. Gestern hat er es einfach getan. Während er es sagte, sah er seine Frau an. Ihre Augen glänzten. Sie nickte, ja, das sei ein wunderbares Stück, das wolle sie gern spielen.

Ich blicke bei ihr überhaupt nicht durch, dachte er. Einmal hockt sie die ganze Nacht krumm vor Kummer in der Küche und raucht, ein andermal freut sie sich auf die Aufführung eines Klagelieds.

»Erwartest du einen Kunden? Ich bin schon weg.«

»Die Frau, die diesen Prospekt mitgebracht hat. Sie kommt ihr Instrument abholen.«

»Du solltest dich bei ihr bedanken.«

»Aber du warst doch so böse darüber. Einmischung, hast du gesagt. Impertinent, aufdringlich. Es ist übrigens ein ganz scheues Frauchen.«

Die Hand schon auf der Türklinke, denkt sie nach.

»Ja, ich war empört. Ich war geschockt. Aber ich glaube, ich verstehe es jetzt. Die Leute bemühen sich, uns zu helfen. Es ist unsinnig, darüber böse zu werden. Ich kann dieses Gefasel von Trauerarbeit eben schwer ertragen, ich empfinde das immer so, als wollte man mich antreiben, als ginge es um eine Verrichtung, die zu gegebener Zeit erledigt zu sein hat. Und das ist nicht so.«

Jochem beißt sich auf die Wange. Ist es nicht so? Er möchte aber, dass es so ist: Verzweiflung, Kummer, und dann allmählich aus dem tiefen Loch herauskriechen, in Augenschein nehmen, was noch an Wertvollem vorhanden ist, damit weitermachen, verarmt, beschädigt, aber irgendwohin unterwegs.

»Durch diesen Prospekt konnte ich besser darüber nachdenken«, fährt Carolien fort. »Es gibt offenbar etwas, worüber diese Eltern nicht so einfach miteinander reden können. Wir auch nicht.«

»Und was ist das?«

»Verschiedenheit. Dass es Unterschiede gibt. Darin, wie man es macht.«

Er reibt mit einem Staubtuch über die Decke der Gambe. Er schweigt.

»Vielleicht funktioniert es bei dir so, dass du nach einer Zeit der Trauer weitermachen kannst. Bei mir ist es anders. Ich brauche die Trauer. Sie ist meine Verbindung zu den Jungs. Davon kann ich nicht ablassen. Das heißt nicht, dass ich nicht weiterlebe, dass es nichts gibt, was ich wichtig finde oder schön oder sogar angenehm. Es ist beides da, es existiert nebeneinander. Wir sind verschieden. Wenn wir das nicht beiderseits verstehen und akzeptieren, geht es nicht. Deshalb habe ich mich über die Idee so einer Gruppe geärgert. Es ist illusorisch, dass man Kummer miteinander teilen könnte. Das führt zu gemeinsamem Suizid, man treibt sich gegenseitig in die Depression. Es ist eher so, wie es bei uns am Anfang war, eine Frage des Gleichgewichts. Wenn du einigermaßen okay bist, kann ich mich fallen lassen; hast du einen schlechten Tag, dann reiße ich mich zusammen. Auf die Weise sorgt man füreinander, aber anders, als diese Trauerexperten es einem aufdrängen wollen.«

Gottverdammt, denkt Jochem, eine richtiggehende Ansprache. Das ist lange her. Was will sie jetzt? Zustimmung will sie, die Erlaubnis, für immer und ewig in Trauer bleiben zu dürfen. Ich höre es, aber ob ich es auch verstehe? Sein Blick wandert über das Instrument, das auf der Werkbank liegt. Man kann es so nehmen, wie es ist: bescheidener Klang, schwer zu regulieren, für ein begrenztes Repertoire geeignet. Man kann auch auf Veränderung aus sein, sich einen größeren Klang wünschen, von einer Form träumen, die eine breitere Entwicklung ermöglicht: einem Cello also. Er nickt. Das ist der Unterschied, den sie meint.

»Was nickst du jetzt vor dich hin?«

Ihre Stimme klingt beunruhigt, ungeduldig auch.

»Ich höre, was du sagst. Ich denke darüber nach. Du verleugnest die Zukunft. Die Zeit, die einfach weitergeht. Davon willst du nichts wissen.«

Carolien stampft mit dem Fuß auf.

»Hör auf, mir Vorwürfe zu machen. Ich versuche, dir etwas zu erklären. Wenn du gleich zum Angriff übergehst, hat sich das schnell erledigt.«

»Es ist eine Feststellung, kein Vorwurf. Du läufst blind

durchs Leben. So ist es einfach, das sehe ich doch! Du verschließt die Augen vor allem, was du nicht erträgst. Du willst nicht mehr zu Heleen, deiner besten Freundin, zum Essen gehen, weil du dich schwer damit tust, dass sie drei gesunde Jungen hat. Du lässt es zu, dass deine Eifersucht so eine alte Freundschaft vergiftet. Das finde ich falsch. Du musst da durch, damit die Freundschaft erhalten bleibt und sich weiterentwickeln kann. Es hat keinen Sinn, vor allem wegzulaufen. Ich kann es nicht mit ansehen, wie du dich einschränkst, wie du dich abkapselst.«

Ich gehe zu hart mit ihr ins Gericht, denkt er, noch während er spricht. Dumm. Dann hört sie überhaupt nicht mehr zu. Er sieht, dass sie zu dem Foto von den Kindern schaut, tief im Beitelschrank.

Es ist still. Er kann sich für seinen Ausbruch nicht entschuldigen. Dass wir so miteinander reden, ist schon ein großes Wunder, findet er. Sollte ich mich darüber freuen? Ja, natürlich, das ist es doch, was ich wollte! Genauso sehr wünschte ich aber, es wäre vorbei, die Gamben-Fanatikerin würde klingeln und Carolien verschwinden.

»Diese Tage mit Laura«, sagt sie unvermittelt, »die sind so eigentümlich. Wenn ich mich mit ihr befasse – wenn wir schwatzen, Kekse backen, Spiele spielen –, gehe ich darin auf. Ich glaube, ich bin dann vielleicht sogar glücklich, ohne es zu wissen. Wenn ich wieder nach Hause gehe, fühlt es sich völlig anders an. Dann finde ich es schrecklich, dass sie größer und größer wird, und furchtbar, dass sie immer mehr lernt, über die Welt, über sich selbst. Genau das, was mich den Tag über, mit ihr zusammen, begeistert hat, macht mich abends tieftraurig. Und auch bang. So ein Kind denkt, dass das Leben schön ist. Dass es bedeutsam ist und lohnenswert. Ich komme mir vor wie eine Betrügerin, aber ich kann ihr doch nicht erzählen, wie es wirklich ist, oder? Am besten wäre es, sie bliebe für immer drei Jahre alt. Der Drang, groß zu werden, den ich bei ihr verspüre, ängstigt mich. Also ja, ich habe ein Problem mit der Zeit. Da hast du völlig recht.«

Die Klingel. Gott sei Dank, denkt er. Carolien huscht wie ein Schemen um die Tür herum, und er drückt auf die Schließanlage, um zu öffnen.

33

Nicht direkt vor Daniels Haus parken, hat Carolien gesagt, wir müssen erst sichergehen, dass er schon unterwegs ist. Hugo stellt seinen Wagen ein Stück weiter die Straße hinunter. Dann schickt er eine SMS, um sich zu erkundigen, ob die Luft rein ist.

Die Antwort folgt sofort. Er nimmt Geige und Notenständer und eilt zum Haus. Ein Vorgarten voller blühender Stauden, Himbeeren am Zaun und ein Feigenbaum an der Hauswand. Die Wärme des Vormittags ist noch nicht drückend, sondern eher frisch. Ein Geruch von früher weht ihm entgegen, mit einem Mal weiß er es: schwarze Johannisbeeren. Wird Heleen auch schön finden, denkt er, eine Erinnerung an unsere Ferien bei Oma. Marmelade machen, Saft und Gelee. Süßer Obstgeruch, der in den Haaren hängen bleibt. Einen netten Garten haben sie hier, unordentlich, ohne schlampig zu sein. Da und dort ein Holzspielzeug, ein Kinderrad. Olive und Lorbeer in großen Kübeln, so dass man sie im Winter ins Haus stellen kann. Die Wege an der Mauer entlang bieten Ausblick auf den hinteren Garten, der voller Obstbäume steht. Tief hinunterreichende Fenster in der breiten Vorderfront, das sieht freundlich und offen aus. So könnte ich auch wohnen, ein frei stehendes Haus in einem Meer von Grün. Geht nicht, wenn man allein ist. Geht übrigens gar nicht, egal, wie viel ich auch einstreichen würde, wenn ich das Boot verkaufe.

In Gedanken steht er zwischen duftenden Johannisbeerbüschen. Es gibt zu viele Möglichkeiten, zu viele Ausgänge. Vielleicht sollte er, anstatt Fluchtwege zu suchen, mal darüber nachdenken, was ihn hält, was ihn bindet? Bei der Vorstellung, das Schiff zu verkaufen, schauderte ihn innerlich. Und Laura, und Carolien, das Quartett? Er schüttelt die Gedanken von sich ab – was man nicht lösen kann, muss man ruhen lassen – und geht zur Haustür.

Die wird schon aufgerissen, bevor er die Hand zur Klingel ausgestreckt hat. Er sieht eine Frau mit blondem Pferdeschwanz und Lachfältchen um die Augenwinkel. So eine müsste ich dann auch haben, schießt es ihm durch den Sinn. Was sie wohl macht? Mit Behinderten malen, wahrscheinlich. Er kontrolliert schnell die Wände im Flur. Keine Laienkunst, sondern eingerahmte Kinderzeichnungen.

Die Frau zeigt ihm das Zimmer, in dem er auspacken kann. Jochem ist dort mit seiner Bratsche befasst und begrüßt ihn brummend. Hugo legt seinen Kasten hin und tritt wieder auf den Flur. Kurz den Konzertsaal ansehen, das muss man immer gleich machen, das ist ein Gesetz.

Sie werden in dem riesigen Wohnzimmer spielen. Terrassentüren zum Obstgarten, Fenster mit breiten Fensterbänken zu beiden Seiten. Die vier Stühle stehen schon bereit. Er stellt seinen Notenständer dazu. Der Raum ist so groß, dass die Zuhörer nicht in unmittelbarer Nähe zu sitzen brauchen. Sofa und Sessel sind in einiger Entfernung platziert worden, von der Frau oder von Carolien? Sie war schon heute früh hier, zum Geburtstagsfrühstück.

Er setzt sich kurz auf seinen Stuhl. Keine Sonne im Gesicht, keine Ablenkung durch laut tickende Uhren, kein gähnendes Loch in seinem Rücken. Gut. Jetzt auspacken, damit sich das Instrument an das Haus gewöhnen kann. Schon mal im Voraus stimmen, ehe sie nachher zu viert an den Wirbeln drehen. Kaffee ist in der Küche, hat die sympathische Frau gesagt. Er findet anhand der Geräusche dorthin. Kinderstimmen, Gesprächsfetzen. Am Ende des Flurs sieht er eine Tür mit quadratischen Fensterchen im oberen Teil. Dahinter sitzt eine Gesellschaft in einer geräumigen Küche am Tisch. Er sieht Carolien neben der Frau, die ihm aufgemacht hat, sie sieht entspannt aus und winkt ihm. An der Arbeitsplatte steht ein etwa zehnjähriges Mädchen und arrangiert mit Heleens Hilfe Gebäck auf einer Schale.

Er geht die Runde ab, um sich allen vorzustellen. Normale Menschen, denkt er, nicht überkandidelt, weder fett noch spindeldürr; normal gekleidet, keine exotischen Fetzen, kein verschlissener Kaninchenpelz. Es sind noch weitere Kinder da, ein Junge, den er auf sieben Jahre schätzt, und ein Mädchen in Lauras Alter. Sie geben ihm die Hand und sehen ihn dabei an.

»Du brauchst keine Angst zu haben, dass sie mittendrin losquasseln«, sagt die Hausherrin. »Willem hat mit Geigenunterricht angefangen und findet es total spannend, dass echte Streicher bei *ihm* zu Hause spielen. Eva ist verrückt nach Musik, die kannst du vor einen Klassiksender setzen, und du hörst sie den ganzen Tag nicht mehr.«

»Und ich, was ist mit mir?«, ruft das Mädchen an der Arbeitsplatte.

»Du kannst sehr gut zuhören, Saar, du auch.«

»Daran zweifle ich keinen Moment«, sagt Hugo. »Und egal, was passiert, wir spielen einfach weiter. Keine Bange.«

Sie machen ihm Platz im Kreis und geben ihm Gebäck und Kaffee. Er rührt nichts davon an. So geht es also auch, denkt er, während er die Finger der linken Hand streckt und wieder krümmt, rhythmisch, langsam: eine nette Frau, liebe Kinder, Freunde und Verwandte, für die man sich nicht zu schämen braucht. Was ist nur mit mir, dass ich so was nicht hinkriege? Ich begebe mich regelmäßig in Situationen, wo es schiefläuft, und eigentlich weiß ich das schon in dem Moment, in dem ich damit anfange. Meine Ehe. Die Leitung des Zentrums. Ist es so schwer zu sagen: Nein, lieber doch nicht, ich habe es mir anders überlegt? Scheint so, denn es passiert mir andauernd. Dabei ist es mir doch egal, was andere über mich denken, oder? Nein sagen, das müsste ich eigentlich mit Leichtigkeit können.

Das ist auch nicht das Problem, sieht er plötzlich. Das Problem ist: was dann? Leere, Einsamkeit, nichts, was sicher ist.

Carolien rettet ihn aus seinem düsteren Gedankengang.

»Daniel kommt gleich zurück«, sagt sie, »wir sollten unsere Plätze einnehmen.«

Alle suchen sich im Wohnzimmer eine Sitzgelegenheit, während sie sorgfältig stimmen, ihre Noten bereitstellen und ihre Bögen harzen. Sie sagen nicht viel zueinander – ulkig, denkt Hugo. Musik entspringt aus Stille, wir haben alle das Stück im Kopf und wollen das nicht durch reale Laute stören lassen.

Sie hören Daniel an der Küchentür. Schritte im Gang, »Ich habe sie solange in den Kühlschrank gestellt, der ist ja vielleicht voll!«, und dann plötzlich ein überraschtes Verstummen.

»Ein Ständchen«, sagt seine Frau. »Komm, setz dich schnell zu deiner Geburtstagsüberraschung.«

Daniel schiebt sich neben sie aufs Sofa. Der Geige spielende Junge sitzt auf der anderen Seite, das jüngste Mädchen bei ihrer Mutter auf dem Schoß.

Carolien erhebt sich und sagt etwas zu Daniel, etwas Liebes und Anerkennendes. Hugo achtet nicht darauf, er versucht, die unseligen Gedanken zu verdrängen, denen er beinahe zum Opfer gefallen wäre. Er blickt konzentriert auf seine Noten. Schnell jetzt, denkt er, lasst uns anfangen, es ist nötig.

Carolien hat wieder Platz genommen. Sie sehen sich an, sie nickt ihm zu. Er geht die Gesichter der anderen ab und nickt zurück. Er hört, wie sie ihren Finger mit Kraft auf die Saite setzt, um das C zu kontrollieren, das sie gleich spielen wird. Sie hebt den Bogen und setzt ein.

Die Musik nimmt ihn mit. Seine Mitspieler nehmen ihn mit. Sowie er den Bogen auf die Saite setzt, spürt er die gestaffelte Aufmerksamkeit, die er für eine wahrhaft gelungene Ausführung braucht. Er fühlt den kommenden Takt, während er den derzeitigen spielt. Er ist sich Tonart und Modulation bewusst, Thema, Echo und Umspielung – alles ist gleichzeitig zu erfahren und zu beherrschen. Man kann es nicht denken nennen, es ist auch kein uferloses Fühlen; die Kategorien des Bewusstseins tun nichts zur Sache. Er macht Musik, dank dem Komponisten, seinen Freunden, dem Erbauer seiner Geige.

Im langsamen Satz übermannt ihn eine Traurigkeit, die er ruhig seiner messerscharfen Konzentration zur Seite stellt. Er spielt die betrübten Seufzer, auf die das Cello antwortet, er nimmt sich die Zeit, fällt aus dem Rhythmus, wo das ansteht, und weiß, dass die anderen ihm folgen werden.

Vor Beginn des dritten Satzes sieht er aus den Augenwinkeln den kleinen Jungen auf dem Sofa neben dem Vater, der Geburtstag hat. Das Kind sitzt kerzengerade, mit weit aufgerissenen Augen und halb geöffnetem Mund, und folgt atemlos der Geschichte, die das Quartett ihm erzählt.

Zum Schluss das Finale, in dem die Spannung und die rätselhafte Betrübnis sich augenscheinlich auflösen. Ein verbissenes Fest, denkt er flüchtig, ein Fest, das man entschlossen ertragen muss, die Zähne aufeinander und die Augen halb geschlossen. Dann schüttelt er die Worte ab und gibt sich hin. Gehalten und umarmt von den anderen drei Stimmen, führt er seine kleine Truppe bis zur Ziellinie an, bis zum Moment der Stille, der von Applaus durchbrochen werden wird, dem gesegneten Augenblick, da die Klänge noch ihre Magie ausüben, während das Leben drohend in den Kulissen steht, bereit, die Regie zu übernehmen.

Daniel umarmt alle Quartettmitglieder. Seine Augen schwimmen in Tränen. Die Kinder springen aus ihrer Verzauberung auf, es wird nach Torte gerufen, die Terrassentüren fliegen auf, und Stimmen werden laut.

Carolien sitzt noch auf ihrem Stuhl, die Arme um ihr Instrument. Er schaut sie an. Sie schaut zurück. Sie schweigen.

34

An diesem Montagmorgen geht sie mit leichtem Herzen in die Praxis. Stimmungsschwankungen, denkt sie. Gehört dazu. In der einen Woche gar keinen Ausweg mehr sehen und nur noch von allem erlöst sein wollen, in der nächsten Woche völlig unbeschwert aus dem Bett steigen, wie eine Pflanze mit gesundem Strom der Säfte, deren Stiel kräftig in die Höhe strebt. Wie das kommt? Ich habe Daniel eine Freude gemacht, damit ist die Balance zwischen uns wiederhergestellt, nachdem er eingegriffen hat, als ich nicht konnte. Oder liegt es an dem Gespräch mit Jochem? So erfreulich war das nicht. Meine Eifersucht auf Heleen vergifte die Freundschaft, hat er zu sagen gewagt, der Arsch. Aber es ist gesagt, und so beschissen es sich anfühlt, es erleichtert. Wir waren so oft mit ihrer Familie zusammen. Fünf Jungs auf einem Haufen. Trubel. Wilde Fröhlichkeit. Jochem wird das auch vermissen. Ich bekomme die Schuld. Wahrscheinlich zu Recht.

Es ist das Quartett. Wir haben gut gespielt, so gut wir können. Musik verleiht dem Kummer Gestalt, sie vertont den Verlust und spendet zugleich eine Form von Trost. Das wird wohl ein Klischee sein, aber für mich ist es eine Entdeckung, ist es die Wahrheit. Hugo hatte zu Beginn des Menuetts einen Ausrutscher, ich sah, dass er zu dem Jungen hinüberschaute. Wir haben ihn aufgefangen, und er berappelte sich wieder. Hugo. Wir haben uns geküsst, idiotisch!

In der kleinen Küche trifft sie Heleen. Ein neues Kleid,

dunkelgrau, mit einer langen Knopfreihe in der vorderen Mitte. So sieht sie um einiges schlanker aus, vielleicht hat sie ja auch abgenommen. Dicke sieht man immer essen, aber Heleen ist nie mehr mit einem Butterbrot in der Hand zu sehen, wo sie jetzt darüber nachdenkt.

»Du lachst«, sagt Heleen, »geht es dir heute gut?«

»Eigentlich schon. Und dir?«

»Ich vibriere noch ganz vom Spielen. So schön war das. Wir müssen uns gleich wieder verabreden, um etwas Neues einzuüben, dachte ich. Könnt ihr Freitag schon?«

»Wir können immer«, sagt Carolien. »Gute Idee. Hast du auch schon entschieden, was wir machen werden?«

»Na klar. Aber in Absprache mit Hugo, der war gestern zum Essen bei uns. Er möchte tatsächlich Schubert, wenn das für euch wirklich okay ist.«

»Kann er Freitag auch?«

Hugo zum Essen zu Gast. Logisch, denkt sie, er ist der Onkel der Jungen, mehr oder weniger. Natürlich sitzt er bei ihnen am Tisch. Wenn ich Schwierigkeiten damit habe, sollte ich selbst mal was dagegen tun. Auf Jochem hören. Meinen halb verstandenen Widerwillen überwinden.

»Er hat Laura, aber das ist kein Problem«, sagt Heleen. Sie reicht Carolien einen Becher Kaffee. Daniel kommt händereibend herein.

»Wer hat was und warum?«, fragt er.

Heleen erzählt, dass sie am Freitag schon wieder spielen werden, inspiriert von dem Auftritt in seinem Wohnzimmer.

»Ihr probt doch auf diesem Hausboot, nicht? Das sehe ich in letzter Zeit immer auf Fotos in der Zeitung, weil es ganz in der Nähe des Gerichtsgebäudes liegt. Wirklich ein schönes Schiff. Wisst ihr, dass ich keine Ahnung hatte von eurem Konzert? Totale Überraschung. Ich war überhaupt nicht misstrauisch, als ich zur Konditorei geschickt wurde, sie lassen mich alle naselang Kuchen holen. Ein perfektes Geburtstagsgeschenk habt ihr mir gemacht. Dafür bin ich euch sehr dankbar.«

Es macht ihn verlegen, denkt Carolien. Es ist schwer, etwas Nettes anzunehmen. Davon kann ich ein Lied singen. Hilfe annehmen, sich trösten lassen, spüren, dass ein anderer etwas für dich tut, weil du ihm etwas bedeutest – darin bin ich wirklich keine Heldin. Eigentlich ist die andere Seite leichter: für jemand anders sorgen, ein Kompliment machen. Ein kleines Kind hat keine Schwierigkeiten, etwas anzunehmen; es muss lernen zu geben, aber wenn es selbst genug bekommt, gelingt das schnell. Als Laura entdeckte, dass es Wesen gab, die weniger konnten als sie, war sie etwa anderthalb Jahre alt, konnte laufen und ein paar Worte sprechen. Wir begegneten im Park einem jüngeren Kind, das sich nur mit Schreien äußerte. Darüber musste sie lachen. Sie spürte, dass das Kind hilflos war, Fürsorge brauchte. Zu Caroliens Erstaunen begann sie Gras abzurupfen, das sie dem Baby hinhielt, wie sie es im Streichelzoo bei den Kaninchen tat. Rührend, fand Carolien. Und gemein, dass sie sie daran hindern musste, das Gras zu verfüttern. Wenn Laura etwas bekommt, hinterfragt sie das nicht. Es ist selbstverständlich, sie ist es wert.

»Was hockt ihr hier den ganzen Tag und impft gegen Masern oder spült Ohren aus«, sagt Daniel. »Nehmt lieber eure Instrumente und spielt am Empfang Duette, das tut uns allen gut.«

Der Empfang. Das Wartezimmer. Sie müssen loslegen.

Gedanken über Geben und Nehmen beschäftigen sie noch den ganzen Tag. Ich kümmere mich hier, denkt sie, schenke

Aufmerksamkeit, leiste Hilfe. Im Gegenzug ernte ich Vertrauen und Dankbarkeit. Oder Wut, das kann auch sein. Verachtung, Vorwürfe, das kommt alles vor. Menschen haben Angst und wollen die Wahrheit nicht hören. Ich versuche ihnen dabei zu helfen, sie zu stützen. Wenn das gelingt, kommen mir selbst fast die Tränen. Komisch. Beunruhigend auch – rutsche ich in eine Labilität ab, die ich nicht mehr im Griff habe? Zum Glück gibt es zwischendrin konkrete Ärgernisse, und ich muss zähneknirschend warten, bis eine alte Dame endlich ihre Strumpfhose abgestreift hat, um mir ihr offenes Bein zu zeigen, oder widerwillig die Finger in einen Anus stecken. Dann ist von Rührung keine Rede.

Sie beschließt, nach der Arbeit kurz bei Reinier vorbeizufahren. Ihm vom Konzert zu berichten. Sich für seine Instruktionen zu bedanken. Zu sehen, ob er noch zurechtkommt.

35

Erst als der Berichterstatter kurz den Mund hält, hört Reinier die Klingel. Sofort weiß er, dass das Geräusch schon längere Zeit im Lärm des Fernsehers versteckt mitschwang. Aber er erkennt es erst jetzt, und das erschreckt ihn. Es dauert eine Weile, bis er hochkommt. Der Klingler lässt nicht locker. Der Gang durch den Flur bietet ausreichend Zeit dafür, sich gehetzt zu fühlen. Niemals Ruhe, denkt er, zu jeder Tageszeit steht jemand vor der Tür, der etwas will. Der kontrolliert, ob hier auch alles in Ordnung ist, schaut, ob es nicht langsam Zeit wird, mich hier wegzuholen. Er fühlt sein Herz gegen die Rippen flattern. Driss, der wird ihm helfen, einen Schreiner zu finden, der sich die Tür vornehmen kann. Ich muss das mit ihm besprechen, wenn er das nächste Mal kommt. So geht es nicht mehr, diese minutenlange Unsicherheit, wer da ist, um mich zu stören, zu bedrohen, zu vernichten.

Er öffnet die Tür. Carolien. Auf der Stelle kommt das Herz in der Brust zur Ruhe, und er hat das Gefühl, dass seine Rückenwirbel sich in geraderer Linie übereinanderschieben. Ich bin noch jemand, denkt er. Lehrer, Cellist. Ich bin noch da.

»Was für eine Überraschung, Kind, tritt ein!«

»Störe ich auch nicht?«, fragt Carolien. »Ich kam gerade vorbei und dachte plötzlich, ich könnte dir kurz erzählen, wie unser Auftritt gelaufen ist.«

Die ohrenbetäubenden Geräusche aus dem Fernseher hindern ihn daran, ihre Worte richtig in sich aufzunehmen.

»Ich habe gerade Nachrichten gesehen«, sagt er. »Werd's mal ausmachen, einen Augenblick.«

Zuerst zur Fernbedienung greifen, wo ich noch stehe. Der rote Knopf ganz oben. Wohltuende Stille. Trotzdem gut, dass sie sieht, wie sehr ich noch an der Außenwelt Anteil nehme. Vielleicht etwas verzweifelt, aber interessiert. Das Theater mit Kaffee oder Tee, dazu hab ich jetzt keine Lust. Mich mit den Tassen abplagen oder sie bitten, sich darum zu kümmern – nein. Ein Gläschen Likör, viel bequemer.

Carolien erzählt. Jetzt pass doch mal auf, verdammt, ermahnt er sich selbst. Gelungene Aufführung, versteht er. Wäre noch besser gewesen, wenn sie vorher mal hergekommen wären, aber kein Vorwurf, keine Verbitterung bitte, keine Gefühle, die unerbittlich auf das Alter verweisen. Ich zeige mich milde, zufrieden über ihren Erfolg, erfreut, dass ich ihr mit meinen Stunden helfen konnte.

»Magst du Portwein? Ich habe noch eine schöne Flasche.«

Carolien sucht nach seinen Anweisungen Flasche und Gläser zusammen. Sie schenkt ziemlich viel ein. Gut so, das kann ich jetzt brauchen. Wenn sie bloß nicht sagt, dass ich Gicht davon bekomme oder der Alkohol den kläglichen Rest meines Denkvermögens angreift.

Das tut sie nicht. Sie hebt ihr Glas, beugt sich vor, um mit ihm anzustoßen.

»Kommst du einigermaßen zurecht?«, fragt sie. »Was macht das Knie?«

Was soll ich sagen, denkt er müde. Ihr etwas vorspielen? Wird sie mich der Altenpolizei melden, wenn ich die Wahrheit sage? Ach wo. Wenn ich jemandem vertrauen kann, dann ihr. Ihr kann ich sagen, dass ich mich durch die Tage schleppe, nicht zur Ruhe komme, weil ich ständig Angst habe, ertappt zu werden, dass ich kaum zu schlafen wage aus Angst vor Albträumen, in denen kurzer Prozess mit mir gemacht wird – auf welche Art und Weise, das werde ich für mich behalten. Dass ich ganz und gar abhängig geworden bin von einem liebenswürdigen Schulkind, das mit seinem unschuldigen Gesicht jeden zweiten Tag vor der Tür steht. Dass sich inzwischen seine ganze Familie einmischt und ich nicht einschätzen kann, ob das gut gemeint ist oder ganz im Gegenteil. Dass mir mein altes Ich fehlt. Das Musizieren. Dass ich nur noch selten spiele, gar nicht mal so sehr, weil ich denke, das Üben habe sowieso keinen Zweck mehr, sondern eigentlich aus Angst davor, dass Passanten oder Nachbarn mich als nutzlosen Kunstliebhaber denunzieren könnten. Dass mich diese Gedanken verrückt machen, weil ich sie teils ernst nehme und teils auch wieder nicht. Ich stelle mich an, ich bilde mir etwas ein – und dann plötzlich: Ich muss aufpassen, ich bin in Gefahr. Dass ich todmüde bin. Todmüde.

»Nicht aufgeben«, sagt er, »wir dürfen nicht aufgeben, alle beide. Das da draußen ist ein Urwald voller Gefahren. Wir müssen ruhig unseren Weg suchen, du mit deinem Verlust, ich mit meinem Alter.«

»Wie schön wäre es, wenn jemand für uns sorgte«, sagt Carolien leise. »Dieses Kämpfen und Sichdurchboxen oder das bewusste Ignorieren von Missständen um uns herum, das ist nicht gut. Warum können wir nicht genau wie früher auf einen Staat vertrauen, der es gut mit uns meint? Wie hat sich das bloß geändert! Wir waren dabei und haben es nicht gemerkt.«

»Manchmal werden Dinge so groß und kompliziert, dass nur sehr kluge Köpfe noch schlau daraus werden. Aber solche Leuchten gehen nicht in die Politik, die befassen sich lieber mit theoretischer Physik oder Biochemie. Deshalb sind

Leute mit eher beschränkten kognitiven Fähigkeiten am Ruder. Und die streiten sich noch dazu untereinander. Ich habe den Eindruck, dass das organisierte Verbrechen Menschen mit bedeutend höherer Intelligenz anzieht. Obwohl, dieser Helleberg hat sich erwischen lassen, das ist nicht klug.«

»Ich verfolge die Nachrichten nicht«, sagt Carolien. »Ich kann überhaupt kein Interesse für das aufbringen, was sich außerhalb unserer vier Wände abspielt. Jochem beschäftigt das schon, er redet hin und wieder darüber. An mir geht das komplett vorbei.«

Es trifft sie, denkt er. Ihre Kinder würden noch leben, wenn man diese Transportmafia beizeiten entlarvt hätte. Sie schützt sich.

»Das war eine Abrechnung, denke ich. Dieser Helleberg hat dafür gesorgt, dass der Auftrag für dieses gigantische Projekt an einen befreundeten Entwickler ging. Alle, die sich sonst noch darum beworben hatten, wurden bedroht, und die Ministerin, eine Ausgeburt von törichter und eitler Einfalt, wurde geschmiert. So einfach ist das. Dann musste Helleberg bezahlt werden, und der Projektentwickler rückte nichts heraus. Vielleicht wähnte er sich sicher, weil der Boss im Gefängnis saß. Da hat Helleberg den Mann in den Tod stürzen lassen. Mitsamt der Ministerin. Vor laufender Kamera.«

Carolien schenkt ihnen noch einmal nach. Reinier sieht, dass ihr Blick glasig ist. Kein Interesse. Er seufzt.

»Ich wollte dir eigentlich deine Partitur zurückgeben«, sagt sie. »Hab sie vergessen. Ich bringe sie beim nächsten Mal mit. Es war gut, sie zur Hand zu haben, für den Überblick.«

»Ja, Überblick braucht man. Den muss man sich erwerben, nicht nur mit dem Gehör, sondern auch mit dem Verstand.«

Ich klinge wie ein kompetenter Mensch, denkt er, wie ein gescheiter Dozent, der auch gesellschaftliche Miseren nicht ganz aus dem Auge verliert. Was für ein Theater, warum tue ich das? Warum kann ich ihr nicht erzählen, dass ich keinen Ausweg mehr sehe? Warum sage ich nicht einfach: Hilf mir?

36 Er musste sich die Beine vertreten. Auf einmal war ihm das Atelier zu eng geworden, die braune, hölzerne Welt mit dem Lampenlicht zu beklemmend. Er hat seine Lederschürze an den Nagel gehängt und ist in die Stadt gegangen. Komisch, denkt er, das habe ich sonst nie, dass ich solche Aversionen gegen einen kleinen Raum entwickle. Jetzt gehen mir bestimmt einige Kunden durch die Lappen. Egal. Sollen sie anrufen und einen Termin mit mir vereinbaren. Ich brauche Luft, Weite, Wasser. Diese Fisselei mit dem Einpassen eines neuen Stückchens in das alte Holz, dieses vorsichtige Hantieren mit Zangen und Beiteln, das Gelinse durchs Vergrößerungsglas – nein, heute nicht. Ich komme viel zu wenig an die frische Luft. So gut wie nie. Früher gingen wir mit den Jungs in den Wald. Uralte Buchen, prachtvolles Holz. Da war eine mit mächtigen Ästen von unten an. Auf die kletterten wir hinauf. Wir spielten Verstecken, suchten Pilze. Carolien ergriff die Initiative, ich ging mit, weil sie es so wollte. Meistens blieb ich bei der Arbeit. Eine Sünde, da hatte sie recht. Wenn deine Kinder klein sind, solltest du deine ganze Energie auf sie verwenden. Man macht sich nicht klar, ich machte mir nicht klar, dass es nur für kurze Zeit, ein paar Jahre, so ist, diese selbstverständliche Verbundenheit. Für die Jungs war unsere Familie das Allerwichtigste, sie war während ihrer ersten Jahre die Welt. Für uns auch, nur wussten wir das erst, als es vorbei war. Man denkt, man muss arbeiten, Geld anhäufen, beruflich weiter-

kommen – totaler Quatsch, völlig daneben. Das alles kann man verschieben. Die Kindheit der Kinder nicht. Hab ich nicht gut gemacht. In den Ferien wollte ich immer zurück zum halb fertigen Cello, zur spannenden Restaurierung, zu irgendeinem stumpfsinnigen Geigenbauerkongress. Wenig Geld zu haben ist nicht schlimm, ein kleines Kind macht sich nichts daraus. Man sollte bei ihnen sein, zuhören, wenn sie anfangen zu sprechen, zuschauen, wenn sie spielen. Damit man das nie mehr vergisst.

Er macht zu große Schritte, er marschiert an Touristen und Kauflustigen vorbei und nimmt gar nicht wahr, wo er geht. Es ist warm, Schweiß prickelt auf seinem Rücken.

An der gesperrten Brücke über den Fluss wird er zum Stehenbleiben gezwungen. Er nimmt Abstand von den wartenden Radfahrern und lehnt sich über das seitliche Geländer. Langsam fährt ein Lastschiff vorüber, gefolgt von einer Kette Vergnügungsbooten mit viel zu braunen und viel zu nackten Menschen darauf. Er studiert die aufgeworfenen Wellen, Dreiecke, die sich erweitern und schließlich an den Ufermauern zerschellen. Das Wasser trägt ihm einen Geruch zu, für den es keinen Namen gibt. Er denkt an Heleen, mit der er sich über den armseligen Wortschatz für Klänge unterhalten hat. Sie ist doch ein lieber Mensch, denkt er. Als es gerade passiert war, hat sie für uns gekocht, jeden Abend. Praktische Anteilnahme. Ganz selbstverständlich. Ich sehe sie noch vor unseren Küchenschränken stehen, mit diesem zuverlässigen, breiten Rücken. Keine philosophischen Betrachtungen über Verlust, keine psychologischen Ratschläge zum Umgang damit, sondern schlichte häusliche Sorge. Genau das, was wir brauchten; ohne sie hätten wir nicht weitergewusst. Eigentlich unterstrich sie damit, dass es ein »Weiter« gibt, dass das Weiterleben unumgänglich ist. Ich glaube nicht, dass sie sich dessen bewusst war. Sie machte es vor, sie zeigte, was wir machen mussten: Löffel zum Mund führen, Bett machen, Müll rausstellen.

Langsam senkt sich die Brücke. Jochem richtet sich auf und eilt auf die hochgehenden rot-weißen Schranken zu. Er läuft bis zu der Stelle weiter, wo der Fluss in ein breiteres Gewässer mündet. Dort gegenüber prangt, in der Sonne glänzend, das Gerichtsgebäude. Bollwerk der Gerechtigkeit, denkt er. Eine Opernkulisse. Früher gab es Handwerker, die billige Holztafeln so bemalen konnten, dass sie für das Auge aus Marmor zu sein schienen. Im Tausch für eine unabhängige Gerichtsbarkeit bekommen wir das edle dreidimensionale Abbild eines sauteuren Bauwerks, das uns vor Augen führt, wie viel der Staat doch für seine Rechtssprechung übrig hat.

Mit einer Fähre gelangt man zur anderen Seite hinüber. Er geht an Bord und wartet inmitten von Radfahrern und Motorradfahrern auf das süße Wiegen des Wassers. Das anschwellende Motorengeräusch, den Wellenschlag an den Schiffswänden empfindet er mit ungewöhnlicher Intensität. Die Überfahrt dauert ihm nicht lange genug, unversehens fühlt er sich von eiligen Passagieren vorangeschoben und setzt widerwillig den Fuß an Land. Er geht über den Radweg am Ufer ein Stückchen zur Seite und wendet das Gesicht wieder dem Wasser zu. Eine Frau, die zwei Kinder im Lastenrad transportiert, schreit und klingelt wie wild. Erschrocken weicht er auf die Böschung aus. Dumme Kuh, denkt er, eher aus Gewohnheit denn aus aufrichtiger Wut. Er vermisst die Empörung, eine Schande, versucht er zu denken, ein Verbrechen, wie Eltern ihre Kinder in Gefahr bringen, wie sie in dem Gefühl, dass ihnen alles zusteht, ihre Babys und Kleinkinder vor sich her über die Straße schieben und arrogant alle Gefahren bagatellisieren. Besserungsanstalt, denkt er lustlos, Umerziehung, Bußgeld, Auspeitschen. Die Bemühungen, sich in Rage zu bringen, fruchten nicht. Seine Beine fühlen sich schwer an, und er merkt, dass ihm die Tränen kommen. Da sieht man's mal wieder, es ist viel besser, wenn ich bei der Arbeit bleibe, dieses Rumstreunen und sich dabei mit allem Möglichen Beschäftigen ist nicht gut, als wenn ich mir keinen Rat mehr wüsste, verdammt, nein, ich will zurück, ich will nach Hause.

Er ballt seine Hände in den Hosentaschen und beißt die Zähne so fest zusammen, dass er seine Kiefer knirschen hört. Aber er kommt nicht von der Stelle.

Ein Schlag auf seine Schulter. Er dreht sich um und steht einer langen Gestalt in fluoreszierender Kleidung gegenüber. Der Mann tanzt, springt rhythmisch von einem Fuß auf den anderen. Hugo im Joggingdress.

»Ich hab dich gar nicht erkannt«, sagt Jochem, »mit dieser Brille und der komischen Kappe auf dem Kopf.«

Als Hugo sich die Schirmmütze vom Kopf zieht und die Sonnenbrille abnimmt, hat er sein vertrautes Gesicht wieder. Jochem sieht ihn an und versucht zu sich zu kommen, als kletterte er aus einem dunklen Loch heraus.

»Das reinste Chaos hier«, sagt Hugo, »kein Vergnügen, diese Route jetzt zu laufen. Wo willst du denn hin?«

Jetzt erst wird sich Jochem des unsäglichen Lärms bewusst. Hupende Autos, ächzende Kräne, eine unverständliche Stimme aus einem Lautsprecher in einiger Entfernung. Sie drehen sich um und blicken auf das hektische Durcheinander vor dem Gerichtsgebäude. Langsam gehen sie darauf zu.

»Anlieferung des Angeklagten«, sagt Hugo. »Das geht unter strengen Sicherheitsmaßnahmen vonstatten, und das muss demonstriert werden, damit die Bürger beruhigt sein können.«

Der Zugang zum Gebäude ist mit Sperrzäunen und rot-weißen Bändern abgeriegelt. Alle anderthalb Meter ist ein Mann in dunkler Uniform vor der Absperrung postiert. Alle sind sie groß und breit. Und alle sind sichtbar bewaffnet. Sie blicken gleichgültig auf das Getriebe: Fernsehkameras, Übertragungsbusse der Sendeanstalten mit laufendem Motor, Fotografen, neugierige Gaffer. Eine Frau mit grellgelber Weste hält Hugo und Jochem auf. Ihre Haare sind straff aus dem Gesicht gezogen.

»Ohne Ausweis kein Zugang«, sagt sie. »Gehen Sie bitte weiter, in *diese* Richtung.«

Auf einer Seite des Gebäudes wird der Weg frei gemacht. Ein ungewöhnlich schwerer, verdunkelter Transporter rast heran. Mit Blaulicht und heulender Sirene.

»Komm«, sagt Hugo, »wir gehen.«

Auf dem Boot ist er wieder er selbst. Hugo will an die Innenseite des Achterstevens eine gerundete Sitzbank bauen. Er bittet um Rat. Jochem befühlt das bereitstehende Holz, schätzt die Rundung ein, zeichnet eine Skizze auf einen Zettel. Die Bank soll in Lauras Zimmer kommen. Puppenhaus, Spielkiste, Bett. Stauraum unter der Sitzfläche, denkt er, Klappdeckel, Scharniere. Für ein Kind muss man Ordnung schaffen, denn in Gerümpel spielt sich's nicht gut. Er steht mitten im Raum und hält ein graugeschmustes Schaf in den Händen, das er vom Boden aufgehoben hat. Was jetzt, denkt er, was tun? Ich bin ein Holzkenner, ich bin bei einem Freund, ich bin in Sicherheit.

Hugo ruft ihn. Er hat Kaffee gemacht. Jochem legt das Schaf in Lauras Bett und schlurft ins Wohnzimmer.

»Entschuldige«, sagt Hugo, »ich hätte dich nicht darum bitten dürfen. All die Kindersachen. Dumm von mir.«

Er legt Jochem die Hand auf die Schulter.

»Nein, nein, ist schon gut. Weißt du, es ist, wie es ist. Wir können nicht dauernd davor weglaufen. Ich schau mir die Konstruktion gern mit dir an. Wenn wir ein Weilchen warten, dann geht's schon wieder. Wir reden zu Hause etwas öfter über früher, in letzter Zeit. Ich tue mich zwar schwer damit, aber es ist trotzdem gut. Die Wirklichkeit. Darf nur nicht zu lange dauern. Ich war froh, dich zu sehen, da am Wasser. Wie gefällt es dir eigentlich, so ohne Arbeit?«

»Was Besseres konnte mir gar nicht passieren. Spitze.«

Er klingt erleichtert, findet Jochem. Wir werfen den blöden Kummer über Bord und gehen mit Hammer und Säge ans Werk. Hugo redet und redet, von Umbau und Verbesserungen, von Muße, mitten am Tag zu joggen, Muße fürs Üben auf der Geige. Er habe sich drei Monate Zeit gegeben, danach werde er überlegen, was er machen wolle. Ein goldrichtiger Beschluss.

Jochem streckt die Beine aus und schaut sich im Zimmer um. Die Geige liegt auf dem Sofa bereit, der Notenständer steht ausgeklappt daneben. Wenn er die Augen zusammenkneift, kann er die darauf stehenden Noten erkennen. Schubert. Freitag. Mit einem Mal kann er sich richtig darauf freuen.

37

»Spielt ihr jetzt schon wieder?«, fragt Henk. »Du hast doch gerade erst dieses Hauskonzert hinter dir. Kriegt ihr nie genug davon?«

»Nein«, erwidert Heleen dezidiert. »Es ging so gut, es war so schön; da hat man erst recht Lust weiterzumachen. Stört dich das? Du kannst gern mitkommen und zuhören, wenn du möchtest.«

Sie macht sich für ihren Arbeitstag fertig. Tasche, Armbanduhr, ein Tütchen Kunstdünger für die Pflanze, eine Strickjacke, falls es heute Nachmittag kalt werden sollte. Warum meckert er plötzlich über das Quartett? Er ist doch selbst auch oft weg, abends.

»Kannst du Jochem und Carolien nicht mal zum Essen einladen? Ich sehe sie überhaupt nicht mehr.«

Natürlich. Dumm von mir. Er vermisst seine Freunde. Ich sehe Carolien jeden Tag und laufe Jochem mit meinem Instrument die Tür ein. Er nicht.

»Ich werde es Carolien nachher mal vorschlagen.«

Sie steht in der Küchentür, schon mit einem Fuß über der Schwelle. Er kommt zu ihr und legt eine Hand auf ihren Hintern.

»Du bist am Abnehmen. Ist das auch gut?«

»Ich denke schon«, sagt sie, »es geht von allein, ich tue gar nichts dafür.«

Obwohl sie noch da ist, neben ihrem Mann, vor dem Fahrradschuppen, ist sie schon weg, spürt schon die Bewegung ihrer Beine beim Pedaletreten, spürt schon den Wind auf ihren Wangen.

Sie stopft ihre Sachen in die Fahrradtasche und biegt, während sie Henk zuwinkt, durch das Gartentor. In ihrem Kopf tollen Fragmente aus dem neuen Schubert-Quartett herum, knifflige Passagen, die sie geübt hat, und Melodiestückchen, die haftengeblieben sind. Sie tritt die Pedale im Takt der Musik, merkt sie. Wie leicht es doch ist, vielerlei Stachliges auszublenden, indem man einfach nur an Musik denkt. Dinge, die einem zu schaffen machen, die schwierig oder unlösbar sind, treten in den Hintergrund. Wie soll man so eine jahrelange Familienfreundschaft gestalten, wenn sich eine der Familien halbiert hat? Die Rituale von früher sind unmöglich geworden – Weihnachten mit allen Kindern um den Tisch, Camping im Frühjahr, mit dem riesigen Zelt, in dem die fünf Jungs bis tief in die Nacht brummeln und quasseln. Nichts geht mehr so wie früher, es schmerzt zu sehr, der Verlust wird viel zu sichtbar. Oder sollten wir es deswegen erst recht tun? Es ist doch ein Verlust! Unsere Jungs wissen auch nicht, wie sie damit umgehen sollen, auf ihre Weise. Sollten wir ihnen nicht dabei helfen, einfach traurig zu sein? Ein Weihnachtsessen mit zwei leeren Stühlen, ein Urlaub, bei dem ganz offensichtlich Kinder fehlen. Wir sollten die Erfahrung vielleicht einfach zulassen. Ist das naiv? Will Jochem das? Ist Carolien dem gewachsen?

Ich möchte, dass sie zum Essen kommen, denkt sie, während sie vor der Praxis ihr Rad abschließt. Mit den Kindern am Tisch, die Jungs werden sich dann schon nach oben verziehen, um wer weiß was auszuhecken, und wir bleiben zu viert sitzen. Ich lade sie einfach ein. Nächste Woche einmal.

Zufrieden über ihre Entschlusskraft betritt sie die Praxis. Sie trifft Carolien und Daniel in einer erregten Diskussion über das durch und durch verfilzte Gefängniswesen an.

»Was dieser Helleberg da gedeichselt hat, nicht zu glauben!«

Daniel schlägt mit der Faust auf die Anrichte. Heleen zieht fragend die Brauen hoch.

»Er stand mit seinen Leuten in Kontakt«, erläutert Carolien. »Seinen Mitarbeitern, sagt er, denn er betreibe ein Unternehmen. Bestochene Wärter, die Informationen weiterleiteten und ihm Prepaid-Handys besorgten. Es war gerade in den Nachrichten.«

»Ich habe kein Radio auf dem Fahrrad«, sagt Heleen, »ich weiß von nichts.«

Warum fühlt sie sich angesprochen, beschuldigt? Das ist doch absurd.

»Und das soll das am besten gesicherte Gefängnis des Landes sein«, sagt Daniel. »Sie transportieren diesen Mann jetzt jeden Tag von dort zum Gerichtssaal hierher, das dauert Stunden, mit Eskorten über die Autobahn und einem eigens entworfenen Transporter mit eingebauter Zelle. Und dabei steht die Tür zu seinen Mafiafreunden sperrangelweit offen! Man müsste so eine Gefängnisleitung doch sofort entlassen. Korrupt und inkompetent. Man weiß das ja, aber erschrecken tut's einen trotzdem.«

»Es gibt doch aber Vorschriften für den Kontakt mit Häftlingen, oder?«, fragt Carolien. »Schreibst du noch Briefe an sie in dieser Arbeitsgruppe? Das geht doch nicht so einfach per Briefkasten, nicht wahr?«

»Wir haben aufgehört«, sagt Heleen. »Wir konnten uns nirgendwo mehr treffen, und es gab auch Theater darüber, welchen Weg die Briefe nehmen sollten. Neue Vorschriften. Post kam nicht an, oder es kamen gerade solche Briefe durch, die niemand überprüft hatte. Die Zensur war an Praktikanten vergeben worden. Das funktionierte nicht, und da haben sie dann das Ganze eingestellt. Ist doch seltsam, sie wollen, dass man sich um schwierige oder bedauernswerte Gruppen der Bevölkerung kümmert, aber sowie du das tust, kommen sie mit Vorschriften daher, die es dir unmöglich machen. Das lief mit der Altenpflege genauso. Gehen wir heute noch an die Arbeit?«

»Die Vorschriften machen es mir unmöglich«, sagt Daniel. »Ich stehe bereit, Kranke zu heilen, aber die Versicherung verhindert das. Sollte ich besser streiken?«

»Dürfen wir nicht«, sagt Carolien, »Vorschriften. Also ich fange jetzt an.«

Heleen folgt ihr in den Empfangsbereich. Jetzt, denkt sie, jetzt frage ich sie, nicht mehr zögern, nicht warten.

»Carolien, hättet ihr Lust, am Wochenende zu uns zum Essen zu kommen? Henk hat das angeregt. Wie früher.«

Carolien nickt kurz.

»Natürlich, gern«, sagt sie. »Ich sag Jochem Bescheid. Ich denke, Samstag wäre gut.«

Bevor Heleen die Antwort richtig mitbekommen hat, ist Carolien schon verschwunden. Kurzer Rock und hohe Absätze heute, man hört sie im Flur ticken.

Da wappnet man sich dafür, zu drängen und nicht locker zu lassen, und dann wird gar kein Widerstand geleistet, man verliert das Gleichgewicht, man macht eine Bauchlandung. Habe ich alles falsch eingeschätzt, ein Problem gemacht, wo keines war? Ich will für unsere Freundschaft kämpfen, und dann ist gar keine Kampfstätte vorhanden.

Ärzte, denkt sie, die kämpfen nicht. Sie haben geschworen, auf der Seite des Lebens zu stehen. Gegen die Korruption im Staat wettern sie zwar gern, aber vor den Weisungen vom

Gesundheitsministerium gehen sie in die Knie. Anpassung. Das Beste daraus machen. Jeden Monat kommt eine Ladung neuer Aufgaben hinzu, hier in der Praxis, unmögliche Aufgaben, für die weder Geld noch Expertise vorhanden sind. Protestieren, sich weigern? O nein, dann würde man die Patienten im Regen stehen lassen, oder die Praxis bekäme keine Verträge mehr, und das wär erst recht ein Schuss nach hinten. Also lieber brav tun, was einem aufgetragen wird. Puh.

Ich habe die besten Absichten gehabt, mit dem Schreibklub. Dahinter stehe ich, auch wenn sie mich auslachen. Sich um Menschen zu kümmern, die ausgemustert worden sind, ist doch etwas Gutes, oder? Das hätten wir auch mit den Alten tun sollen. Nicht wegsehen.

Sie redet sich selbst zu: Hör auf! Du musst bei deinen eigenen Leisten bleiben, alles darüber hinaus liegt nicht in deiner Macht. Was hier zu tun ist, tust du so gut wie möglich. Das genügt.

Sie klickt die Liste der Patienten an, legt das Verbandszeug bereit, das sie benötigen wird, und geht zum Wartezimmer. Sie kommen, denkt sie, sie kommen wieder zu uns zum Essen, wie schön, wie herrlich. Sie kommen einfach!

38 Um leckere Sachen für den Quartettabend zu besorgen, geht er nicht in einen gewöhnlichen Supermarkt, sondern zu einem exorbitant teuren Feinkostgeschäft. Dank der edelmütigen Abfindung kann ich mir was leisten, denkt er, und das tue ich jetzt auch mal. Besonderes Bier, richtig guter Wein und Delikatessen in rauen Mengen – ich zeige auf alles, was appetitlich aussieht.

Es herrscht reger Andrang in dem Laden, vielleicht wollen die Leute gerade in Krisenzeiten exklusiv essen, oder es gibt ein Bevölkerungssegment, das gegen Not und Mangel immun ist, kann auch sein. Er nutzt die Wartezeit dazu, die ausgestellten Waren in Augenschein zu nehmen. Die Kundin vor ihm ist an der Reihe und leiert herunter, was sie auf ihrer Liste hat. Bekannte Stimme. Er schaut genauer hin: Igelfrisur, buntes Tuch über dem gebräunten Rücken – jawohl, die Dezernentin. Als wollte er die Vitrine näher inspizieren, schiebt er sich etwas weiter vor und schielt dann zur Seite. Das Aas, denkt er, keine Augenringe, keine Sorgenfalten im Gesicht. Die kümmert ihre katastrophale Politik nicht, die ist zufrieden. Er zeigt auf eine Platte mit kompliziert konstruierten Türmchen aus Schalentieren: »Die solltest du nehmen, die sind köstlich.«

Die Dezernentin schaut unwillig zur Seite.

»Hugo! Was machst *du* denn hier?«

Hoffentlich kriegt sie eine Lebensmittelvergiftung davon, denkt er. Es scheint ihr überhaupt nicht peinlich zu sein, obwohl es doch größtenteils ihr zuzuschreiben ist, dass die Stadt kein Musikzentrum mehr hat und ich jetzt arbeitslos dastehe. Sie macht eher den Eindruck, als sei sie empört, dass ein auf die Straße gesetzter Direktor das Geld und die Lust hat, Gourmethäppchen für sich einzukaufen.

»Ich decke mich mit ein paar Leckereien ein«, antwortet er, »genau wie du, sehe ich.«

Die Frau hinter der Ladentheke, die ein Häubchen über dem Haar trägt und einen weißen Kittel anhat, reicht mit einer Zange nach den von der Dezernentin georderten kleinen Kunstwerken und platziert sie in einem flachen Karton.

»Ich hatte so schrecklich viel zu tun«, erklärt die Dezernentin, »jetzt werde ich mich mal verwöhnen. Einfach mal ein Abend auf dem Sofa. Cocoonen. Ist schon seit Wochen nicht mehr vorgekommen. Repräsentieren, netwerken, alles sehr anstrengend. Ich komme gerade aus China zurück. Jetlag. Was für ein Job, dieser Stress, diese Verantwortung – das kannst du dir gar nicht vorstellen.«

Er schweigt. Wozu noch sticheln und hämische Bemerkungen machen, ich habe nichts mehr mit dieser Frau und ihrer Bagage zu tun. Ich brauche nicht zu schleimen, ich brauche mir keine Strategie zurechtzulegen, wie ich sie günstig stimmen könnte, ich brauche gar nichts.

Die Einkäufe werden verpackt. Auf dem Display der Kasse erscheint ein gigantischer Betrag, den die Dezernentin mit Kreditkarte begleicht. Garantiert von der Stadt, denn selbst wenn sie in einem stinkenden Schlafsack auf ihrem Sofa liegt und sich alte Fernsehserien anguckt, ist sie Dezernentin und muss von den Steuerzahlern ernährt werden. Das steht ihr zu. Hau bloß ab, denkt er, mach, dass du wegkommst, mit deiner Hummerpasta und deinem Artischockenschaum.

Die Verkäuferin hat den Karton mit einer Schleife zugebunden. Die Dezernentin steckt die Hand durch die Schlaufe und trägt ihre Fracht wie eine elegante Handtasche.

»Schade, dass wir uns kaum mehr sehen«, sagt sie, »ich fand es immer sehr inspirierend, mich mit dir zu unterhalten. Schönen Tag noch!«

Nicht aufregen, nur beobachten. Schönen Tag! Was denkt sie sich dabei? Nichts wahrscheinlich, das ist nur eine Floskel, um schnell wegzukommen. Seltsam, dass das Land von solchen Leuten gelenkt wird. Wenn man sich anschaut, wer von denen, die man von früher kennt, vom Studium oder von der Schule, in Regierung und Parlament hohe Ämter bekleidet, dann sind es immer die Typen, denen man damals schon nicht über den Weg trauen konnte, mit denen irgendwas nicht stimmte. Wer was Sinnvolles tun möchte und noch dazu die Kompetenz dafür mitbringt, strebt offensichtlich nicht so einen Posten an. Man braucht sich nur diese trübe Tasse anzusehen, die jetzt Gesundheitsminister ist, aber von Krankheit und Gebrechen keine Ahnung hat und auch gar nicht haben will. Als Hugo letztens bei Heleen zum Essen war, haben sie sich über diesen Mann unterhalten, und sie war bis in die Zehenspitzen empört darüber, wie mit den Menschen umgesprungen wird, um die sie sich kümmert, wie man sie beleidigt. Der Sozialstaat sei passé, habe der Minister gesagt, dieses Modell sei seinerzeit zu Recht vom Partizipationsgedanken abgelöst worden: keine häusliche Pflege mehr, keine unbezahlbaren Zuwendungen, sondern Hilfe durch Nachbarn und Verwandte. Auch dieses Konstrukt habe sich als nicht praktikabel erwiesen, habe der Mann mit aufgeräumter Miene erzählt, es fehle an adäquaten Kontrollmöglichkeiten, und die berufstätige Bevölkerung sei dadurch zu sehr in die Pflicht genommen.

Autonomie sei das neue Ideal, habe er begeistert verkündet, Autonomie und Verantwortung. Der erwachsene Bürger sorge selbst dafür, dass Krankheit keine Chance habe. Bewegung, vernünftige Ernährung, nicht den ganzen Tag sitzen – allesamt Erfahrungswerte der Wissenschaft, aus denen wir unseren Nutzen ziehen sollten. Und dann habe der Minister dazu aufgefordert, sich ein Beispiel an ihm zu nehmen, er jogge jeden Tag zehn Kilometer und esse keinen Zucker.

Heleen hatte vor Wut geschäumt. Hugo lachte nur. Wart's ab, sagte er, warte, bis dieser Knacker einen Schlaganfall kriegt oder von seinem gesunden Rennrad fällt und querschnittsgelähmt ist.

»Wär das dann alles für Sie?«, fragt die Angestellte hinter der Ladentheke.

Er zahlt und trägt seine Einkäufe auf beiden Händen nach draußen. Ich bin drahtig, denkt er, ich muss mich keinem Volltrottel mehr beugen, und ich werde heute Abend mit meinen besten Freunden Schuberts schönstes Quartett spielen. Es kann sein, dass die Gesellschaft um uns herum zusammenbricht, es kann sehr wohl sein, dass ich in einem halben Jahr kein Geld mehr habe und keine Arbeit finde, aber wir leben jetzt. Es kann auch sein, dass meine Freunde zusammenbrechen, beschädigt, wie sie sind, aber wir helfen einander, wir heben einander über die schlimmsten Hürden, so gut es eben geht. Vorläufig ist alles mehr oder weniger in Ordnung, sie spielen, sie kommen heute Abend, sie freuen sich darauf, da bin ich mir sicher.

Zu Hause stellt er die Besorgungen kalt und wartet auf das Eintreffen seiner Tochter. Zwei Tage wird sie bei ihm sein. Ein Schloss aus Legosteinen bauen, in den Zoo gehen, die Gewächshäuser? Er möchte etwas für sie machen, etwas Bleibendes. Das Puppenhaus, denkt er. Die Holzplatten müssen irgendwo liegen, ich weiß, dass ich sie schon zugesägt habe. Verleimen, anstreichen, kleine Stühle und Betten basteln – das machen wir. Warum denke ich nie an Laura, wenn ich über die Zukunft philosophiere? Wohin wird es sie in fünfzehn Jahren verschlagen? In eine knallharte, bedrohliche Welt höchstwahrscheinlich. In eine Gesellschaft, in der jeder die letzten Reste der spärlich gewordenen Güter für sich selbst einzuheimsen versucht. Gewalt. Nirgendwo Ruhe und kein Ausweg. Ich sollte mich schuldig fühlen, denn was tun wir jetzt, damit es für sie später besser ist? Ich habe immer im Moment gelebt. Hätte sonst niemals dieses Geigenstudium zu Ende gebracht. Ich nehme in Angriff, was gerade ansteht, und schaue nicht darüber hinaus. Heleen erzieht ihre Jungs altmodisch, das weiß ich. Verantwortungsgefühl, sich in andere hineinversetzen, Pflichtbewusstsein. Wider besseres Wissen vielleicht. Sie sollte ihnen lieber beibringen zu kämpfen, die eigenen Interessen im Blick zu haben, wachsam zu sein. Aber sie kann nicht anders, sie ist einfach so.

Wo ist nur dieser verflixte Puppenpalast? Scharniere brauche ich noch, damit sie das Dach aufklappen kann. Farbe hab ich genug.

Er poltert in den Raum, wo er Holz und Werkzeug aufbewahrt. Er zieht Arbeitshandschuhe an, um seine Holzbestände durchzusuchen. Na bitte, man darf nur nicht aufgeben, denkt er, als er die zugesägten Teile unter einem Stapel alter Planken findet. Herausheben, saubermachen, ins Zimmer tragen.

Nichts hält mich, denkt er. Ich versuche mir Lauras Zukunft vorzustellen, aber länger als eine halbe Minute kann ich mich nicht damit befassen. Dann mache ich schon wieder Pläne für irgendwas Nettes, und die Zeit umfasst nicht mehr als zwei, drei Tage. Ein dunkelrotes Haus mit weißen Fenstern und Dachgesimsen, ein schwedisches Bauernhaus, das soll es werden. Wird ihr gefallen.

Während er die Bauteile nebeneinander an die Schiffswand lehnt, hört er Lauras Schrittchen auf dem Steg. Es klingelt.

39

Carolien wird weinend wach. Sofort ist ihr der Traum klar und deutlich präsent. Sie saß auf einem flachen Stein in der Sonne. Die Kinder kamen auf sie zugerannt, viel jünger, als sie es bei ihrem Tod waren, sieben und acht, denkt sie, noch klein. Sie kletterten auf ihren Schoß, ein Kind auf jeden Schenkel; sie hielten einander und auch sie eisern mit ihren Jungenarmen umklammert. Sie umarmte sie, das verstand sich von selbst, obwohl es unbegreiflich war. Sie fühlte ihre Rippen. Sie drückte das Gesicht gegen ihre Köpfe. So saßen sie da. »Ihr habt es überlebt«, sagte sie, und alle drei weinten sie vor lauter Freude.

Wie gelähmt liegt sie im Bett. Denken kann sie nur, wenn es ganz langsam geschieht. Sie weiß, dass sie ein unsagbares Glück empfunden hat. Erleichterung, Befreiung von einer Last. Sie sind also noch da, denkt sie, irgendwo, in meinem Hirn. Ich konnte sie fühlen.

Gleich beim Erwachen haben sich die Freudentränen in Tränen der Verzweiflung verwandelt. Wie kann das sein? Dieselben Tränen. Eine minimale, unmerkliche Bedeutungsverschiebung, und alles hat sich im Nu total verändert.

Ich kann mich nicht bewegen. Ich kann nicht in den Tag hinein. Sie waren warm, sie konnten rennen. Ich wusste, dass sie tot sind, aber ich sah sie leben. Überlebt, sagte ich, ihr habt es überlebt. Die Tränen rinnen ihr über das Gesicht. Sie kann die Arme nicht anheben, um sie wegzuwischen.

Sie versucht, ihre Atmung unter Kontrolle zu bekommen,

und nach einer Weile nimmt sie Jochems Schnarchen wahr. Äußerst verlangsamt schiebt sie die Decke weg und wurstelt die Beine aus dem Bett. Sie bleibt auf der Bettkante sitzen und reibt sich über die Wangen. Dann stemmt sie sich hoch und stellt sich vorsichtig auf. Steif, mit kleinen Schritten schlurft sie aus dem Schlafzimmer.

Sie macht sich für den Tag fertig, ohne in den Spiegel zu schauen. Dann eben kein Make-up. Es geht einfach nicht.

Kaffee, eine Zigarette. Sie hört Jochem oben poltern. Die Bedeutung dieses Geräuschs macht ihr bewusst, wie gelähmt sie ist. Er kommt gleich, er wird etwas sagen und eine Reaktion erwarten. Mein Mund funktioniert nicht. Ich kann meinen Kopf nicht bewegen.

Sie wartet. Sie haben sich angewöhnt, einander ihre Träume über die Jungs zu erzählen, sie finden es beide schön, wenn auch der andere solche Träume hat. In diesen Momenten fühlen sie sich noch wie Eltern. Hast du sie heute Nacht gesehen? Was haben sie gesagt, was hatten sie an?

Aber diese Erscheinung war zu heftig. Nein, die Erfahrung, so vollkommen in die Irre geführt worden zu sein, ist zu verstörend. Carolien weiß sich keinen Rat. Sie kann ihrem Mann nicht antworten, als er fragt, ob sie eine schlechte Nacht hatte. Er schenkt ihr noch eine Tasse Kaffee ein.

»Geträumt?«

Sie nickt und fängt wieder an zu weinen. Mit einer Serviette trocknet sie ihre Tränen.

»Ich muss zur Arbeit«, sagt sie schließlich. Ihre Stimme kommt ihr fremd und lächerlich vor, sie hallt in ihrem Kopf wider.

»Ja, aber so kannst du nicht Auto fahren«, sagt Jochem.

»Fahrrad«, flüstert sie.

»Das geht auch nicht«, findet er. »Du bewegst dich wie ein Zombie. Ich bringe dich, ich lasse dich so nicht auf die Straße.«

Sie nickt. Er geht in den Flur, holt ihren Mantel, fragt, wo ihre Tasche ist, ob alles drin ist, was sie benötigt. Schweigend tut sie, was von ihr verlangt wird.

»Das Wetter ist umgeschlagen«, sagt Jochem, als sie draußen stehen. »Es ist kalt geworden, merkst du's?«

Schweigend gehen sie zum Auto. Schön, dass er nicht meckert, denkt sie, dass er nicht sagt, ich könne in diesem Zustand unmöglich Patienten sehen. Der Meinung wird er zwar sein, aber er sagt es Gott sei Dank nicht. Er weiß auch, dass Arbeiten ein Ausweg ist. Das gesteht er mir zu. Auch möglich, dass er nicht scharf darauf ist, den ganzen Tag eine trübsinnige Frau im Haus zu haben. Egal wie, es ist schön, dass er mich fährt. Vielleicht hört es auf, wenn ich in der Praxis bin und tue, was ich zu tun habe. Meine Ohren sind wie zugestopft. Die Sinnesorgane versagen ihren Dienst. Kalt, sagte er, aber ich spüre nichts davon. Ablenkende Reize dringen nicht zu mir herein, das hilft, den Traum festzuhalten. Sie wollen noch bei mir sein. Ich werde sie dann wegschieben, wenn ich Sprechstunde habe. Ich muss wohl.

Sie sieht Jochems taxierenden Seitenblick. Sie reagiert nicht darauf. Guck geradeaus, denkt sie, achte auf den Verkehr, lass mich in Ruhe. Alles aufgeben, alles bleiben lassen. Nicht mehr essen, nicht mehr schlafen, nicht mehr atmen. In die Verzweiflung gleiten wie in einen Bergsee. Warum gelingt mir das nicht, ich möchte es so gern. Als sie starben, war ich mir sicher, dass ich kein Jahr später einem aggressiven Krebs erliegen würde. Kein Zweifel, so würde es geschehen. Aber ich lebte weiter. Spindeldürr wurde ich, aber nicht krank. Ich konnte vor Elend und Erschöpfung kaum auf den Beinen stehen, aber ich machte weiter, fieberhaft, unter Hochspannung tat ich alles, was getan werden musste. Jede Nacht verschaffte mir die Schlaftablette ein paar Stunden Bewusstlosigkeit. Ich wurde nicht krank. Sie überlebten in meinem Traum, aber in der Wirklichkeit überlebte ich. Obwohl alles in mir sich dagegen widersetzte.

Zum ersten Mal seit dem Aufstehen spürt sie, dass sich ihre Muskulatur ein wenig entspannt. Sie legt den Kopf an die Kopfstütze und atmet tief durch. Sie schaut nach draußen. Sie sieht Gärten, Menschen, Verkehrsschilder. Es ist unumgänglich, denkt sie, irgendetwas schubst mich in dieses Leben, und ich gebe nach, weil ich offenbar nicht anders kann. Ist das tapfer oder feige? Kenne ich mich selbst so schlecht, dass ich den Willen zu leben unterschätzt habe? Lebenslust! Das ist reiner Verrat an den Jungs, das will ich ganz und gar nicht. Pflichterfüllung mag noch angehen, aber Lebenslust? Das bedeutet zugleich Überlebensschuld. Das ist ein Unwort. Dieser verdammte Traum gibt viele Fragen auf. Ich habe jetzt keine Lust, darüber nachzudenken. Ich will nicht.

»Wir sind da«, sagt Jochem. »Meinst du, es geht heute? Ruf an, wenn du fertig bist, dann komme ich dich holen.«

Er beugt sich vor ihr zur Tür, um sie ihr zu öffnen. Er klickt ihren Sicherheitsgurt auf.

»Nimm deine Tasche, geh nur.«

Sie schwingt die Beine nach draußen, fühlt das Pflaster und denkt daran, wie sie morgens aufgestanden ist. In genau der gleichen Haltung saß sie auf der Bettkante, übermannt von dem Traum und zu nichts imstande. Abstellen, dieses Registrieren, denkt sie, plötzlich zornig. Aufhören mit dieser Selbstquälerei. Der Tag hat begonnen, die Tür zur Praxis steht offen, und es gehen Leute hinein. Die haben Beschwerden und möchten darüber reden. Mit mir.

Sie schnellt hoch, die Tasche in den Armen. Dann bückt sie sich und steckt den Kopf ins Wageninnere.

»Danke«, sagt sie leise.

Jochem zieht die Tür zu und prescht davon. Carolien drückt die Schultern herunter und steuert auf die Tür zu.

Den ganzen Tag zieht eine Lappalie nach der anderen an ihr vorüber. Eine gereizte Achillessehne, eine drohende Bronchitis nach einer Erkältung, Kopfschmerzen, leichte Schlafprobleme. Sie hört zu, stellt dann und wann eine Frage, schreibt ein Rezept aus, regt eine Überweisung an. Verkalkte Nägel, denkt sie, die fehlen mir heute noch. Aber eigentlich kann ich froh sein, dass nichts Beunruhigendes darunter ist, da mache ich auch keine Fehler. Es ist nicht schlimm, dass ich mich kaum konzentrieren kann, alles, was ich hier sehe, wird sich von selbst wieder geben. Ich brauche nur halb dabei zu sein. Und selbst wenn ich einen Fehler machen würde, das Anpassungsvermögen des menschlichen Körpers ist so groß, dass viele Patzer unbemerkt bleiben. Diese Plastizität ist der Freund des Arztes, denn Irrtümer werden bei uns genauso begangen wie überall sonst.

Mittags kommt der Apotheker zu Besuch, ein verschlossener Mann mit strähnigem Haar und auffällig bleichen Händen. Weil Daniel mit seiner aufbrausenden Natur bei dieser Art von Kontakten ein Betriebsrisiko darstellt, ist es an Carolien, die Beziehungen zu den benachbarten Einrichtungen zu unterhalten. Den Apotheker kennt sie seit Jahren. Gewissenhaft, zuverlässig, humorlos. Heute kommt er, um sich über die willkürliche Erstattungspolitik der Versicherungsgesellschaften zu beklagen. Die eine bezahle nur die Medikamente dieser Firma, die andere jener. Er erhalte wütende Anrufe von Kunden, die plötzlich alles aus eigener Tasche bezahlen sollen, er sitze bis spätabends da und sortiere, wer wo versichert sei, und die Hausärzte verschrieben lustig drauflos, ohne über diese Probleme nachzudenken. Hinzu komme noch, dass jeder alle naselang irgendwas ändere: Die Versicherung komme mit Listen voller neuer Verordnungen, und die Patienten versicherten sich anderswo, ohne ihm etwas davon zu sagen.

Es kostet Carolien keine Mühe, seelenruhig dabeizusitzen, während er sich in seinen Tiraden ergeht. Sie schaut auf seine Hände, die wie weiße Vögel auf und ab flattern, um seine Ausführungen zu veranschaulichen. Sie hört zwar, dass er sie dazu bewegen möchte, sein Problem zu lösen – sie solle die Listen, die neuesten Listen der Versicherungen auf ihren Schreibtisch legen, sie solle sich über den Versicherungsstatus des jeweiligen Patienten im Klaren sein und, mit dem Finger auf der Liste, kontrollieren, ob die Medikamente, die sie verschreibt, auch tatsächlich erstattet werden, damit der Patient nicht in unzumutbare Kosten getrieben wird –, aber sie fühlt sich nicht angesprochen. Seine Weitschweifigkeit muss wohl bedeuten, dass die heutige Situation mit seinem Kontrollbedürfnis unvereinbar geworden ist. Sie bewegt die Füße unter dem Tisch und schielt verstohlen auf die Uhr hinter dem Apothekerkopf. Sie schlägt vor, auf ihre Rezepte nur den Wirkstoff zu schreiben, den sie verordnen möchte. Und die Dosierung natürlich. Dann könne er selbst sehen, in welcher Form er diesen seinen Kunden mitgebe. Anhand seiner Listen. Sie weiß, dass sie ihn mit ihrem Vorschlag auf die Palme bringt, doch das lässt sie kalt. Er murrt und protestiert natürlich, das gehe gar nicht, Rezepte müssten spezifisch sein, das wisse sie doch, unmöglich, nicht professionell, er erwarte, dass sie mitdenke, sie befänden sich doch einer wie der andere im Würgegriff der Versicherungsgesellschaften, der einzigen Unternehmen, die heutzutage noch Gewinn machten, wenn er seinen Stundenlohn berechnen würde, käme er auf einen Betrag, der noch unterhalb der Grundsicherung läge, so dramatisch sei es, das müsse sie wissen.

Ich bin nicht nett, denkt sie. Ich versetze mich nicht in ihn hinein, während er immer ein loyaler und engagierter Geschäftsfreund gewesen ist. Nein, ganz und gar nicht nett. Ich sitze hier und ruhe mich ein bisschen aus und warte, bis die Zeit um ist. Schlimm ist das.

Sie holt ihm noch eine Tasse Tee und ringt sich einige mitfühlende Sätze ab. Vage Versprechen, dass Daniel und sie demnächst bei ihrem Arbeitsgespräch darüber reden würden, dass sie ihm berichten werde, was dabei herausgekommen sei, aber davon ausgehe, dass er unterdessen seine zeitraubende und segensreiche Arbeit fortsetzen werde. Sie komplimentiert ihn hinaus, mit Mühe und unter kaum unterdrücktem Protest seinerseits; sie schüttelt die weiße Hand und schaut in das missbilligende Gesicht. Das idiotische Wort »Problembesitzer« kommt ihr in den Sinn – ich besitze mein eigenes Problem, denkt sie, kümmere du dich mal schön um deines. Als sie seiner gebeugten Gestalt hinterherblickt, wird ihr bewusst, dass sie sich von Versicherungen und Pharmaindustrie auseinanderdividieren lassen. Zermürbt, wie sie sind, geben sie sich keine Mühe mehr, das Bündnis zwischen Pharmazeut und Hausarzt aufrechtzuerhalten, und gedankenlos lassen sie den Patienten die Konsequenzen dieser Trennung auslöffeln. Der bezahlt. Ein jahrelanges Bündnis gerät unter dem Druck niederschmetternder Verhältnisse ins Wanken und zerbricht.

Am Ende des Nachmittags steckt Heleen den Kopf durch die Tür.

»Hast du noch lange zu tun?«

»Nein«, sagt Carolien, »ich bin eigentlich fertig. Und du?«

»Ich auch. Ich dachte mir, ich geh mal schnell zu dieser Konditorei von Daniel und kaufe eine kleine Torte für heute Abend. Wenn du mitkommst, bring ich dich anschließend nach Hause.«

Hat Jochem sie angerufen? Ihr seine Sorgen geklagt? Ach wo, Heleen ist eine gute Beobachterin, sie sieht kein Fahrrad, kein Auto und schließt daraus, dass was zu geschehen hat. Mein Misstrauen ist lächerlich. Muss ich abstellen, jetzt gleich.

»O ja«, sagt sie, »den Tortenpalast möchte ich mir auch mal anschauen. Ich komme mit.«

Computer runterfahren, Mantel, Tasche. Tempo, denkt sie, das sagt doch etwas über den Gemütszustand aus. Heute Morgen konnte von Tempo kaum die Rede sein, ein quälend langsames Largo hätte man das nennen können. Manische Menschen bewegen sich in einer Art Presto con fuoco, an der Geschwindigkeit merkt man sofort, dass etwas gewaltig im Argen ist. Was ist jetzt mein Tempo? Allegro, scheint mir, nicht zu langsam und nicht zu schnell.

Am Schaufenster sieht man schon, wie exquisit der Laden ist: eine einzige schneeweiße Torte auf einem Sockel vor dunkelblauem Samt. Sie pressen wie Kinder die Nase an die Scheibe, um ins Innere zu spähen. Dort bewegen sich hygienisch gekleidete Verkäuferinnen zwischen Vitrine und Ladentheke hin und her. Heleen muss lachen.

»Das ist doch mal was anderes als Aldi«, sagt sie. »Komm, wir gehen rein.«

Sie entscheiden sich für eine Kreation aus geflochtenem Zuckerwerk mit Himbeeren. Carolien besteht darauf, dass sie bezahlt, einen aberwitzig hohen Betrag.

Vorsichtig stellt Heleen die Tortenschachtel auf den Rücksitz.

»Ich sah, dass Jochem dich brachte, heute Morgen. Du hast furchtbar müde ausgesehen. Geht es besser?«

Carolien nickt. Es ist gut. Morgen sind sie zum ersten Mal wieder bei Heleen zum Essen. Selbst das ist gut.

»Warte kurz, ich gehe noch mal rein, oder hast du es eilig?«

Schnell läuft sie wieder in den Laden und lässt noch eine große Schachtel Pralinen einpacken, Stück für Stück ausgewählt und mit einer Zange aus den Reihen gehoben.

Dann fahren sie weg. Carolien hat die Schokolade auf dem Schoß. Ich bereite mich vor, denkt sie, ich habe Pläne. Es sieht doch tatsächlich ganz danach aus, als freute ich mich, auf das Spielen heute Abend und den Besuch morgen. Ganz schön verrückt, wo ich heute Morgen noch reif für die Psychiatrie war. Dankbarkeit überflutet sie. Heleen lässt nicht zu, dass uns das Leben auseinandertreibt, sie verteidigt die Freundschaft auf Teufel komm raus, und nur deswegen existiert sie noch. Ich selbst hätte sie mit meiner Übellaunigkeit und Apathie längst zugrunde gehen lassen. Ich hätte dem Apotheker helfen müssen. Wenn er mir jetzt, in diesem Moment, gegenübersitzen würde, ließen wir uns gemeinsam eine Lösung einfallen, dessen bin ich mir sicher. Sie zuckt leicht die Schultern und schüttelt den zurückliegenden Tag ab. Nachher Schubert.

40

Hechelnde Berichterstattung, denkt Jochem. Sie wollen, dass wir, die Steuerzahler, sehen, wie die da oben die Korruption untersuchen und aburteilen. Fünf Schwarzröcke in einer Reihe. Breitschultrige Sicherheitsleute, die über die Ordnung im Gerichtssaal wachen sollen. Nicht *ein* Anwalt, der den Angeklagten verteidigt, sondern ein ganzes Team. Es soll demonstriert werden, dass hier Gerechtigkeit waltet. Ein Zeuge nach dem anderen, allesamt Experten auf ihrem Gebiet, Professoren und international renommierte Ingenieure. Ein Staatsanwalt, oder wie immer dieser Amtsträger heißen mag, mit scheinheiligem Gesicht und einem Stapel Akten neben seinem Rednerpult.

Die Übertragung sprengt das reguläre Programmschema, und eine feste Gruppe erfahrener Journalisten verfertigt die Reportagen. Auch im Studio treten Fachleute auf: ehemalige politische Entscheidungsträger, Bautechniker, Juristen. Der Jüngste der Berichterstatter hat das Wort; er spricht zu schnell, zu hochtönend, wie eine überdrehte Geige, denkt Jochem, hysterisch, nur darauf aus zu imponieren. Ich brauche mich nicht mehr zu fragen, wie ich das meinen Kindern erklären soll, ich kann wütend sein, ja sogar zynisch. Ich schäume und schimpfe, wie es mir gefällt, nichts hindert mich daran.

Er hört Carolien erst, als sie im Zimmer steht, den Mantel noch an und eine glänzende schwarze Schachtel in den Händen. Ich wollte sie doch abholen, nicht dran gedacht, sie sieht besser aus, na bitte, die Arbeit hat ihr gutgetan. Wie ist sie nach Hause gekommen?

Sie hebt die Schachtel hoch.

»Für morgen, als Mitbringsel für Heleen. Sie hat mich gefahren, deshalb habe ich dich nicht mehr angerufen.«

Ich wundere mich über gar nichts mehr, denkt Jochem. Stimmungswechsel und womit die zu tun haben – ich frage es mich nicht mehr und betrachte sie als Naturerscheinungen. Sie treten auf, ich überlege mir, was ich tun kann, und das tue ich dann. Ganz einfach. Heute Morgen drohender Schiffbruch, jetzt wieder volle Fahrt voraus.

Er schaltet den Fernseher aus. Zur Sache. Etwas essen, bevor wir gehen. Omelett? Die Pralinenschachtel steht im Kühlschrank, sieht er, als er Eier sucht. Er hört Carolien die Treppe hinaufrennen, um ihr Instrument zu holen. Kopfschüttelnd schlägt er die Eier auf und zersticht die Dotter mit einer Gabel.

»Hast du alles dabei?«, fragt Carolien, als sie sich nach dem Essen zum Gehen aufmachen. Er klopft auf seinen Geigenkasten.

»Das ganze Repertoire, genug für tagelange Betäubung.«

Sie sieht ihn einen Moment befremdet an, nickt dann kurz.

So ist es doch, denkt er trotzig, wir tun das doch, um uns zu betäuben und gegen alles, was im Argen liegt, abzukapseln? Liebe zur Musik, dankbares Staunen, dass wir die schönsten Stücke der westlichen Musikgeschichte spielen dürfen – alles zu unseren Diensten, aber die Wahrheit ist, dass wir einer Sucht verfallen sind. Morphium. Ist nicht weiter schlimm, und das eine schließt das andere nicht aus, aber es darf doch wohl mal gesagt werden. Gott, was motz ich rum. Ich mach doch selbst mit! Was will ich eigentlich?

Direkt vor Hugos Boot ist ein Parkplatz frei. Jochem zwingt sich, den Wagen ruhig und mit Bedacht dort hineinzumanövrieren. Licht aus, Schlüssel abziehen.

»Geh ruhig schon mal vor«, sagt er zu Carolien, »ich komm gleich nach.«

Sie schleppt ihr Cello über den Steg. Er sieht die Tür aufgehen, Laura wartet hüpfend auf der Schwelle. Carolien geht hinein, die Tür schließt sich. Weg. Auf einmal wird ihm angst, als sei sie für immer aus seinem Leben gegangen. Es stimmt nicht, dass Katastrophen mit viel Getöse und großen Verschiebungen einhergehen. Ein kaum hörbarer Anruf genügt, um alles über den Haufen zu werfen.

In Paris war er, er saß gerade mit dem Bogenhändler, mit dem er Geschäfte gemacht hatte, beim Essen. In einem noblen Restaurant mit gestärkten Servietten. Er hatte den Mann eingeladen, um ihm für die Zusammenarbeit zu danken, für die schönen Bögen, die er kaufen konnte, für die Gastfreundschaft. Sie waren beim Käse angelangt, als das Handy in seiner Hosentasche vibrierte.

Heleen, mit eigenartiger Stimme, im Flüsterton. Er ging nach draußen, um sie besser verstehen zu können, entschuldigte sich bei seinem Tischgenossen. Unfall, sehr schlimm, die Jungen – er hörte sie, aber die Nachricht drang nicht zu ihm durch. Wo bist du, fragte er, warum rufst du an, wo ist Carolien? Allmählich gewann er ein Bild von seinem eigenen Wohnzimmer, wo zwei Polizisten mit der Mütze in der Hand seiner Frau gegenübersaßen. Sie hätten gefragt, ob sie jemanden anrufen könnten, ob jemand in der Nähe sei, der sofort kommen könne, sagte Heleen, und das sei sie gewesen. Carolien könne nicht sprechen, aber der Polizist, ich geb ihn dir, bleib bitte dran. Befremdet hörte er die ernste Stimme des Polizeibeamten an, eigentlich ohne zu erfassen, dass die ausgesprochenen Sätze etwas mit ihm zu tun hatten. Er setzte sich aufs Trottoir, das weiß er noch. Dann sah er die Füße des Bogenhändlers und überlegte, er müsse ihm auf Französisch sagen, dass seine Söhne verunglückt seien. Es war einige Zeit vergangen. An der Reaktion seines Geschäftspartners merkte er, dass es sich um eine wirkliche Tragödie handelte. Der Mann schob ihn in sein Auto und fuhr in einem Höllentempo durch die Nacht bis zu Jochem nach Hause, ganze sechshundert Kilometer. Jochem saß neben ihm, das Telefon immer noch in der Hand. Er kann sich an ein Gefühl der Verwunderung erinnern. Und dass er hellwach war, alles ganz klar sah. Dieser Mann ist nicht mal mein Freund, dachte er, eine reine Geschäftsbeziehung, und trotzdem tut er das für mich. Überraschende Barmherzigkeit und Fürsorge. Er hielt einmal an, um zu tanken, und führte Jochem mit fester Hand zu den Toiletten. Er drang auch darauf, dass Jochem jemanden anrief, einen Freund oder Angehörigen, um den Kreis der Eingeweihten zu erweitern. Jochem rief Hugo an, es war inzwischen zwei Uhr nachts, aber das machte nichts, Hugo wollte gleich zu Carolien radeln, um ihr zu sagen, dass Jochem unterwegs sei. Wie geht's dir, wie fühlst du dich, fragte er, aber Jochem wusste keine Antwort darauf. Er hockte auf diesem weichen Beifahrersitz und blickte auf die vorübergleitende Landschaft, mondbeschienene Felder, Laternen, Bauernhöfe in der Dunkelheit. Carolien war allein, als sie es zu hören bekam, dachte er, das ist unverzeihlich, ich hätte zu Hause sein müssen. Heftige Gewissensbisse, Selbstvorwürfe – das konnte er in dem dahinrasenden Auto schon empfinden. Dass seine Kinder tot waren, blieb eine in Worte verpackte Bombe, die erst explodieren konnte, als er Carolien in die Arme schloss.

Wieso überfällt mich jetzt diese Erinnerung, denkt er beim Aussteigen. Wie sie über den Steg geht, das Cello über der Schulter, mager, einsam, tapfer. Der Bogenhändler ist ein echter Freund geworden, aber in das Restaurant von damals hat er nie wieder einen Fuß setzen wollen, sogar den Boulevard, an dem es liegt, hat er seither gemieden. Ließen sie den Mann in einem der Jungenzimmer schlafen? Nein, Heleen richtete ihm die Liege im Atelier als Bett her, so war's. Graues Morgenlicht, und sie zu viert am Tisch. Das Quartett.

Er schüttelt die Erinnerungen von sich ab, reibt sich kräftig über die Wangen und bückt sich, um die Bratsche von der Rückbank zu nehmen. Dann schließt er den Wagen ab und wendet sich zu Hugos Boot um.

Er macht die Haustür leise hinter sich zu und ist kurz geblendet von den grellen Lampen über den vier Notenständern in der Mitte des Raums. Die Seiten und Winkel des Zimmers liegen im Dunkeln und scheinen sich endlos auszudehnen. Ein Streifen Licht fällt vom Küchenblock herüber, wo er Stimmen hört: Hugo, der etwas über eine Torte sagt, Gemurmel von Heleen, ein Messer, das gegen Glas klimpert.

Er legt seine Bratsche weg, wirft seinen Mantel in eine Ecke und setzt sich auf eines der Sofas. Er schließt die Augen und lauscht. Von jenseits der Wand gegenüber der Küche ist das gurgelnde Lachen eines kleinen Kindes zu hören. Dann Carolien, die mitlacht und etwas Unverständliches sagt. Er schleicht sich zu der halb offen stehenden Tür des Kinderzimmers und schielt hinein.

Am Kopfteil des Kinderbetts lehnt Carolien, Laura zwischen ihren Beinen. Sie lesen in einem großformatigen Bilderbuch. Das Kind späht andächtig auf die Illustrationen, und Caroliens ruhige Stimme erzählt die dazugehörige Geschichte in einem einlullenden Rhythmus. Worum es geht, interessiert ihn nicht, unter Garantie sind es die gebräuchlichen Lügen, mit denen Kinder zum Narren gehalten werden – Bedrohung, Gefahr, aber in deinem eigenen Bettchen bist du sicher, und alles wird gut. Carolien hat nie was von realistischer Kinderliteratur wissen wollen, solchen elenden Büchern über Krankenhausaufenthalte, Ehescheidungen und Sterbefälle, mit denen man sein Kind auf das wirkliche Leben vorbereiten konnte. Er selbst las nie vor, sondern erzählte seinen Söhnen selbst erfundene Geschichten. Gruselphantasien über eine uralte Eiche, die grausam gefällt wurde, aber später als singendes Cello eine Wiederauferstehung erlebte.

Carolien klappt das Buch zu und beginnt, während sie immer weiter redet, Laura zuzudecken. Nachtlicht an, Becher Wasser daneben, Bär und Puppe zur Wache in die Bettecke. Laura hält einen orangefarbenen aufblasbaren Fisch in den Armen. Den will sie nicht loslassen, der muss mit unter die Decke. Carolien sitzt auf der Bettkante, über den Kopf des Mädchens auf dem flachen Kissen gebeugt. Sie singt. Laura lächelt zufrieden.

Er hat sich gerade rechtzeitig wieder verzogen und erwartet Carolien im Wohnzimmer, wo sie mit einem tiefen Seufzer erscheint.

»Jetzt müssen wir spielen«, sagt sie, »das habe ich versprochen, ein Schlaflied.«

Er legt die Hand auf ihren Rücken, fühlt Rippen und Muskeln. Sie gesellen sich zu den anderen in der Küche, um im Stehen etwas zu trinken und in der Torte zu stochern. Blutrote Himbeeren, Saft, der zwischen Strukturen aus schneeweißen Zuckergespinsten versickert. Süß wie dieser Abend, denkt er, ohne Schärfe oder Bitterkeit. Wir haben frei, wir nehmen uns Zeit füreinander, wir sind gut angezogen und gewaschen, und unsere Instrumente sind tipptopp. Egal, welche Schrecken wir miterlebt haben, wir können sie auf den Grund unseres Bewusstseins sinken lassen, damit nichts uns stört, heute Abend nicht.

Sie beginnen mit Mozarts Quartett in d-Moll, um sich einzuspielen, aber vor allem Laura zuliebe, die in ihrem Bettchen liegt und lauscht. Er merkt, dass er endlich zur Ruhe gekommen ist, zum ersten Mal heute. Er kann den warmen Ton genießen, den er seiner Bratsche zu entlocken weiß, es klingt genau so, wie er sich den Klang vorstellt, alles stimmt, und er kann sorglos im Zusammenspiel aufgehen, Aufmerksamkeit für seine Partie fordern und wieder in den Hintergrund abtauchen, um dem einen oder anderen seiner Freunde die Führung zu überlassen. Das Boot kommt ihm vor wie ein wohlwollendes Gewölbe, in dem die Klänge, die sie zu viert hervorbringen, willkommen sind. So soll es sein, denkt er, das ist gut.

41

Absolut synchron mit der Bratsche, denkt Heleen, und mühelos zusammen das Tempo gesetzt. Was ist das doch für ein wunderbares Quartett, dieser geheimnisvolle Beginn mit dem Oktavsprung abwärts, und dann im fünften Takt dessen Wiederholung mit voller Kraft. Das Cello, das zuerst in der Tiefe summt, sich dann aber passioniert den Mittelstimmen anschließt. Sagenhaft, dass jemand sich das ausdenken konnte. Sie war einmal mit Henk und den Kindern für ein paar Tage in London, wo sie an einem Nachmittag, an dem die Männer zu einem Fußballspiel gingen, die British Library besuchte. In einer Glasvitrine lag ein aufgeschlagenes großformatiges Heft: das Autograph vom Quartett in d-Moll. Die Partie der ersten Geige in einem ihr unbekannten Schlüssel notiert, das Ganze praktisch ohne Korrekturen mit sichtlichem Schwung geschrieben. Mozarts Ärmel war über diese Seiten gewischt, während die Musik in seinem Kopf erklang, zum allerersten Mal. Mit diesen kleinen grauen Noten machte er der Welt sein Geistesprodukt bekannt. Das hat sie damals ziemlich bewegt, und da sie nun beim Spielen flüchtig daran denkt, ist sie erneut ergriffen. Aufpassen, denkt sie, Beherrschung, kleine Striche, wenn diese Triolen kommen. Wie gut Carolien heute spielt. Heute Morgen sah sie so schlecht aus und so zugeknöpft, dass ich keine große Hoffnung auf einen netten Abend hatte. Es hätte mich nicht gewundert, wenn sie abgesagt hätte. Graut ihr vor dem Besuch bei uns morgen? Vielleicht tut ihr das Spielen ja so gut, dass sie leicht damit fertigwird. Musik machen hilft, das ist einfach eine Tatsache. Eine Wahrheit.

Der Wechsel zwischen laut und leise im zweiten Satz erfordert große Genauigkeit. Sie konzentriert sich auf die Dynamik. Weit entfernt, auf einer anderen Bewusstseinsebene, registriert sie ein Poltern in der kleinen Diele, das Knistern von Papier oder Zellophan, Schritte. Sie achtet nicht darauf. Gleich nach dem Verklingen des Schlussakkords setzen Hugo und Carolien mit dem Menuett ein, kräftig und sehr pointiert. Sie achtet auf Jochem im Trio, an dessen Ende er gemeinsam mit der ersten Geige das Thema spielen muss, höher und höher steigend, um dann flüsternd in die Tiefe zu gehen. Es gelingt. Sie nehmen das Menuett wieder auf und schließen mit Nachdruck ab.

»Guten Abend! Darf ich kurz stören?«

Eine tiefe Männerstimme. Sie blicken alle vier zur Eingangstür. Dort steht ein Mann in Lederjacke. Er hält drei riesige Blumensträuße in den Armen. Es sind Lilien darunter, Heleen kann sie riechen.

Sie sind einen Moment aus dem Konzept. Dann steht Hugo auf.

»Ich bin einfach mal reingekommen«, sagt der Blumenmann, »weil niemand aufmachte. Ich soll das hier abgeben.«

Hugo legt seine Geige weg und breitet die Arme aus, um die Blumensträuße entgegenzunehmen. Heleen ist auch aufgestanden. Eimer, denkt sie, Eimer, in die wir sie erst mal hineinstellen können.

»Von Daniel«, ruft Hugo, »es sind Kärtchen dran, er möchte sich für unseren Auftritt bedanken. Wie aufmerksam von ihm, wusste er, dass wir heute Abend hier spielen?«

Heleen lässt zwei Eimer mit Wasser vollaufen und stellt sie ins Zimmer. Ein Strauß ist für sie, einer für Hugo und ein besonders üppiger Strauß für Jochem und Carolien.

»Es war sehr schön«, sagt der Blumenbote. »Ob ich wohl … Darf ich fragen, ob ich noch kurz zuhören darf?«

»Natürlich«, antwortet Hugo, »setzen Sie sich, dann spielen wir weiter.«

Na bitte, denkt Heleen, gute Musik zieht immer Menschen an. Man sehe jetzt nur diesen Mann da sitzen, er hat vielleicht noch das Auto voller Blumen, die er austragen muss, aber Mozart hält ihn einfach davon ab.

Der letzte Satz, mit allen Wiederholungen. Sie rüstet sich dafür, ihre synkopische Begleitfigur in der zweiten Variation markant auszuführen. In der darauffolgenden Variation ist die Bratsche an der Reihe. Sie sieht aus den Augenwinkeln, wie Jochem auf seinem Stuhl etwas nach vorne rutscht. Dann hört sie den vollen Klang seines Instruments, es ist, als stelle er eine Frage, auf die die beiden Geigen ihm in Oktaven antworten – schwierig ist das, sie muss genau auf Hugo achten. Sie findet die Musik so schön, dass es beinahe schmerzt. Das ist gefährlich und auch amateurhaft. Besser keine Gefühlsduseleien, solche Regungen muss sie in Streichtechnik und Intonation übersetzen. Der Zuhörer darf zu Tränen gerührt sein, der Spieler nicht, hat ihre Lehrerin früher immer gesagt. Rasch lässt sie den Blick zu dem Blumenboten wandern. Er sitzt auf einem Sofa im Dunkeln, die Arme auf die Knie gestützt, den Kopf gebeugt.

Dann ist es vorbei, und die Beklemmung fällt von ihren Schultern. Seltsam, denkt sie noch kurz, dass eine so tragische Musik so glücklich machen kann, wie funktioniert das? Bevor sie diesem Gedanken weiter nachgehen kann, ist sie schon wieder in der Küche zugange. Der Blumenmann spricht seinen Dank und seine Bewunderung aus, und Hugo führt ihn hinaus. Seine Blumen haben durch die Wärme im Boot inzwischen so richtig zu duften begonnen. Heleen geht neben dem Eimer in die Hocke und atmet tief ein. Sie biegt das Einschlagpapier um, damit die Sträuße besser zu sehen sind: Rosen, Lilien, Amaryllis.

»Ich könnte hier doch bequem einen Konzertsaal einrichten«, sagt Hugo, als er wieder im Zimmer steht. »Klein, achtzig Sitze oder so, Platz genug. Dann lasse ich hier all die arbeitslosen Musiker vor einem erlesenen Publikum spielen. Ein Geheimbund. Sie müssen natürlich schon bezahlen, Scheine in eine Urne stopfen oder so. Alles schwarz. Eine Marktlücke, die ich mühelos schließen kann, die Leute rennen mir ja jetzt schon die Bude ein.«

Lachend steht er da und schenkt Wein ein. Wie früher, denkt Heleen, als wir noch klein waren. Hugo organisierte immer irgendwelche Vorstellungen, Zirkus, Theater – alle Cousins und Cousinen bekamen eine Rolle oder Aufgabe, und die Eltern mussten sich in Reihen auf improvisierte Bänke setzen. Ihr fiel es zu, die Szenenwechsel mit Liedern auf der Geige zu überbrücken und in der Pause Orangenlimonade auszuteilen. Wir verändern uns nicht, wir tun das, was wir schon immer getan haben. Sie trägt die Gläser ins Zimmer.

»Erst mal ganz durchspielen«, sagt Jochem, »sehen, wie weit wir kommen.«

Er hat die Schubert-Partie schon auf seinen Notenständer gestellt.

»Dieselbe Tonart«, sagt Carolien, »das schließt sich gut an. Der letzte Satz ist aber nicht machbar. Und er ist endlos lang. Ich schätze, da werden wir stranden.«

Sie trinken hastig aus und greifen wieder zu ihren Instrumenten. Hugo blickt grinsend in die Runde und hebt seinen Bogen.

Diese erstickende Atmosphäre von Mozart hat uns mitgenommen, denkt Heleen. Deshalb legen wir jetzt so los, viel zu laut, unbesonnen. Befreit vielleicht. Wir müssen ja auch noch nichts leisten, wir erkunden noch. Doppelgriffe weglassen, die sind immer falsch, ich spiele nur die obere Note. Ich habe dieses Thema zusammen mit dem Cello, was schmettern die anderen denn so dazwischen, man hört ja gar nichts davon, ich muss auf Caroliens Bogen schauen. Es ist ein Hürdenlauf, ein Parcours mit Hindernissen, bevor wir beim Doppelstrich sind.

»Wiederholen!«, ruft Hugo. »Zweite Chance!«

Da sie nun wieder wissen, was dasteht, können sie ihre Aufmerksamkeit der Ausführung widmen. Leise spielen, wo es sein muss. Einander imitieren. Auf Hugo schauen bei der Fermate.

Dranbleiben. Irgendwo in der Reprise hat sie ein paar Takte Ruhe, und ihr Blick fällt auf einen dunklen Fleck auf einem der Sofas. Ist der Blumenmann zurückgekommen? Nichts gehört, wir machen zu viel Krach. Ja, da sitzt jemand. Später genauer hinsehen.

Als der erste Satz vorbei ist, will Jochem einige Abschnitte daraus noch einmal spielen, er ist unzufrieden. Hugo ist nicht damit einverstanden, sagt, dass er weitermachen will, fragt, wie Carolien darüber denkt. Heleen hält sich heraus und schaut zu der schwarzen Gestalt auf dem Sofa hinüber. Ein Mann. Er hat ihr den Kopf zugewandt. Die Scheinwerfer eines vorbeiflitzenden Autos beleuchten einen Augenblick lang sein Profil.

Nein, denkt sie, nein, das kann nicht sein. Ich täusche mich. Ich weiß auch gar nicht richtig, wie er aussieht, ich habe in der Zeitung nur diese komischen Zeichnungen von der Gerichtsverhandlung gesehen, dort darf ja nicht fotografiert werden, keine Ahnung, ob sie zutreffend sind. Ihr schnürt sich die Kehle zu, sie ist plötzlich sehr nervös. Angenommen, er ist es wirklich, er hat ihren Brief gelesen und sich so brennend gewünscht, ihre Musik zu hören, dass er ausgebrochen ist, um sich hier einzuschleichen? Sie weiß, dass das nicht sein kann. Die Sicherheitsvorkehrungen bei Helleberg sind ausführlich im Fernsehen erörtert worden. Wasserdicht. Noch nie wurde ein Gefangener so sorgfältig bewacht. Der Justizsprecher war mordsmäßig stolz darauf und demonstrierte den Journalisten sämtliche vertrauenerweckenden Details anhand schematischer Darstellungen und Pläne. Die Bevölkerung könne beruhigt sein, der Staat sei wachsam, das war die Botschaft.

Und doch ist er es. Er sieht mich jetzt zum ersten Mal. Ich habe ihm geschrieben, dass ich Geige spiele. Er wird doch wohl den Unterschied zwischen einer Geige und einem Cello kennen, oder? Was soll ich tun? Ihn ansprechen? Etwas zu den anderen sagen?

Der Schweiß läuft ihr den Rücken hinunter. Sie dreht sich von dem Mann weg, in dem sie Olivier Helleberg zu erkennen meint, und sieht Hugo an.

»Zweiter Satz«, sagt dieser. »Durchspielen hatten wir abgemacht. Üben tun wir ein anderes Mal, später. Okay?«

Jochem nickt brummend und findet sich mit der Entscheidung ab.

Vielleicht brauche ich gar nichts zu sagen, denkt Heleen. Diese Musik, dieses traurige Lied mit den prachtvollen Variationen ist so erschütternd, so überwältigend. Wenn wir das richtig gut spielen, können wir ihn ändern, ihn zu der Einsicht bringen, dass er Teil dieser Gesellschaft ist, dass er mehr ist als Herrschsucht und Gewalt. Dann geht er geläutert in sein Gefängnis zurück. Ich denke Unsinn, was jetzt passiert, ist gar nicht möglich. Wieso bemerkt denn keiner was?

Sie beginnen. Hugo gibt den Ton an. Obere Hälfte des Bogens, nah am Griffbrett streichen, flüsternd. Den Klang halten. Die Akkorde hören, auf das Cello abstimmen, nach jedem Crescendo ganz zur minimalen Klangstärke des Anfangs zurück.

Sie weiß Hellebergs Augen in ihrem Rücken. Dieses Bewusstsein gibt ihr Kraft. Jetzt kommt es darauf an, denkt sie, als die erste Variation beginnt. Zu Jochem schauen, mit ihm gemeinsam das Thema in diesen Triolen setzen, den Strich bescheiden halten, hören, wie Hugo in der Höhe zögernd und seufzend das Lied umspielt. Zweifel und Unsicherheit fallen von ihr ab. Sie ist eins mit dem Klang, den sie erzeugt, und genießt das Zusammenspiel. Bei jedem Atemzug riecht sie den süßen Duft, der aus den Blumeneimern aufsteigt. Hierfür ist Musik gedacht, das weiß sie, Ruhe schenken, Harmonie. Frieden.

42

Reinier spielt Cello, als es klingelt. Zweimal kurz hintereinander, also ist es Driss. Als er mit dem Jungen sein Vorhaben besprochen hat, ein kleines Fenster in die Haustür sägen zu lassen, machte Driss ein bedenkliches Gesicht.

»Wenn Sie den Besucher sehen, kann der Sie auch sehen«, sagte er.

Unwiderlegbar. Außerordentlich dumm von mir, dass ich daran nicht gedacht habe. Die Egozentrik des Alters zweifellos. Er sah sich im Flur auf den Fliesen stehen, mit dem Stock, auf den Pantoffeln, und durch die rechteckige Umrahmung in das schreckenerregende, wütende Gesicht eines Sozialarbeiters oder städtischen Kontrolleurs starren, der womöglich die Nase gegen die Scheibe drückte, energiegeladen, nichts als Beunruhigung und Bedrohung. Nein, den Plan ließ er lieber fallen.

»Ich kann ja so klingeln, dass Sie gleich wissen, dass ich es bin«, schlug Driss vor.

Daraufhin hatten sie sich das zweimalige Klingelzeichen ausgedacht, eine blendende Idee, fand Reinier. Dieser Junge hatte Köpfchen und würde es noch weit bringen.

Er legt in aller Ruhe das Cello zur Seite, Driss weiß, dass es immer eine Weile dauert, bis er aufmacht. Aber Driss kommt sonst nie abends, da macht er seine Hausaufgaben und sieht mit seiner Familie fern, warum steht er jetzt vor der Tür?

»Haben Sie es gesehen?«, fragt Driss, noch bevor er eingetreten ist.

»Was gesehen?«

»Im Fernsehen. Eine Sondersendung. Es ist wichtig.«

Krieg, denkt Reinier. Kernkraftwerk explodiert. Deich gebrochen, Verkehrskollaps, giftige Dämpfe, die aus einem umgestürzten Güterzug entweichen. Man muss sich mit einer Notration und einer Flasche Wasser unter die Treppe setzen. Hol sie doch der Teufel, mich kümmert das alles nicht.

»Soll ich den Fernseher anstellen?«, fragt Driss.

»Ist gut, Junge, tu das. Ich lege nur das Cello in den Kasten.«

Als er zurückkommt, sitzt Driss gebannt vor dem Bildschirm. Es spricht gerade ein ernster Polizeioffizier, danach erscheinen Bilder vom Gerichtsgebäude und von einem breiten Häftlingstransporter. Flutlicht, Suchscheinwerfer, Hubschraubergeknatter.

»Was ist denn los?«, fragt Reinier.

»Er ist ausgebrochen. Dieser Mörder. Deshalb wollte ich Sie warnen. Dass Sie nicht aufmachen dürfen, wenn er klingelt.«

»Warum sollte dieser Mann bei mir klingeln? Er hat hier doch gar nichts zu suchen. Aber sehr aufmerksam von dir, dass du an mich gedacht hast, vielen Dank.«

Jetzt spricht eine nervöse Frau mit dem Berichterstatter. Sie ist Justizsprecherin, wie auf einem Balken quer über ihrem Hals zu lesen steht. Für so eine Funktion sollte man aber einen robusteren Typ auswählen, denkt Reinier, diese Frau bringt vor Aufregung kein vernünftiges Wort heraus und zwinkert in einem fort mit den Augen. Unglaubliches Pech, sagt sie, Kinderkrankheiten der Logistik innerhalb dieses neuen Gebäudes, die Abstimmung der Öffnungszeiten der verschiedenen Schleusen, welche die Besucher passieren müssen, schon oft geprobt, aber offenbar nicht wasserdicht, die zentrale Computersteuerung habe wahrscheinlich versagt, der menschliche Blick sei fehlbar und von daher auch die Technik, extrem zuverlässig, aber leider, leider sei doch etwas schiefgegangen.

Man bekommt ja selbst Atemnot, wenn man sie hört, denkt Reinier. Auf dem dunklen Wasser vor dem Gerichtsgebäude kräuseln sich kleine Wellen. Er spitzt die Ohren, ja, hier ist es auch windig.

»Sie können also nichts über den Hergang erzählen«, schließt der Journalist. »Wir wissen bisher lediglich, dass der Angeklagte, beziehungsweise in diesem Fall der Häftling, ausbrechen konnte. Ist das korrekt?«

Die Sprecherin nickt.

»Wir leiten eine Untersuchung ein. So schnell wie möglich«, sagt sie leise. »Da muss alles auf den Kopf gestellt werden.«

Der Bürgermeister ist im Fernsehstudio eingetroffen. Er sitzt neben dem Polizeibeamten an einem schmalen Tisch. Das Büßerbänkchen, denkt Reinier. Was für ein Theater. Früher war es nicht strafbar, wenn man aus dem Gefängnis ausbrach, man sah den Wunsch frei zu sein als zur menschlichen Natur gehörig, als etwas Unweigerliches. Ob das heute auch noch so war?

»Hat er eine Pistole?«, fragt Driss. »Vielleicht hat er einem Bewacher eine abgenommen. Der traut sich alles, der hat vor nichts Angst.«

Du schon, denkt Reinier, als er sich das blasse, gebannte Gesicht des Jungen genauer anschaut. Was macht ihm Angst? Dass dieser Mann flüchten muss und von allen geächtet wird? Oder fühlt er sich bedroht, weil so ein gefährlicher Verbrecher frei in der Stadt herumläuft? Vielleicht ist es nur die Romantik der Geschichte, ein Jungenbuch, ein Abenteuer.

Der Justizminister hat sich dazugesellt, ein schon etwas älterer, dicklicher Mann, der langsam und mit solchem Geltungsbewusstsein spricht, dass nicht gleich deutlich wird, wie viele Gemeinplätze er aneinanderzureihen versteht. Es geht um die Schuldfrage. Der Bürgermeister sitzt ganz entspannt da, ihn trifft kein Vorwurf. Der Polizeioffizier fühlt sich schon angesprochen und beschreibt die Anstrengungen, die augenblicklich von seinen Kräften zu Lande, in der Luft, auf dem Wasser geleistet würden. Man habe auch die Leute aus dem Urlaub zurückgerufen, das Militär stehe parat, um ihnen zur Seite zu springen, wenn es nötig sein sollte. Zum Glück habe man sich eine genaue Übersicht über das Netzwerk des Flüchtigen verschafft, Familie, Freunde und Geschäftsbeziehungen würden scharf beobachtet, das verstehe sich von selbst.

Die Kamera schwenkt über die Wasserfront, wo grell beleuchtete Boote das Ufer abfahren. Reinier erkennt das Gebäude, wo er vergeblich seine Karten zu kaufen versuchte. Wind und Regen erschwerten die Suche, sagt der Polizeibeamte. Er habe vollstes Vertrauen in seine Männer, wende sich aber, da er nun schon in diesem Studio sitze, auch an die Zuschauer. Bürgerpflicht! Es sei eine spezielle Telefonnummer eingerichtet worden, die Bevölkerung solle aktiv an der Aufspürung mitarbeiten und jede verdächtige Bewegung umgehend melden, das sei so im Gesetz verankert, und darauf zähle er. Zwanzig Telefonisten säßen bereit, jeder Meldung werde sofort nachgegangen.

Er lehnt sich zufrieden zurück. Jetzt der Minister, dem wird man den Marsch blasen, denkt Reinier, aber der weiß sich bestimmt rauszureden. Liegt nicht dieses Boot von Hugo dort irgendwo? Zum ersten Mal verspürt er plötzlich einen Anflug aufkommender Besorgnis. Das hier ist keine Geschichte über etwas, womit er nichts zu tun hat, sondern ein Ereignis, das seine eigene Welt berührt. Dieser liebenswürdige Mensch niedergeschlagen, als Geisel genommen? Nein, Unsinn, er sollte auf die Patrouillen mit den Schäferhunden und den Schnellbooten vertrauen.

Der Minister spricht unterdessen über den Unterschied zwischen Schuld und Verantwortung. Natürlich sei sein Ministerium in letzter Instanz für alles verantwortlich, doch das bedeute keineswegs, dass auch die Schuld bei der Justiz liege. Das müsse untersucht werden. Der Architekt könne Schuld haben, der Systemverwalter, der Entwerfer der Logistik in und um das Gebäude, ja vielleicht seien sogar einzelne Wachmänner schuld. Er, der Minister, werde sich dazu nicht äußern, es sei Sache des Richters, die definitive Schuldfrage zu beantworten.

»Sie waschen sich alle die Hände in Unschuld«, sagt er zu Driss. »Hörst du das? Sie sind nur um ihr eigenes Ansehen besorgt. Dass die Menschen schockiert sind über diese völlige Inkompetenz, über diesen ungerechtfertigten Stolz auf so ein Marmorgebäude, das, wie sich nun gezeigt hat, so durchlässig ist wie ein Sieb – das interessiert sie nicht. Musst du nicht nach Hause, Junge? Deine Eltern sind vielleicht in Sorge.«

»Sie dürfen nicht aufmachen«, sagt Driss ernst. »Versprechen Sie das? Nur wenn ich klingle. Das ist sicher.«

Reinier ist noch mit den Gedanken bei der Bürgerpflicht, auf die der Polizeibeamte solchen Nachdruck legte. Mach's doch selber, denkt er, wir zahlen Steuern, um den Einsatz der Polizeikräfte zu gewährleisten, wieso sind wir dann auch noch verpflichtet, ihre Arbeit zu machen? Sie zwingen Menschen, sich gegenseitig zu verpetzen, zu verraten. Am Ende bleibt nur noch Misstrauen. Ach, ich kann froh sein über Driss und seine rührende Besorgnis, ich sollte mich nicht darüber lustig machen.

Driss macht ein verdutztes Gesicht, als Reinier den Fernseher ausschaltet.

»Ich mag mir das nicht antun, das ist leeres Gerede. Große Töne von hohen Tieren. Darauf hab ich keine Lust. Es regnet, nimm meinen Regenschirm. Traust du dich auf die Straße?«

Driss nickt.

»Ich renne. Ist doch nicht weit. Wenn heute Abend noch was passiert, komm ich Sie warnen.«

Reinier würde ihm gern über das dunkle Haar streichen, er spürt den Drang in seinen Armmuskeln. Ein alter Mann, denkt er, dankbar für die Aufmerksamkeit eines Kindes. Lächerlich.

»Auf Wiedersehen, Driss, und vielen Dank.«

Mit einem Klicken fällt die schwere Haustür ins Schloss.

43 Das reinste Vogelgezwitscher, denkt Hugo, wenn ich auch ein paar Noten weglassen musste. Was für eine tolle Partie, was für ein großartiger Komponist. Phantastisch, wie die Bratsche am Schluss die Kadenz vom Anfang wieder hineinbringt, schön macht Jochem das. Jetzt ist aber Zeit für ein Gläschen; nach so einem Abschluss kann man nicht gleich weitermachen.

Er lehnt sich zufrieden zurück, die Geige aufrecht auf dem Knie. Da sitzt jemand auf dem Sofa, sieht er. Komisch. Dieser Blumenbote war doch gegangen? Der Mann hat Kontakt zu Heleen, Hugo sieht sie ein wenig verlegen ein halbes Lächeln aufsetzen, während der Mann sie anstarrt. Ein Bekannter? Hat sie ihn eingeladen? Sieht ihr gar nicht ähnlich, das nicht vorher zu besprechen. Na ja, sie war heute Abend spät dran, da hat sie es wohl vergessen. Er erhebt sich mit dem Gedanken an die Vorräte aus dem Delikatessengeschäft und ist mit einem Mal hungrig. Carolien folgt ihm in die offene Küche.

»Wer ist dieser Mann?«, fragt sie leise.

»Keine Ahnung. Ein Freund von Heleen?«

»Ach. Ich dachte, es ist ein Nachbar von dir. Er sitzt da mit Reiniers Partitur in den Händen, als ob er hier zu Hause wäre. Solltest du nicht mal fragen?«

Er geht zurück. Der Mann und Heleen starren sich immer noch an. Er hat in der Tat das gelbe Partiturheft in der Hand, Hugo sieht deutlich Reiniers Namen und Adresse darauf stehen.

»Heleen?«, sagt er fragend. Sie schaut ihn an – verwirrt, in Panik? Er erschrickt über ihren Blick. Der Mann bleibt seelenruhig auf dem Sofa sitzen. Wer wohnt hier eigentlich, denkt Hugo, ich bin ja wohl der Herr im Haus! Darf ich da vielleicht erfahren, wer in meinem Wohnzimmer hockt?

»Hast du jemanden eingeladen?«

Heleen schüttelt den Kopf. Daraufhin sieht er den Besucher an. Blass, schmales Gesicht. Sieht müde aus. Was fläzt er hier so herum, er sollte gefälligst aufstehen und sich vorstellen, was ist das für ein merkwürdiges Verhalten?

Hugo blickt sich um. Wo sind die anderen? Carolien ist in der Küche geblieben, er hört sie mit Gläsern und Flaschen hantieren. Jochem hat ihnen den Rücken zugewandt und ist mit seinem Instrument zugange. Hugo hat schon den Mund geöffnet, um den Mann anzusprechen, als dieser unvermittelt das Wort ergreift.

»Ich möchte mich hier kurz ausruhen und nachdenken«, sagt er in nöligem Ton. In der Stille nach seiner Äußerung ist der Lärm von draußen überwältigend. Schwere Motoren, Hupen, Sirenengeheul.

»Hinsetzen und noch eine Nummer spielen«, sagt der Mann.

»Wir machen eben Pause«, sagt Hugo. »Wir sind schon eine Weile beschäftigt. Ein Bierchen, was essen.«

»Spielen«, wiederholt der Mann.

Carolien hat ein Päckchen Zigaretten in der Hand und will gerade nach draußen gehen, schiebt es aber in die Hosentasche und nimmt ihr Cello auf. Auch Jochem setzt sich wieder, während er zu Hugo hin die Augenbrauen hochzieht. Heleen ist auf ihrem Platz geblieben und klemmt sich gehorsam die Geige unters Kinn.

Na gut, denkt Hugo, kurz diesen dritten Satz runterhauen, aber dann reicht's. Dann muss dieser Typ Leine ziehen, und wir kommen endlich zu unseren Leckerbissen. Was fällt dem Kerl eigentlich ein, uns so herumzukommandieren? Und was fällt uns ein, auch noch zu kuschen?

Die Wucht des Scherzo-Themas bewirkt, dass sich seine Fragen verflüchtigen. Das Tempo ist nicht richtig, sie spielen zu behäbig, zu schwerfällig, mit stark übertriebenen Akzenten. Die Karikatur eines Quartetts, denkt er, als wollten wir es dem Mann auf diese Weise heimzahlen. Kindisch.

Das Trio nimmt er leicht und ganz leise. Die anderen folgen ihm darin, und auf einmal ist die Musik anmutig und melancholisch. Dann und wann wirft er einen raschen Blick auf den Eindringling. Der sieht nicht danach aus, als höre er fasziniert zu. Er rutscht unruhig auf dem Sofa hin und her und versucht, zwischen den Lamellen vor dem Fenster nach draußen zu schauen. Bei der Reprise des Scherzos wissen sie ein besseres Tempo zu wählen. Sie schließen fortissimo ab.

»Das war's«, sagt Hugo. Er konstatiert verblüfft, dass er sich an den Besucher richtet, was soll der Quatsch, ich hab doch gar nichts mit dem zu schaffen! Es geht etwas Bedrohliches aus von dieser bulligen Gestalt, von diesem bleichen ovalen Gesicht. Ich bin der Hausherr, ich muss etwas tun. Zumindest fragen, was er hier sucht.

Er steht auf, legt seine Geige in den Kasten und baut sich vor dem Mann auf.

»Es ist zwar nett, Publikum zu haben«, sagt er, »aber mir ist nicht ganz klar, wieso Sie hier hereingekommen sind. Ich ging davon aus, dass Sie ein Bekannter von Heleen sind, aber da befinde ich mich, glaube ich, im Irrtum.«

Himmel, was für Umschweife. Sag doch klipp und klar, was Sache ist.

»Wir würden gern unter uns proben. Sie gehen jetzt besser.«

Alle sind still. Zu viert blicken sie auf den Mann auf dem Sofa. Er gibt einen Schnarchlaut von sich, ein hinuntergeschlucktes Lachen, wie es scheint. Mit einer Kopfbewegung deutet er auf den Trubel draußen.

»Ich bleib noch ein Weilchen unterm Radar«, sagt er in diesem schleppenden Tonfall. »Und das ist vorläufig hier.«

Er ist auf der Flucht, denkt Hugo, deshalb der Lärm und die Lichter. Die Polizei ist auf der Jagd, und die Beute hockt hier auf meinem Sofa. Schöner Schlamassel! Sieht auch stark aus, der Mann. Ob er bewaffnet ist? Wie erkennt man das? Wir müssen selbst sehen, dass wir vom Boot kommen. Nein, wir müssen die Polizei informieren. Pinkeln gehen und auf dem Klo die Notrufnummer wählen.

»Alle Telefone auf den Tisch«, sagt der Geflohene. Hugo erschrickt, kann der Kerl Gedanken lesen? Nein, Carolien hat Anstalten gemacht zu telefonieren, sieht er, aber bei den Worten des Mannes den Arm sinken lassen.

»Ich wollte Daniel für die Blumen danken«, sagt sie. Achselzuckend legt sie das Telefon auf den Tisch. Heleen kramt in ihrer Tasche. Hol deine Pistole raus, denkt Hugo, aber das geschieht natürlich nicht. Brav liefert sie ihr Handy ab. Dann muss ich wohl auch, denkt er und fasst in seine Gesäßtasche.

Jetzt liegen drei Handys auf dem Tischchen vor dem Sofa.

»Und du?«, fragt der Mann Jochem.

Jochem tritt vor.

»Ich hab kein Handy. Und wenn ich eines bei mir hätte, würde ich es dir nicht geben.«

Der Eindringling hat sich erhoben. Die beiden Männer sind gleich groß, sieht Hugo. Ein halber Meter zwischen ihnen. Breiter Nacken, geballte Fäuste bei Jochem, vorgestrecktes Kinn und bohrender Blick beim Gegner. Hugo denkt an die im Kühlschrank wartenden Delikatessen; er sieht den glasierten Aal vor sich, den baskischen Schinken, die Krabbentürmchen.

Der Eindringling holt aus und boxt Jochem mit voller Wucht ins Gesicht.

44

Carolien registriert, wie ihr Mann erschrocken den Kopf wegdreht, die Hände hebt und vorsichtig seine Nase, seine Augen, seinen Mund befühlt. Sie schaut zu Hugo hinüber, der zögernd am Rande steht. Dann fasst sie Jochem beim Arm.

»Setz dich kurz hin; ich hol was zum Kühlen für dein Gesicht.«

Geschirrtuch unter den Kaltwasserhahn, auswringen, Eiswürfel rausklopfen, in das Tuch wickeln. So, eine hübsche Kompresse. Sie untersucht Jochems Wangen. Blau geschlagen, aber, wie es sich anfühlt, nichts gebrochen. »Halt das mal drauf. Und bleib sitzen.«

Unter der Kompresse sickert Blut hervor. Wo sind wir da hineingeraten?, denkt sie. Ein jähzorniger Psychopath auf verlorenem Posten. Nach diesem ersten Schlag kann es nur noch schlimmer werden. Wir müssen dazu übergehen, seine Sprache zu sprechen. Unsere Art zu kommunizieren, mit schönen Melodien und elaborierten Strichen, ist für ihn Chinesisch. Wir müssen es irgendwie schaffen, ihn abzulenken.

Sie lässt sich neben Jochem in einen Sessel fallen und stößt einen tiefen Seufzer aus. Todmüde, kaum zu glauben, bei der ganzen Aufregung.

»Stellt mal das Ding da an«, sagt der Mann, während er auf Hugos riesigen Fernsehschirm zeigt. Hugo sucht die Fernbedienung und schaltet das Gerät ein. Das Bild, das erscheint, ist verwirrend: das Ufer, eine Reihe Hausboote, das

Dach, unter dem sie selbst gerade sitzen. In gekrümmter Haltung guckt der Mann zu.

Warum nimmt Hugo kein Holzscheit und schlägt diesen Kerl bewusstlos? Ginge doch leicht. Warum tue ich es dann nicht selbst? Anstand? Angst? Aversionen gegen körperlichen Kontakt? Ich weiß, was Hugo denkt, er entwirft einen Fluchtplan, er will weg.

Ein Polizeioffizier im Studio kommt ins Bild. Die Abzeichen blinken auf seiner Brust. Er schildert, welche Maßnahmen er bis dato ergriffen hat: verschärfte Kontrollen auf den Flughäfen selbstverständlich, in den internationalen Zügen, an den Grenzübergängen. Der Telefonverkehr sämtlicher Kontaktpersonen des Flüchtigen – vollständige Übersicht, sagt er stolz – werde permanent aufgezeichnet. Der entwichene Häftling könne nirgendwohin und bei niemandem untertauchen, das stehe fest. Man habe eine Suchaktion in der direkten Umgebung des Fluchtortes gestartet, ausgeführt von speziell ausgebildeten Einheiten, die Spürhunde zur Verfügung hätten. Carolien sieht, wie der Mann auf dem Sofa bei dieser letzten Nachricht hochfährt. Er kneift die Augen zu Schlitzen zusammen und versucht, nach draußen zu spähen. Sie folgt seinem Blick. Wind und Regen peitschen gegen das Fenster, doch man kann sehen, dass sich grelle Lichter am Ufer entlangbewegen. Hört sie einen Hund bellen?

»Spielen!«, sagt der Mann.

Natürlich, denkt sie, friedliche Hausmusik. Ein paar weltfremde Hansel, die nichts mitkriegen und mitten im größten Aufruhr blöde auf ihren Instrumenten herumschrubben. Die Suchtrupps der Polizei brauchen nur kurz mit ihren Scheinwerfern hier reinzuleuchten, um zu wissen, dass hier nichts zu finden ist. Schlau. Bekommt Jochem das noch hin? Ein Auge ist zugeschwollen, sieht sie. Das andere scheint noch funktionstüchtig zu sein. Damit sieht er Hugo an. Er will etwas verabreden, weiß Carolien sofort, ein Komplott, diesen Mann gemeinsam unschädlich zu machen. Jochem kann man nicht ungestraft schlagen, der wird rasend vor Wut und sinnt unter der ruhigen Oberfläche auf Rache. Hugo reagiert nicht. Er stimmt seine Geige.

»Los, macht zu«, sagt der Mann.

Die anderen drei sitzen schon, aber Carolien muss noch ihr Cello holen. Sie bewegt sich verlangsamt, wie in einem Unterwassertraum. Hugo hat den Fernseher angelassen, aber den Ton abgestellt. Der Mann blickt auf die Bilder: Fotos von ihm selbst, die nun auf einmal doch gezeigt werden dürfen. Vogelfrei, denkt sie, aber was bedeutet Freiheit, wenn man nirgendwohin kann? Sie schnippt die Saiten an. Noch gut in Stimmung.

Sie betrachtet die Gesichter ihrer Freunde: Jochem wirkt wie betäubt, Hugo zerstreut, Heleen sieht total fertig aus. Sie sitzen mit den Instrumenten im Anschlag. Carolien richtet den Blick auf den Notenständer. Der in der Partie vorgeschriebene Strich ist auf dem Cello nicht machbar, findet sie, mit diesen idiotischen Aufstrichen an den betonten Zählzeiten. Das konnte sich nur ein Geiger ausgedacht haben. Ich mache es genau andersrum, denkt sie, es geht so schnell, und es ist so leise – die Bewegung des Bogens ist minimal, also fällt es niemandem auf, solange der Klang okay ist.

Sie fangen an. Im Flüsterton. Was mach ich mir überhaupt einen Kopf? Ist doch absurd, über Auf- oder Abstrich zu grübeln, wo wir hier als Geiseln gehalten werden. Wir geben uns alle Mühe, partiturgetreu, ja sogar schön zu spielen, aber das ist wirklich völlig daneben!

Ohne es abgesprochen zu haben, spielen sie die Wiederholungen am Anfang. Solange wir spielen, passiert nichts Schlimmes. Wir tun, was er will. Diese Musik kann einem auch auf die Nerven gehen, wie wird sich das auf diesen Mann auswirken? Unruhe, es klingt wie die Vertonung einer gehetzten Flucht; bedrohlich, hoffnungslos. Ob ihn das erreicht? Er hat sich klein gemacht auf dem Sofa, sieht sie, soweit ihm das bei seiner Größe möglich ist. So kann ihn von draußen niemand sehen, und sie können nach Herzenslust weiterspielen, ohne von der Polizei gestört zu werden. Merkwürdiger Gedankengang, als wäre mir das alles komplett egal, als wäre überhaupt nichts los. Ich muss wirklich besser nachdenken. Erstaunlich, wie sich das Gehirn beim Spielen teilt. Ich bin hellwach, ich halte den Strich, den ich mir selbst zurechtgelegt habe, gut durch, auf dem Griffbrett im Piano, zum Steg hin im Forte, ich folge der ersten Geige, und gleichzeitig denke ich, offenbar mit einem anderen Gehirnareal, an Möglichkeiten, diesen Eindringling außer Gefecht zu setzen. Hätte ich doch bloß etwas bei mir, was ich ihm in sein Getränk schütten könnte. Könnte ich ihn doch umarmen und in der Umarmung die Sauerstoffzufuhr zu seinem Gehirn abdrücken. Ihm ein Messer ins Herz stechen. Das bleischwere Schneidebrett auf seinen Kopf fallen lassen.

Sie ist sich ihres geraden Rückens bewusst. Sämtliche Wirbel hübsch übereinander. Ich sollte mich um Jochem sorgen, denkt sie, ich sollte mich fragen, was mit Heleen los ist – sie weint, die Tränen tropfen auf die Decke ihrer Geige, das ist ganz schlecht für den Lack, ätzendes Salz, ganz falsch – aber ich empfinde nichts. Ja, dass ich Lust auf eine Zigarette hätte. Sowie wir fertig sind, gehe ich eine rauchen.

Der Schluss. Prestissimo, mit gewaltigen dynamischen Kontrasten. Sie spielen, als säßen sie auf der Bühne der Carnegie Hall. Die beiden Akkorde, mit denen das Stück endet, klingen laut und wild, als versetzten sie dem Eindringling zu viert den tödlichen Stoß.

Nach dem Spielen bleibt die Spannung im Raum hängen.

»Das Stück ist zu Ende«, sagt Hugo zu dem Mann. »Wir sind fertig. Was jetzt?«

Carolien fragt sich, ob es klug ist, den Mann bestimmen zu lassen, was passiert. Sollte Hugo nicht besser selbst die Zügel in die Hand nehmen?

»Was haben Sie vor«, fährt er fort, »und welche Rolle spielen wir dabei?«

Der Mann löst den Blick vom Fernsehschirm und sieht Hugo an. Sein barsches Gesicht bekommt plötzlich eine freundliche Ausstrahlung.

»Darüber sinniere ich gerade nach«, sagt der Mann. Seine Stimme hat fast etwas Vertrauliches. Hier sitzt jemand, der einen guten Rat sucht, könnte man denken, wenn Jochems blau geschlagenes Gesicht nicht wäre.

»Wegen dieser Scheißfahndung kann ich keine Freunde anrufen. Die Telefone werden alle abgehört, da wissen sie gleich, wo ich bin. Ich brauche neue Freunde. Das seid ihr.«

»Sie haben gerade meinen besten Freund zusammengeschlagen«, sagt Hugo. »Bisschen naiv, davon auszugehen, dass wir Freundschaft mit Ihnen schließen wollen, oder?«

Ein bösartiges Grinsen, ein kaum merkliches Kopfschütteln.

»Ihr habt keine große Wahl.«

Er sitzt triumphierend da, stellt Carolien fest. Sie legt ihr Instrument an der Wand auf seine Seite und reckt sich. Jochem bleibt mit der Bratsche in der Hand unbeweglich sitzen, ein Vulkan kurz vor dem Ausbruch, denkt sie. Hugo steht voll unter Strom vor Stress, und Heleen wischt sich die Tränen von den Wangen. Weshalb fühle ich nichts?

Weil es Schlimmeres gibt. Deshalb. Ich habe schon alles verloren, mir kann keiner mehr was.

Sie beginnt, mit kleinen Schritten umherzuschlendern.

»Weißt du«, sagt der Mann, »ich kann mit der Polizei verhandeln. Freien Abzug irgendwo ins Ausland fordern. Ich habe vier Geiseln, das dürfte wohl hinhauen. Wenn sie nicht mitmachen, muss einer nach dem anderen dran glauben.«

Hugo blinzelt nicht mal mit den Augen, bekommt er überhaupt mit, was dieser Mann da sagt?

»Aber man kennt das ja, sie ziehen das Ganze in die Länge, beraten endlos, du kriegst so 'nen speziell ausgebildeten Salbader an den Apparat, der dich hinhält, bis sie hier einfallen. Nein, dieses Gequatsche bringt meistens nichts. Du machst dich nur abhängig, und das hab ich nicht gern.«

Er steht jetzt auch auf und tigert in weiten Kreisen um die Stühle von Jochem und Heleen herum.

»Habt ihr nichts zu essen da?«

Hugo nickt und winkt ihn mit in den Küchenteil. Dumm, denkt Carolien. Der Messerblock.

Hugo steht mit Helleberg vor dem Kühlschrank; er nimmt die Einkäufe aus dem Feinkostladen heraus und geht damit ins Zimmer zurück. Helleberg trottet hinter ihm her. Er stand an der Arbeitsplatte, hat er von der Möglichkeit Gebrauch gemacht und sich ein Messer genommen? Wo hat er es dann versteckt?

Jetzt steht der Tisch voller Pappbehälter. Hugo zieht die Deckel ab und wirft sie auf den Boden.

»Hier. Was zu essen«, sagt er.

Mit röhrendem Motor fährt ein Schnellboot vorüber. Die aufgeworfenen Wellen sind so stark, dass Hugos riesiges

Schiff sanft zu schaukeln beginnt. Auf dem Fernsehschirm plappern die Amts- und Würdenträger lautlos weiter, während zwischendurch Aufnahmen von ebendem aufgewühlten Wasser gezeigt werden, auf das Carolien jetzt hinausschaut.

Heleen hüstelt. Ihre Wimperntusche ist verlaufen. Sie steht auf, um ihre Geige wegzulegen, und greift zu ihrer Tasche. Daraus fischt sie ein Taschentuch, um sich die Nase zu schnäuzen. Dann klemmt sie die Tasche unter ihren Arm und sieht Helleberg an.

»Ich muss mal auf die Toilette.«

45

Helleberg schaut sie überrascht an. Sicher erstaunt, dass ich sprechen kann, denkt Heleen. Er sieht mich als die dumme Kuh, die ihm einfühlsame Schleimbriefe schrieb, die ihn zur Musik bekehren wollte, so eine gutgläubige Hausfrau, die ihm nichts Böses zugetraut hat. Er hat recht. Ich bin ja so dämlich gewesen. Die ganze Situation jetzt ist meine Schuld.

»Wo ist hier das Klo?«, fragt Helleberg.

Sie zeigt auf die schmale Rückwand, weit entfernt im Halbdunkel. Sie hört Hugo Luft holen, doch bevor er sagen kann, dass in der Diele auch noch eine Toilette ist, marschiert sie schon auf die dunkle Wand zu. Helleberg überholt sie mit großen Schritten und reißt die Tür auf. Er blickt über seine Schulter zurück, um zu sehen, was die anderen machen, und Heleen knipst das Licht an.

Eine Rumpelkammer. Regalbretter mit alten Schlafsäcken, einem schimmligen Campingzelt, Farbeimern, Reinigungsmitteln, an die Wand gelehnt eine Leiter, Holzplanken. Und in der Tat eine WC-Schüssel.

»Die Tür bleibt offen«, sagt Helleberg.

»Nein, zu. Sonst kann ich nicht.«

Sie geht hinein.

»Tasche her.«

Sie drückt Helleberg ihre Tasche in die Hände und schließt die Tür mit dem altersschwachen Haken. Dann legt sie das Ohr an den Türspalt und wartet, bis sie hört, dass sich seine Schritte entfernen. Behutsamst hebt sie Leiter und Holzplanken beiseite und drückt gegen die Hintertür, die in Hugos kleines Büro führt. Lass sie bitte nicht verriegelt sein, betet sie, sie *muss* unverschlossen sein. Das ist sie. Sie zwängt sich durch die enge Öffnung und steht in dem dunklen Kämmerlein. Von den Laternen draußen am Kai fällt Licht herein, und als sich ihre Augen an die Düsternis gewöhnt haben, sieht sie den Schreibtisch mit den unordentlichen Papierstapeln und anderem Krimskrams.

Und dem Laptop.

Sie zählt darauf, dass er auf Standby steht. Hochfahren wäre nicht drin, das würde zu lange dauern. Sie klappt den Laptop auf, und zu ihrer Erleichterung erscheint die Benutzeroberfläche, ein Holzschiff auf dem weiten Meer. Drei Masten, viereckige Segel. Wo ist das Mailprogramm? Steht Henk in seiner Adressenliste? Egal, ich tipp's einfach ein. Oder soll ich eine Nachricht schreiben und sie einfach an alle Kontakte schicken? Formulierung? »Hilfe, Helleberg auf Hausboot, wir sind seine Geiseln. Alarmiert Polizei!« Ja, das genügt. Und dann mit einem Klick versenden.

Ein Fenster geht auf, in das ein Passwort eingegeben werden muss. Ihr kommen die Tränen. Die ganze Mühe umsonst, so viel Hoffnung, dass ihr Coup gelingt – und dann scheitert es an einer doofen Sicherheitsvorkehrung. Keine Zeit, auch noch Passwörter auszuprobieren. Keine Zeit.

Jemand hämmert gegen die Tür. Schnell schlüpft sie in die Rumpelkammer zurück, schiebt die Leiter wieder an ihren Platz und betätigt die WC-Spülung.

Helleberg schickt sich gerade an, die Tür einzutreten, als sie herauskommt; sie läuft frontal gegen sein erhobenes Bein. Ohne ihn eines Blickes zu würdigen, gesellt sie sich rasch zu den anderen am Tisch.

»Wir sind eingesperrt«, flüstert Hugo, »er hat die Haustür abgeschlossen und den Schlüssel in seine Tasche gesteckt. Ich hab versucht rauszulaufen; er hat mich glatt mit dem Kopf gegen die Wand gedrückt, guck mal.«

Sie inspiziert seine Stirn.

»Schürfwunde«, sagt sie, »nicht schlimm.«

Du bist ein Feigling, willst weglaufen, wenn deine Freunde in Not sind. Typisch Hugo, immer Richtung Ausgang unterwegs. Und was für ein Quatsch, so eine überflüssige Sicherung auf dem Laptop zu installieren. Aber die Haustür sperrangelweit offen stehen lassen. So ein Mist, ich hatte es beinahe geschafft. Verpasste Chance. Vielleicht unsere einzige Chance, das hier zu beenden.

Blut tropft aus Hugos Augenbraue. Selbst schuld.

Auf dem Tisch stehen die Delikatessen so gut wie unberührt da. Sie darf gar nicht an Essen denken und bekommt beim Anblick der Krebsschwänze fast das Würgen. Helleberg zieht sich einen Stuhl heran und setzt sich mit an den Tisch. Er sieht sie an, mit argwöhnischem Blick, wie sie findet. Er traut natürlich niemandem, der Begriff »Vertrauen« ist ihm überhaupt fremd. Er hat meine Tasche getragen, wie absurd. Beim Sofa auf den Boden geschmissen, sieht sie. Ich habe mich diesem Widerling anvertraut, dafür schäme ich mich zu Tode. Wie kann man nur so naiv sein! Von Bedauern zu sprechen reicht da bei weitem nicht aus.

Ohnmächtig sind wir. Es gelingt mir nicht mal, einen Notruf nach draußen zu schicken. Warum schlagen die Männer nicht zu? Wir alle? Vier gegen einen, das muss doch gehen? Feige, ängstlich.

Helleberg beugt sich über die Pappbehälter, um sich etwas Leckeres herauszusuchen. Heleen sieht, dass Jochem sich langsam erhebt, die Bratsche immer noch in der Hand.

Sein Gesichtsausdruck lässt sich schwer ablesen; wo das eine Auge sein müsste, ist eine Beule, und der Mund hängt offen. Breitbeinig steht er schräg hinter Helleberg. Er holt aus und knallt dem Mann mit Schwung das Instrument an den Kopf. Helleberg ist blitzschnell aufgesprungen und packt Jochem beim Handgelenk. Dreht es um. Jochem schreit, und die Bratsche scheppert auf den Boden. Der Steg klappt um, und die Saiten liegen wie schlappe Schnüre auf der Decke. Helleberg hält Jochems Arm in einem unmöglich aussehenden Schraubgriff, hebt das Bein an und pflanzt seinen großen Fuß mitten auf die Wölbung des Instruments. Knack. Er reibt sich kurz über die Schläfe, wo Jochem ihn getroffen hat, scheint aber keine Blessuren davongetragen zu haben.

»Schade um das teure Banjo«, sagt er nölend. Dann lässt er Jochems Arm los. Jochem sackt auf einen Stuhl und krümmt sich über sein kaputtes Handgelenk. Heleen schaut auf den Boden. Die Bratsche hat sich in Einzelteile aufgelöst. Splitter. Holzstückchen. Das lose Griffbrett aus Ebenholz. Sogar der Steg ist zerbrochen.

Carolien hat sich eine Zigarette angezündet. Der Gestank vermischt sich mit dem Duft der Lilien aus Daniels Blumensträußen. Heleen schaut auf und sieht ihre Freundin dasitzen, Meter vom Tisch entfernt, mit geradem Rücken und elegant übereinandergeschlagenen Beinen. Sie starrt in die Ferne, ungerührt, gelassen.

Von der hat man auch nichts, denkt sie böse. Stümper sind wir. Kein Mumm, keine Tatkraft. Machtlose kleine Protestaktionen, die auf nichts hinauslaufen. Wir hocken da wie geprügelte Hunde. Sind wir auch. Außer Carolien, aber die hat ja auch noch nichts abgekriegt, weil sie keinen Finger rührt.

»Jetzt ist Schluss mit den Mätzchen«, hört sie Helleberg sagen. »Wir denken jetzt mal nach. Machen einen Plan. Wer nicht mitarbeitet, kann gern Prügel beziehen. Ihr habt's gesehen. Also aufhören mit den Kindereien und einfach nur tun, was ich sage. Du da kannst schon mal den Anfang machen und deinen Stinkstängel austreten, ja, du da, austreten das Ding. Ich hasse Rauch.«

Heleen sieht, wie Carolien ihm einen eisigen Blick zuwirft, einen letzten Zug nimmt und die Zigarette zwischen die Reste von Jochems Bratsche auf den Boden fallen lässt. So, die hat auch kapituliert, denkt sie mit einer Heftigkeit, die sie selbst erschreckt.

46

Mann, tut der Arm weh. Kann ihn auch nicht mehr bewegen, glaube ich. Ich fall in Ohnmacht, wenn ich's versuche. Lieber erst mal sein lassen.

Mit der Linken schiebt Jochem seinen Stuhl etwas näher an den Tisch, um seinen verletzten rechten Arm darauf ruhen zu lassen, neben den gegrillten Zucchini und den Heilbuttröschen. Die Schmerzen nehmen ihn dermaßen in Anspruch, dass er nur zum Teil mitbekommt, was gesagt wird. Er hat einen Blick auf seine zerschmetterte Bratsche geworfen. Ich mache eine neue, hat er gedacht. Dass sein Angriff fehlgeschlagen ist, findet er schlimmer. Dieser Mann hat einen Schädel aus tropischem Hartholz. Hugo, du Arsch, du hättest mir helfen müssen. Aufpassen jetzt, was sagt dieser Kerl?

»Ungeplante Aktion«, hört er Helleberg erklären, »bot sich plötzlich an. Und schon lief ich über die Böschung am Kanal. Sah dieses komische Boot, über das eure Freundin hier mich netterweise informiert hat. Ich habe keinen Plan, keine Handlanger. Ich hörte die Musik und ging rein.«

Er tut so, als zöge er uns ins Vertrauen, denkt Jochem, er bezieht uns mit ein, lässt uns mitdenken. Darauf dürfen wir nicht hereinfallen. Wir sind keine Gesprächspartner, wir sind Handelsware.

»Geh raus und ergib dich«, sagt Heleen.

»Bisschen schade um die geglückte Flucht, aber ich kann's machen, ja. Weißt du, was dann passiert? Dann muss ich noch achtzehn Jahre in dieser Zelle hocken. Hab ich echt keine Lust drauf, wenn's auch anders geht.«

Sie sollte sich nicht auf ein Gespräch mit diesem Psychopathen einlassen, sie sollte ihre dämliche Klappe halten, sie hat schon genug Schaden angerichtet, verdammt, sie mit ihrem Glauben an das Gute im Menschen.

Der Aufruhr draußen scheint etwas abzuflauen. Helleberg befiehlt Hugo, zwischen den Lamellen hindurch auf die Straße zu schauen, ob dort noch Autos fahren. Hugo geht gehorsam ans Fenster und macht sich mit den Fingern einen Guckspalt.

»Ja«, sagt er, »ich glaube schon. Auch Motorroller und ein Radfahrer.«

Helleberg zeigt zum Stuhl, und Hugo setzt sich wieder.

»Wie viele Autos haben wir hier? Ich brauche einen Wagen. Und Geld. Bar.«

Na, das trifft sich gut, denkt Jochem zynisch. Er fühlt das Bündel Banknoten in seiner Gesäßtasche. Hat einen Bogen verkauft an einen Albaner ohne Bankkonto. Vergessen, es heute Nachmittag in den Safe zu legen. Ich sitze hier auf dem Fluchtkapital. Die Beute verwalte ich lieber noch etwas. Wenn ich nicht so wütend wäre, könnte ich besser denken. Und wenn dieser Arm nicht so wehtäte.

Hugo hält eine Vorlesung über den Wagenpark. Der Volvo von Jochem, sein eigener Audi und Heleens läppischer kleiner Saxo. Helleberg will wissen, wie viel Benzin in den Tanks ist und wo die Autos geparkt sind. Der Audi stehe vor der Tür, er dürfte noch halb voll sein, meint Hugo, aber der Tank sei groß.

»Schlüssel«, sagt Helleberg.

Hugo fasst in seine Tasche und wirft die Schlüssel auf den Tisch.

»Oho, welche Freigebigkeit. Ihr denkt: Wenn der Typ sich verpisst hat, schicken wir ihm die Polizei hinterher. Brave Bürger unterstützen die Bullen. Ihr könnt es gar nicht mehr erwarten!«

Er fischt die Autoschlüssel zwischen den Canapés heraus und steckt sie in seine Tasche.

»Also muss ich mich absichern. Vorkehrungen treffen. Taue brauche ich. Jedes Schiff hat Taue an Bord, oder?«

Er sieht Hugo triumphierend an. Genießt er seine Macht, fragt sich Jochem, oder denkt er rein pragmatisch, sind wir für ihn Gefahrgut, das sicherheitshalber vertäut werden muss?

»Wäscheleine«, sagt Hugo. »Ich glaube, ich hab nur eine Plastikwäscheleine im Haus.«

Warum sagst du das jetzt, denkt Jochem, du machst es diesem Mann viel zu leicht. Womöglich sind wir hier dann noch tagelang an Stühle gefesselt. Man muss sich aufblähen, wenn er das Seil festzurrt, sämtliche Muskeln anspannen, dann kann man sich später losruckeln. Wie komme ich zu diesem Wissen? Unter Druck erinnert man sich an alles Mögliche. Ob der Arm ausgekugelt ist? Ich kann ihn überhaupt nicht bewegen.

Heleen erhält den Auftrag, die Wäscheleine aus der Rumpelkammer-Toilette zu holen. Sie soll die Tür weit offen stehen lassen. Sie kehrt mit einer Rolle kornblumenblauer Schnur zurück. Helleberg zieht daran, um die Stärke zu testen. Da ist bestimmt Metall drin, oder sie ist aus reißfestem Nylon, denn er scheint zufrieden zu sein.

Trulla, denkt Jochem, hättest du doch ein Beil mitgenommen, um diesen Schädel zu spalten, hättest du doch von hinten gegen seine Stuhlbeine getreten, damit er fällt und wir ihn überwältigen können. Mit seiner eigenen Wäscheleine fesseln. Ich denke »wir«, aber das existiert nicht mehr. Ich weiß nicht, was sie denkt, was Hugo denkt.

»Die Taschen«, sagt Helleberg. »Alles hierher.«

Mit einer Armbewegung wischt er die Pappbehälter vom Feinkostladen auf den Boden. Der ganze Stolz des Kochs verwandelt sich in schmutzige Schmiere.

»Portemonnaies, Brieftaschen, her damit. Scheckkarten bringen mir nichts, Bares will ich haben.«

Hugo wirft seine Brieftasche auf den Tisch, Heleen rückt mit ihrer Tasche an. Sie kippt sie aus, ein Regen von Kleinkram: Schlüssel, Stifte, Mullverband, Wimperntusche, Kassenzettel, ein Armband, Kaugummi, zerknüllte Taschentücher.

»Weg mit dem Scheiß. Geld.«

Mit zitternden Fingern klaubt sie die Geldscheine aus ihrem Portemonnaie. Sie macht Anstalten, alles andere wieder in die Tasche zu sammeln, doch Helleberg hat keine Geduld und schiebt alles vom Tisch. Jochem blickt auf die traurige Landschaft auf dem Fußboden: Plunder aus der Tasche, zermanschter Aal, Bratschenbruchstücke, Caroliens Zigarette. Wo sind eigentlich ihre Sachen? Auf dem Sofa, sieht er. Helleberg zeigt darauf und bedeutet Hugo, ihm die Tasche zu bringen. Er fingert zwischen den Noten und den Papieren herum, öffnet Reißverschlüsse und Fächer, bis er eine Geldbörse mit ein paar Scheinen drin gefunden hat.

»Die Reiseversicherung«, sagt er. »Ich nehme einen von euch zu meiner Sicherheit mit. Freiwillige?«

Er blickt in die Runde. Sie gucken bestimmt alle vier ziemlich stumpfsinnig aus der Wäsche. Helleberg seufzt.

»Muss ich es erklären? Die Polizei hält mich an. Ich kurble die Scheibe runter und sage: Haut ab, sonst muss der hier dran glauben. *Du!*«

Er zeigt auf Carolien.

»Mit 'ner Frau funktioniert's besser.«

Sie begreift nicht, was er meint, denkt Jochem, seine Frau ansehend. Elegant und regungslos sitzt sie auf ihrem Stuhl. Sie ist vollkommen abwesend, das kann sie.

Er tastet mit dem intakten Arm in seine Gesäßtasche und zieht das Geld von dem Albaner hervor. Hellebergs Miene hellt sich auf, als er das dicke Bündel sieht.

»Hier. Wenn du mich nimmst.«

»Ha! Bestechung! Das gibt's bei uns nicht.«

Er reißt Jochem das Geld aus der Hand und stopft alles in seine Tasche.

»Aber von mir hast du nichts zu befürchten«, versucht Jochem es noch, »ich bin verletzt.«

»Halt's Maul.«

Jetzt sind alle still. Ein Hubschrauber knattert. Es stürmt.

So verliere ich sie auch noch, sie wird neben diesem Verbrecher in Hugos Schrott-Audi verschwinden und mit gebrochenem Genick jwd an einer Tankstelle enden. Himmelherrgott noch mal. Sie soll aufhören, die Eiskönigin zu spielen, das macht diesen Kerl doch nur nervös. Er hört den Lärm der Suchtrupps draußen natürlich auch. Und ihm wird es hier zu heiß.

Im Fernsehen ist die Einsatzzentrale der Polizei zu sehen, wo Männer in Hemdsärmeln ernst auf Monitore starren. Ein Beamter mit vertrauenerweckendem Aussehen sagt etwas in die Kamera, sein Gesicht füllt das Bild aus. Er spricht zur Bevölkerung, denkt Jochem, er ruft die Bürger dazu auf, jede ungewöhnliche Beobachtung sofort zu melden. Auch wenn man nichts von seiner Botschaft versteht, ist die Dringlichkeit deutlich spürbar. Warum registriere ich das, was tut das zur Sache?

»Du sitzt da, als wenn dich das nichts anginge«, hört er Helleberg sagen. »Da irrst du dich. Deine Visage gefällt mir überhaupt nicht. Wenn du so weitermachst, ramm ich dir die Augen durch den Schädel. Mitarbeiten, sonst passiert was.«

Jochem schaut auf. Carolien zuckt nicht mit der Wimper und scheint durch Helleberg hindurchzustarren, obwohl er direkt vor ihr steht. Er berührt fast ihre neuen Schuhe, glänzend und seltsam perfekt neben dem ganzen Mist auf dem Boden.

»Antworte, wenn ich mit dir rede. Oder muss ich nachhelfen?«

Das Licht der Quartettlampe spiegelt sich in einem blinkenden silbernen Gegenstand. Jochem erschrickt über den plötzlichen Lichtblitz. Was hat er in seiner Hand, womit wedelt er da? Mit dem Auge, das ihm noch geblieben ist, versucht er das Bild scharf zu stellen. Hackmesser. Eine breite Klinge mit tödlich scharf zulaufender Spitze. Heleen hat vor etwa einer Woche Wurst damit geschnitten, das weiß er genau, er sieht es noch vor sich.

»Als hättest du kein Blut im Leib«, sagt Helleberg heiser, »gequirlte Puppenscheiße wahrscheinlich; na, das wollen wir doch mal sehen.«

Er stößt die Messerspitze in Caroliens Unterarm. Rote Tropfen quellen hervor. Verachtung in ihrem Blick. Gib doch nach, denkt Jochem verzweifelt, reiz diesen Idioten nicht noch länger, arbeite mit, sag was, rette dich, bitte.

Carolien sieht ihrem Angreifer gerade ins Gesicht und lacht ihn aus. Mit ihrem geschundenen Arm macht sie eine wegwerfende Gebärde.

Helleberg explodiert. Fluchend und brüllend hackt er auf ihre Hand ein, und Blut spritzt umher. Jochem stürmt auf Helleberg los und rammt den Kopf in dessen breiten Rücken; Heleen kreischt, Hugo tritt seinen Stuhl um und versucht schreiend, Hellebergs Arm festzuhalten. Sie fallen allesamt zu Boden; das Messer prallt auf die Dielen, doch bevor Jochem danach greifen kann, hat Helleberg schon seinen langen Arm ausgestreckt. Er reißt es an sich, steht dann wie ein wütender Stier auf allen vieren.

Carolien. Ihr rechter kleiner Finger hängt schief herunter und scheint nur noch durch einen Streifen Haut mit der Hand verbunden zu sein. Jochem dreht sich der Kopf. Mit nur einem Arm gelingt es ihm nicht, sich wieder zu erheben. Nur noch ein bisschen liegen bleiben. Der Wasserhahn läuft, er hört es rauschen. Heleen kommt mit einem nassen Geschirrtuch. Eine Tür geht knarrend auf. Nackte Füße huschen über den Holzboden. Er hebt den Kopf. Im Zimmer steht ein kleines Mädchen im karierten Schlafanzug.

47

Trotz ihrer Verletzung sieht Carolien mit Grauen, wie Helleberg breit zu grinsen beginnt, als er Laura wahrnimmt. Er schwingt sich energiegeladen in die Hocke und wirft das Messer von einer Hand in die andere.

»*Aaaah*«, sagt er, »eine Überraschung! Eine noch viel bessere Lösung. Ein totes Baby will keiner riskieren. Der Abzug ist geritzt.«

Nur über meine Leiche, denkt Carolien. Das wird nicht geschehen. Ich gehe mit, und wenn ich in diesem Auto verblute. Ach was, in den Fingern sind nur kleine Gefäße. Keine Gefahr.

Die Hand fühlt sich an wie ein großer Ball voll weißer Schmerzen, einem grellen Weiß, das alle Sinne blendet. Nicht darauf achten, um Laura muss ich mich kümmern. Ich bin bestraft worden, die Strafe hatte ich verdient, auch wenn sie das abstreiten. Ich weiß es besser, ich habe diesem Bus nachgeschaut. Mit Ungeduld. Nie wieder. Ich lasse sie nicht gehen.

Heleen hat ihr ein nasses Geschirrtuch fest um die Hand gebunden.

»Du musst ins Krankenhaus«, sagt sie, »zum Handchirurgen. Vielleicht kann der noch etwas mit deinem Finger machen, wenn wir schnell sind.«

Sie drückt Caroliens Unterarm in die Senkrechte.

»Bleib so sitzen. Ich suche Schmerztabletten, ich hatte noch welche in meiner Tasche.«

Sie kriecht über den Fußboden und sucht in dem ganzen Durcheinander, das Helleberg dort hinbefördert hat, nach Aspirin.

Carolien behält Laura eisern im Blick. Sie sieht, dass Hugo sie hochhebt und leise auf sie einredet. Die Kleine hat ihren aufgeblasenen Goldfisch unter den Arm geklemmt.

»Ich kann nicht schlafen«, sagt sie, »du sollst Lieder spielen.«

»Wir haben genug gespielt, jetzt unterhalten wir uns. Ich bring dich wieder zu Bett.«

Laura schaut sich um, eher verwundert als beunruhigt.

»Geige kaputt«, sagt sie, »aua!«

Carolien versucht, ihren verletzten Arm so zu halten, dass er nicht zu sehen ist. Sie fühlt, wie ihr das Blut aus dem Kopf weicht, und zwingt sich, aufrecht sitzen zu bleiben. Keine gute Idee, mit Laura und diesem Irren wegzufahren, das halte ich nicht durch. Wenn ich das Bewusstsein verliere, wird Laura Angst bekommen und weinen. Aber ich habe keine andere Wahl, es muss sein.

»Nix Bett«, sagt Helleberg. »Bring das Kind her. Wir fahren. Ich fahre.«

»Weit wirst du nicht kommen«, sagt Hugo, Laura auf dem Arm. »Ein einzelner Mann mit Kleinkind im Auto, mitten in der Nacht? Du wirst sofort angehalten, das ist verdächtig. Ich fahre mit, ich bin der Vater.«

»Und mir dann mit dem Wagenheber den Schädel einschlagen, was? Kommt nicht in Frage. Ich binde dich hübsch am Stuhl fest, und deine sauberen Freunde ebenfalls.«

Carolien macht den Mund auf. Es dauert einen Moment, bis sie ihre Stimme gefunden hat.

»Es wäre klüger, mich mitzunehmen«, sagt sie mit Mühe. »Ein Mann und eine Frau, die mit einem kleinen Kind nach

Hause fahren. Spät geworden auf einer Party. Das weckt keinen Argwohn.«

Helleberg scheint über das vorgebrachte Argument nachzudenken.

»Kindersitz«, sagt er, »sonst krieg ich gleich 'n Bußgeld. Ist so was drin?«

Hugo nickt.

»Und du auf den Beifahrersitz«, sagt er zu Carolien. »Da hab ich dich im Blick.«

Carolien dreht sich der Magen um. Ich muss sie im Arm behalten, ich will nicht vorn neben diesem Widerling sitzen und Laura, angeschnallt, auf der Rückbank. Ich will das überhaupt nicht. Ich will, dass etwas passiert, damit diese idiotische Geschichte abbricht, jetzt sofort.

Helleberg geht herum und ruckelt an allen Heizkörpern. Er findet einen, der offenbar für seine Maßstäbe stabil genug verankert ist, und winkt Heleen zu sich.

»Setzen. Hände auf den Rücken.«

Machtlos sieht Carolien zu, wie Helleberg ihre Freundin auf den Boden zwingt und am Heizkörper festzuschnüren beginnt. Schweiß perlt auf seinem Gesicht; er zieht die blaue Schnur mit voller Kraft an.

Das darf nicht sein, denkt sie, etwas tun, Alarm schlagen, Hilfe rufen, bevor alles verloren ist – aber wie, wer, und das Messer? Ganz still sitzen, konzentrieren, nachdenken. Ein merkwürdiges Geräusch, tief unter dem ganzen Getöse von draußen. Es ist, als schramme ein großes Tier am Boden des Bootes entlang. Schwimmen hier solche großen Fische herum? Habe ich schon Halluzinationen? Nicht abschweifen jetzt. Es fahren ständig Boote vorüber, die Scheinwerfer huschen über die Fenster, und ich spüre die Wellenbewegungen. Draußen ist also wer. Menschen!

Sie sucht die Augen, das eine Auge, von Jochem. Mit ihrem Blick versucht sie unauffällig, den seinen auf das Regalbrett hoch über der Arbeitsplatte in der Küche zu lenken, auf den mächtigen gusseisernen Bräter, der dort steht, ein Geschenk, das sie Hugo einmal zum Geburtstag gemacht haben. Groß genug für eine Pute, für ein Lamm, und mindestens zehn Kilo schwer.

Begreift Jochem, was sie meint? Sie sieht ihn mit dem einen Auge den Bräter fixieren, dann wandert sein Blick zu ihr zurück und von dort langsam zum Fenster. Bloß mit den Augenmuskeln sprechen, das geht, wenn man einander gut genug kennt. Sie reagiert mit einem minimalen Nicken. Jochem deutet kaum merklich auf seinen unbrauchbaren Arm und schüttelt mit kleiner Bewegung den Kopf. Dann schauen sie beide zu Hugo hinüber.

Hugo hat Laura aufs Sofa gelegt und sich vor ihr Gesichtchen gesetzt. Er blickt niedergedrückt zu Helleberg, der fluchend mit der Wäscheleine zugange ist.

»Gottverdammt«, sagt Jochem, »dass ich das an meinem Geburtstag mitmachen muss, das schreit doch wirklich zum Himmel!«

»Schnauze«, keucht Helleberg.

»Aber ich hab heute Geburtstag! Ich hab noch nicht mal ein Geschenk von meinem Freund bekommen, und das Festessen liegt auf dem Fußboden.«

Er spricht jetzt sehr schnell, nicht zu bremsen. Helleberg wurstelt sich aus seiner gehockten Haltung hoch und kommt in Jochems Richtung. Carolien sieht Heleen, mit blauen Schnüren gefesselt, verwundert gucken. Wenn sie jetzt bloß nicht einwendet, dass Jochem doch gar nicht Geburtstag hat, lass sie bitte den Mund halten!

»Wo wir dir immer solche schönen Geschenke machen,

Hugo, praktische Dinge für deine Küche, wovon du wirklich was hast, die für alles Mögliche zu gebrauchen sind …«

Jochem plappert weiter, bis Helleberg dicht vor ihm steht und ihm die Spitze des Messers an die Kehle setzt.

»Hältst du jetzt die Klappe, oder soll ich dir die Kehle durchschneiden?«

Hugo ist aufgestanden. Sieh mich an, denkt Carolien, sieh mich an, wo dieses Arschloch jetzt mit Jochem befasst ist, kapier bitte, was wir wollen, *sieh her*.

Er sieht sie an. Sie lenkt ihn mit ihrem Blick zu dem Bräter und von dort zum Fenster. Die Lamellen sind dünn und leicht, zum Einsetzen von Doppelfenstern ist er noch nicht gekommen; er ist groß genug, um den Bräter problemlos vom Regal zu heben, seine Armmuskeln dürften kräftig genug sein, um das Geschoss mit großer Wucht durch die Scheibe zu werfen.

Drei große Schritte, recken, ausholen und wumm!, der Bräter fliegt nach draußen.

Alle erstarren, Laura schießt in die Höhe, und die Glassplitter fallen herunter.

48

Hugo beugt sich zwischen den Scherben hindurch so weit wie möglich nach draußen und brüllt lauthals um Hilfe. Ein vorbeischießendes Motorboot macht einen scharfen Schwenk, und es ertönt ein Chor aus Hupen und Sirenen. Er sieht, dass sein Schiff in einiger Entfernung von einem Halbkreis aus Booten umzingelt ist, die keine Lichter führen, einer Mauer aus dunklen Schemen.

Er hört Helleberg näher kommen. Jetzt ist es vorbei, denkt er, jetzt sticht er mich nieder, und ich war einmal.

Ein ohrenbetäubender Knall bringt ihn ins Wanken. Bevor er sich darüber wundern kann, folgt ein zweiter. Er verspürt einen mächtigen Schlag und wird von dem zerberstenden Fußboden gerissen. Die Dielenbretter ragen senkrecht in die Höhe. Was ist unten, was oben? Er weiß es nicht mehr. Ich fliege, denkt er, Luft, Wind. Es saust und braust in seinen Ohren. Dann folgt ein heftiger Aufprall auf einer nachgebenden Fläche, in die er hineinsinkt. Seine Arme beginnen Schwimmbewegungen zu machen, er arbeitet sich nach oben. Die Richtung ist wieder da.

Das Wasser ist wärmer, als er gedacht hätte. Wasser tretend, verschafft er sich einen Überblick über die Verwüstung und wundert sich unterdessen über seine Geistesgegenwart. Vor- und Achtersteven sind verschwunden, in Bruchstücken weggespritzt, die da und dort niedergehen. Das Mittelschiff hängt schief und sackt langsam unter den Wasserspiegel. Er glaubt nicht, was er sieht; es ist ein Film ohne Ton.

Die Wellen befördern Gegenstände zu ihm her: das Kopfende von seinem Bett, einen Joggingschuh, Fragmente von seinem Papierkram, einen Blumenstrauß mit Amaryllis und Lilien.

Das Hausboot ist explodiert.

Er wirft den Kopf in den Nacken und fängt laut an zu lachen. Er treibt inmitten der Reste seiner geordneten Existenz auf dem Rücken und ist erfüllt von einem ungekannten Gefühl der Befreiung. Glück, Entzücken. Gnade.

Wie lange schwimmt er zwischen den Trümmern umher? Er hat kein Zeitempfinden mehr. Seine Schuhe hat er abgestreift, er fühlt sich leicht, das Wasser ist das Element, in dem er zu Hause ist.

Ein Stück Holz treibt vorüber: ein Bauteil vom Puppenhaus. Laura! Wo ist Laura?

Jemand hält ihm einen Haken hin und zieht ihn an Bord eines kleinen Bootes.

»Mein Kind«, sagt er, »meine Tochter, findet sie, sie ist drei Jahre alt.«

Mit einem Scheinwerfer suchen die Rettungskräfte die Wasseroberfläche ab, fahren dabei immer näher zu den Überresten des Hausbootes.

»*Da*«, schreit Hugo, »da sind sie, Hilfe!«

Er sieht die nassen Haare von Carolien, das Geschirrtuch, das Heleen ihr um die lädierte Hand gebunden hat, den orangefarbenen Fisch mit Lauras Ärmchen drumherum. Carolien hält das Kind im verletzten Arm. Das Rettungsboot geht in Windeseile längsseits. Hugo zieht Laura selbst aus dem Wasser. Mitsamt Fisch.

Die Männer legen Carolien der Länge nach auf den Boden des Bootes. Sie ist bewusstlos. Tot? Der improvisierte Verband ist abgerutscht, der kleine Finger ist weg, und die Hand sieht seltsam schmal aus. Blut quillt aus der Wunde. Dann lebt sie noch, denkt er, Tote bluten nicht. Es ist die rechte Hand, sie kann noch spielen, man kann ohne kleinen Finger streichen lernen, das geht prima, dafür gibt es Beispiele.

Sie halten auf den Kai zu, wo fünf oder sechs Krankenwagen warten. Er springt an Land, das Kind an sich gedrückt. Er winkt den Sanitätern, hier, kommt hierher, schnell! Vier Männer rennen zum Boot, eine Trage zwischen sich, und kümmern sich um Carolien.

Hugo setzt sich ins Gras. Laura sagt etwas, sie bewegt den Mund, aber er hört nichts. Natürlich, Gehörtrauma durch den Knall oder die Druckwelle, wer noch lebt, ist taub. Er setzt Laura zwischen seine Beine und schlingt die Arme um sie. Sie schauen sich um. Aus dem Gebüsch ragt der Heizkörper hervor, an den Helleberg Heleen gefesselt hatte. Sie ist inzwischen befreit worden, die blauen Strippen hängen in den Zweigen. Mit unnatürlich verdrehtem Bein liegt sie auf dem Boden. Eine Frau mit knallgelber Weste kniet bei ihr und legt ihr eine Infusion an.

Auf die richtige Seite geschleudert, denkt er. Wenn sie im Wasser gelandet wäre, wäre sie ertrunken. Ein Bein ist nicht schlimm, notfalls kommt sie ohne aus. Wo ist Jochem?

Er vergegenwärtigt sich das Gefühl der Befreiung, das ihn im Wasser überkam: Schwerelos war er, von nichts als Sanftheit umgeben. Durch die Konfrontation mit den herumtreibenden Trümmern wusste er, dass jede Anstrengung müßig war, dass nichts mehr sein musste. Seine Haut, vom Wasser gestreichelt, die Wärme seiner Muskeln, das waren die Grenzen, innerhalb deren er wirklich existierte. Er weiß, dass er das verlieren wird, dieses Bewusstsein vollkommener Freiheit, es verblasst jetzt schon, Lauras kleiner Körper in seinen Armen widerspricht dem. Aber es war da, er hat es erfahren, das kann ihm keiner mehr nehmen. Wenn er es wiederhaben will, springt er einfach irgendwo ins Wasser, in einer Sommernacht, in voller Montur.

Ein Mann in Polizeiuniform kommt auf ihn zu. Hugo merkt, dass er wieder etwas hört; auch das Rauschen in seinen Ohren hat abgenommen. Der Mann fragt, ob alles in Ordnung ist, mit ihm, mit der Kleinen? Er reicht Hugo eine Decke.

»Ist Helleberg gefasst? Lebt er noch?«

Der Mann zeigt auf die Polizisten, die zwischen den Sanitätern herumgehen.

»Sie suchen nach ihm«, sagt er. »Man hat einen Mann gefunden, aber das war er nicht.«

»Jochem. Sein Arm ist ausgekugelt.«

Der Mann nickt.

»Er ist mit dieser Frau im Krankenwagen mitgefahren. Der Frau mit der kaputten Hand. Sie haben Glück gehabt.«

Glück?, denkt Hugo, was für ein absurder Gedanke, dass wir Glück hatten. Ein Abend voller Bedrohung und Gewalt, eine Nacht, in der die Freundschaft aus den Fugen gerät, kann man das Glück nennen?

Laura liegt still an seine Brust geschmiegt. Er wickelt einen Zipfel der Decke um sie herum. Aufschauend sieht er, dass immer noch gesucht wird, die Hunde sind wieder da und die grellen Lampen. Am Ufer stehen Männer, die mit Bootshaken Trümmerteile zu sich heranziehen.

»Sind Sie der Eigentümer?«, fragt der Mann. »Ich hoffe, Sie sind gut versichert, alles ist zum Teufel.«

»Was ist eigentlich passiert, was haben Sie gemacht?«

»Wir bekamen eine Meldung. Es gab Tausende von Meldungen, denn die Telefonnummer war im Fernsehen angegeben. Dann rufen sämtliche Verrückten an. Es dauerte also eine Weile, bis diese Meldung ernst genommen wurde. Ein Arzt war es, jemand auf Ihrem Schiff hatte ihn angerufen und das Telefon angelassen. Er kam mit seinem Handy aufs Präsidium, machte einen Riesenaufstand und schrie herum, er war völlig außer sich. Als er endlich bis zum Krisenteam durchgedrungen war, war der Akku leer, aber er konnte genau sagen, wo Sie waren.«

»Es hat sehr lange gedauert«, sagt Hugo. »Worauf haben Sie gewartet?«

»Wir dachten, dass der Flüchtige Kontakt aufnehmen würde, Forderungen stellen würde, drohen würde, dass er Sie erschießt. Es saßen Leute bereit, um mit ihm zu verhandeln. Und wir mussten uns beraten, mussten Richtlinien befolgen, der Bürgermeister kam hinzu, das Militär. Es wurde immer voller da im Hauptquartier, aber es passierte nicht viel.«

»Er war überhaupt nicht bewaffnet, er hatte nichts. Später hatte er ein Messer.«

»Das war uns nicht bekannt«, sagt der Mann. »Deshalb wollte man nicht stürmen, zu riskant. Die Elitetruppen kamen dann mit dem Plan, das Schiff in die Luft zu jagen. Darüber musste auch wieder diskutiert werden. Beton. Das ist schwierig. Sie wussten, dass Sie irgendwo in der Mitte saßen, also haben sie die Sprengladungen an den beiden Enden angebracht. Sie hätten sehr gut einen Steinbrocken auf den Kopf kriegen können. Nein, wirklich, Sie haben Glück gehabt.«

Hugo und Laura werden in ein Auto gesetzt.

»Zum Präsidium«, sagt der Polizist. »Trockene Kleidung und danach die erste Befragung. Je schneller wir das machen, desto mehr wissen Sie noch.«

Im warmen Auto lehnt sich Hugo zurück. Langsam steuert der Fahrer an den Trümmerhaufen entlang. In die Straßendecke sind tiefe Dellen geschlagen worden, und überall liegt zerbrochenes Glas, das aus den Fenstern der Häuser am Kai stammt. Grüppchen von Bewohnern stehen aufgeregt redend beisammen, er sieht die weit geöffneten Münder, die Armbewegungen.

Sie fahren an plattgedrückten Autos und ausgerissenen Bäumen vorüber; alles wird von den Scheinwerfern der Rettungsfahrzeuge angestrahlt. Die Explosion hat eine Flutwelle ausgelöst, die große Wasserlachen auf dem Kai zurückgelassen hat; eine Schicht aus kaputtem Hausrat, Dreck und Ästen ist gegen die Häuserwände geworfen worden. Laura schläft.

Der Polizist spricht in sein Telefon. Er meldet, dass sie unterwegs sind, fragt, ob jemand für Kleidung sorgen kann und möchte mit dem Krisenzentrum verbunden werden. Als er endlich ausgeredet hat, sagt Hugo, dass er Laura nicht allein lassen möchte, auch nicht während des Verhörs.

»Das verstehe ich«, sagt der Mann, »das geht in Ordnung.«

Der Fahrer hat das Blaulicht eingeschaltet und zwängt den Wagen durch die Menschenmasse hindurch. Mit zehn Mann wird ein umgestürzter Baum beiseitegezerrt.

»Wir haben die Berichte über die Explosion für die Nachrichten freigegeben. Es ist vorhin im Fernsehen und im Radio bekanntgegeben worden. Das mussten wir wohl oder übel tun, nach diesem Knall; es wurde natürlich sofort angerufen und getwittert und was weiß ich nicht alles.«

»Warum jetzt erst?«, fragt Hugo dümmlich.

Der Mann sieht ihn mitleidig an.

»Sicherheit. Wir waren Stunden damit beschäftigt, diese Operation vorzubereiten, das Boot einzukreisen und Krankenwagen kommen zu lassen. Im Geheimen, denn wir dachten, dass unser Zielobjekt vielleicht die Nachrichten verfolgte, wo wir natürlich was anderes bringen mussten. Wir hätten am liebsten ganz im Stillen gearbeitet, bis wir ihn einkassieren konnten, aber mit diesen sozialen Medien geht das leider nicht. Sind Sie sicher, dass Sie nicht erst einmal ins Krankenhaus möchten? Untersuchen lassen, ob Sie sich nicht irgendetwas zugezogen haben? Ob die Kleine auch ganz in Ordnung ist?«

Hugo schüttelt den Kopf. Ihnen fehlt nichts, außer dass sie durch Kriegsgebiet rasen, dass ein Krisenteam irgendwo in einem Keller dem ganzen Land etwas vorgelogen hat, dass er nachher, garantiert in einem schlecht passenden Trainingsanzug, der noch im Waschraum des Polizeipräsidiums hing, stundenlang befragt werden wird. Der Fisch ist auf den Boden geglitten. Er zieht Laura fester an sich. Er schließt die Augen.

49

Es ist windig. Hin und wieder peitscht ein Zweig gegen die Fensterscheibe. Reinier sieht mit der Zeitung auf dem Schoß fern. Die Flasche Port steht neben ihm auf einem Tischchen.

Wirklich todlangweilig, was in den zusätzlich ins Programm genommenen Sondernachrichten präsentiert wird, man könnte schnarchend einschlafen. Der Nachrichtensprecher bemüht sich, den Anschein von Engagiertheit aufrechtzuerhalten, doch das ist eine hoffnungslose Mission. Es passiert rein gar nichts, seit Stunden schon. Man zeigt Bilder vom sogenannten Krisenzentrum, er sieht den Bürgermeister dasitzen, der zwischen Fernsehstudio und Krisenberatung hin und her pendelt, den Polizeipräsidenten, nicht mal in Uniform, sondern im Straßenanzug, als sei er direkt vom Esstisch ins Zentrum gerannt, und ein im Gegensatz dazu mit bunten Ehrenzeichen und Medaillen herausgeputztes hohes Tier vom Militär. In der unterirdischen Leitstelle stehen Bildschirme, vor denen Leute mit Kopfhörern sitzen; man sieht, dass sie von Zeit zu Zeit etwas sagen, doch worum es dabei geht, wird nicht klar.

Er trinkt den Portwein aus einem Wasserglas. Ein wenig süß, aber wohltuend gegen die Schmerzen im Knie, er fühlt, wie sich die sanfte Betäubung in seinem Körper ausbreitet.

Zurück zum Ausgangsort der Flucht, sagt der Berichterstatter, um zu fragen, ob es Neuigkeiten gibt. Die gebe es nicht, erklärt sein Kollege, der vor Kälte bibbernd auf den

Treppen des Gerichtsgebäudes steht. Umschweife, wiederholtes Auflisten der Hilfstruppen, Bemerkungen zu den ungünstigen Witterungsumständen. Zurück ins Studio. Dann eben ein Überblick über Leben und Wirken von Helleberg. Auch das kann Reiniers Aufmerksamkeit kaum bannen, er sieht lange Einblendungen von Bahntrassen, Bürogebäuden und aufgetürmten Strafakten. Das Gefängnis. Ein Interview mit einem Anwalt. Ein zu Schrott gefahrenes teures Auto.

Schön warm hier drinnen, findet Reinier, vor allem, wo es draußen so stürmt. Kontraste, die muss man in der Musik auch immer ernst nehmen. Er blättert in seiner Zeitung, beginnt, einen Artikel über Diabetesvorbeugung bei älteren Menschen zu lesen, bricht aber rasch ab.

Der Programmgestalter der Nachrichtensendung hat Zuflucht zu einer Dokumentation über das neue Gerichtsgebäude genommen. Modelle, Architekten, Bauarbeiter mit gelben Plastikhelmen. Reinier döst ein.

Ein Ticken an der Fensterscheibe weckt ihn auf. Das ist dieser Zweig, denkt er, doch das Ticken wiederholt sich in immer höherem Tempo. Es wird auch heftiger. Neugierig wurstelt er sich aus seinem Sessel hoch, das Knie verhält sich ruhig, und er zieht den Vorhang auf.

Vor der Glastür zum Balkon steht eine hochgewachsene schwarze Gestalt mit erhobenem Arm. Einen Blumentopf in der Hand. Nein, keine zerbrochene Scheibe in meinem Haus, die ganze Schweinerei und die tückische Zugluft, das Theater, einen Glaser zu finden, der eine neue Scheibe einsetzt – ich mach die Tür schon auf, immer mit der Ruhe, lass dein Wurfgeschoss sinken. Er macht beschwichtigende Gebärden zu dem Mann hin, der in dem Licht, das aus dem Zimmer auf ihn fällt, merkwürdig glänzend aussieht.

Er ist triefnass, konstatiert Reinier, als der Mann im Wohnzimmer steht. Sein Anzug ist völlig durchweicht, und die Feuchtigkeit quillt aus seinen Schuhen. Das muss unangenehm sein. Ins Wasser gefallen, Hilfe suchend auf verlassenen Straßen, frierend und müde.

»Was kann ich für Sie tun?«

Wasser tropft auf den Teppich. Wenn der Kerl sich hinsetzen will, muss er einen Müllsack aus der Küche holen. Nicht sehr gastfreundlich, aber will ich ein nasses Sofa? Ach, was soll's, das trocknet schon wieder.

»Kleider«, sagt der Mann, »trockene Kleider und Schuhe.«

Reinier studiert den Mann von Kopf bis Fuß. Das wird nicht so einfach sein, er ist einen Kopf größer als ich. Die Schuhgröße ist auch ansehnlich, wie mir scheint.

»In dem Schrank da draußen, auf dem Balkon, steht ein Paar Gummistiefel, die mir viel zu groß sind. Wär das vielleicht etwas für Sie? Sie müssen selbst nachschauen, der Schrank ist nicht abgeschlossen. Kleidung ist oben. Treppe rauf, erste Tür links. Suchen Sie sich etwas aus, das einigermaßen passt. Ich kann Ihnen nicht helfen, ich habe ein wenig Mühe mit dem Treppensteigen. Sie finden es schon, hoffe ich. Das Badezimmer ist übrigens gleich daneben. Wenn sie duschen wollen, meine ich.«

Der Mann sieht ihn verdutzt an.

»Ist das nötig?«

»Sie verbreiten einen ziemlich penetranten Gullygeruch«, sagt Reinier, »also ich hielte das für eine gute Idee.«

Der Mann nickt und geht mit quatschenden Schuhen auf den Flur hinaus. Er hinterlässt eine dunkle Spur.

Reinier macht es sich wieder in seinem Sessel bequem und greift zur Portweinflasche. Hilfe leisten, statt um Hilfe zu bitten, denkt er, das ist schön. Zugegeben, so einen klatschnassen Kerl plötzlich im Zimmer zu haben ist schon etwas merkwürdig, aber dass er mich um Rat und Beistand bittet, bedeutet, dass er mich für voll nimmt. Darauf trinke ich.

Über seinem Kopf fällt ein Schuh auf den Boden. Dann der andere. Kurz darauf hört er das Wasser der Dusche rauschen. Er hofft, dass der Mann im Kleiderschrank etwas nach seinem Geschmack findet. Vielleicht diese alte Cordhose, die ist ziemlich weit. Jacketts, Pullover – das dürfte kein Problem sein, die hat er, wie alle Cellisten, immer zwei Nummern größer gekauft, sonst kann man nicht spielen.

Er leert den Rest Portwein aus der Flasche in sein Glas und ertappt sich dabei, dass er es eigentlich gemütlich findet, so einen hilfsbedürftigen armen Schlucker im Haus zu haben, um den er sich kümmern muss. Aber Portwein bekommt der Kerl nicht, es gibt Grenzen.

Im Fernsehen passiert jetzt alles Mögliche, wie er sieht. Er macht den Ton lauter, bis er den Berichterstatter schreien hört. Mit einem Mal sind da Bilder von einem völlig zerstörten Hausboot, von ausgerissenen Bäumen und Trümmerhaufen. Eine Explosion, sagt der Journalist, Militärexperten hätten das Boot zur Explosion gebracht, die Operation sei im Geheimen vorbereitet worden; ein Tipp aus der Öffentlichkeit habe das Ermittlerteam alarmiert. Der Ausbrecher habe sich auf einem Schiff nahe dem Ausgangsort seiner Flucht verschanzt; sowie man davon erfahren habe, sei fieberhaft an einem Überfall gearbeitet worden, die Leitung habe vor schweren Entscheidungen gestanden, denn der Mann habe unschuldige Bürger als Geiseln genommen, und niemand habe gewusst, ob er bewaffnet war. Die Suche werde mit allen zur Verfügung stehenden Mitteln fortgesetzt, denn der Flüchtige sei noch nicht dingfest gemacht worden.

Reinier rutscht auf die äußerste Sesselkante vor. Das wird doch wohl nicht, das kann doch wohl nicht das Boot von diesem liebenswürdigen Mann sein, wie heißt er noch gleich, Hugo, diesem Geiger? Er sieht Stücke von umweltbewusster Dachbegrünung auf dem Wasser treiben – Fettpflanzen, Grassoden –, und als die Kamera zum Kai hinüberschwenkt, erkennt er Caroliens Auto, von einem schweren Ast plattgedrückt.

Quartett! Sie haben Quartett gespielt! Dieser Kerl ist dort eingedrungen und hat sie bedroht, gefoltert, ermordet. Und wenn nicht er, dann das Militär, mit so einer zerstörerischen Explosion, wie können sie es wagen, ein Schiff in die Luft sprengen, auf dem sich Menschen befinden, mit Instrumenten! Der entwichene Verbrecher wird ins Wasser geschleudert worden sein und hat sich in dem ganzen Durcheinander aus dem Staub gemacht.

Ihm geht auf, dass der fragliche Mann jetzt, in diesem Augenblick, unter seiner Dusche steht. Du lieber Gott, was soll ich tun? Der Mörder von Carolien ist bei mir im Haus – die Polizei anrufen? Fliehen?

Zitternd und bebend versucht er aufzustehen. Das Glas fällt um, und der Portwein macht einen dunkelroten Fleck auf dem Teppich. Wenn er sie nur nicht niedergestochen hat, ihr wehgetan hat – und Jochem, ihre Freunde? Er sieht ein Blutbad vor sich und ist wütend und hat zugleich eine Heidenangst.

Das Wasserrauschen oben hat aufgehört. Jetzt trocknet dieser Mann sich mit meinen Handtüchern ab und sucht sich Kleider aus meinem Kleiderschrank heraus. Gleich kommt er die Treppe runter. Wenn er entdeckt, dass ich weiß, wer er ist, bricht er mir das Genick. Den Fernseher ausschalten, das muss ich tun. Alarm schlagen. Um Hilfe rufen.

Ihm wird schwarz vor Augen, er wankt und bleibt unentschlossen mitten im Zimmer stehen. Ich weiß nicht mehr weiter, denkt er, ich kann nicht mehr, ich falle, es ist vorbei. Er sinkt auf die Knie.

Die Klingel. Zweimal schnell hintereinander. Reflexartig hebt Reinier den Kopf. Driss! Er kriecht durch den Flur, denn aufstehen kann er nicht mehr. Von oben dringen alarmierende Geräusche: aufschlagende Schranktüren, Fluchen, runterfallende Gegenstände.

Stechender Schmerz in seinem Knie, als er sich über die Fliesen schleppt. An der Tür kann er, auf allen vieren, den Riegel nicht ganz erreichen. Mit letzter Kraft arbeitet er sich hoch und klammert sich an der Kette fest. Er zieht daran und spürt, wie die aufspringende Tür ihn zu Boden wirft.

Driss tritt einen Schritt vor und fasst ihn beim Arm.

»Weg! Sie müssen weg! Ich hab ihn gesehen, ich hab im Garten Wache gehalten. Mein Vater hat hier auf der Straße gestanden. Sie müssen jetzt mitkommen, es ist gefährlich.«

Ein Herr in dunklem Mantel kommt die Stufen herauf. Graues Haar und glänzende schwarze Schuhe. Er bückt sich und nimmt mit festem Griff Reiniers anderen Arm.

»Verzeihen Sie bitte«, sagt er in Reiniers Ohr. »Aber wir müssen Sie so schnell wie möglich befreien.«

Über Reiniers Kopf hinweg nickt er Driss zu. Gemeinsam tragen sie ihn die fünf Stufen hinunter, schnell, aber ohne Panik. Sie haben aufgepasst, meinetwegen, denkt Reinier, Wache gestanden, ich wusste es, so ein lieber Junge, und dieser höfliche Vater, unglaublich, welche Fürsorge, welche Aufmerksamkeit.

Dann steht er zwischen seinen Rettern auf dem Gehweg. Hinter ihm die weit geöffnete Haustür. Vor ihm ein Halbkreis aus Polizisten mit Helmen und Schilden. Sie haben

Maschinenpistolen in der Hand. Er sieht eine Reihe schwerer Motorräder, einen Krankenwagen, einen Häftlingstransporter.

Ihm ist, als falle ihm das Herz in der Brust herunter. Verraten. Sie kommen ihn holen, unter einem falschen Vorwand und mit Gewalt. Was für ein gemeiner Streich, was für ein scheinheiliger Betrug, was für eine Enttäuschung.

Beim Anblick des Polizeiaufgebots zittert er vor Angst. Weggeführt, abtransportiert. Keine Hoffnung mehr. Rennen, denkt er, sie schießen mich auf der Flucht nieder, und ich bin von allem befreit. Ich reiße mich los und gehe. Ach, Driss, wie konntest du mich so verraten. Er denkt daran, wie sie über die Einkaufslisten beraten haben, wie sie zusammen Musik gehört haben, Seite an Seite auf dem Sofa, an die Sparbüchse, die auf dem Kühlschrank steht. Er weint vor Wut.

»Zur Seite«, sagt Driss leise, »sie müssen vorbei, sie gehen rein.«

Er zeigt auf die bewaffneten Männer.

Eine Falle, denkt Reinier. Sie haben einen triefnassen Kollegen hineingeschickt, der mich nach draußen locken sollte. Und gleich zerren sie mich in den Transporter dort. Es ist ein einziges großes Theater.

Er reißt sich von Driss, von dem Vater los. Wankend tritt er zur Seite und setzt sich in Bewegung. Höllische Schmerzen zucken durch sein Knie, doch das ignoriert er. Auch die Polizisten rennen los, kommen auf ihn zugedonnert, er sieht, wie ihre Helme sich rauf und runter bewegen, er sieht, dass sie die Waffen heben, er hört das Klappern der Schilde. Sie kommen, denkt er, jetzt kommen sie.

Der Vater bleibt stehen, aber Driss läuft hinter ihm her. Reinier stürzt. Auf dem Gehwegpflaster liegend, hört er die

Polizeistiefel dröhnend näher kommen. Direkt vor seinem Gesicht stürmen sie vorüber. Sie rennen in geordneter Reihe zu seiner Haustür hinein, durch den Flur, die Treppe hinauf.

Driss hat sich neben ihn gekniet und seine Hand genommen. Reinier seufzt und ergibt sich der schwarzen Leere, die an ihm zieht.